INTO THE FIRE: BRENNE LICHTERLOH, FIREFIGHTER-ROMANZE

INTO THE FIRE - SERIE ALASKA

J.H. CROIX

Copyright-Informationen

Dies ist ein Werk der Fiktion. Namen, Personen, Unternehmen, Orte, Ereignisse und Begebenheiten sind entweder der Phantasie der Autorin entsprungen oder werden fiktiv verwendet. Jede Ähnlichkeit mit tatsächlichen lebenden oder toten Personen oder tatsächlichen Ereignissen ist rein zufällig.

Deutsche Übersetzung: Annie Schwarz, et al

Umschlaggestaltung von Cormar Covers

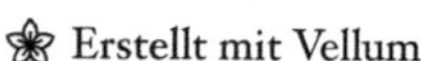 Erstellt mit Vellum

Kapitel Eins

LEVI

„Wo ist Lucy?", fragte ich.

Amelia Masters seufzte. „Ich habe es dir doch gerade gesagt. Auf ..."

Ihre Worte wurden von einer anderen Stimme unterbrochen.

„Man Leute, ich sitze hier oben fest."

Ich blickte auf und sah an der Ecke des Daches einen hellblonden Haarschopf aufblitzen.

„Lucy ist da oben?", fragte Cade Masters über meine Schulter, als er sich uns näherte.

„Ja! Ich bin hier oben. Wic schwer ist es, das zu begreifen?", rief Lucy von oben.

Ich blickte zurück zu Amelia. Lucy Caldwell war ihre beste Freundin, und sie besaßen und leiteten gemeinsam das Unternehmen Kick A** Construction. Wir waren auf einer ihrer aktuellen Baustellen, wo sie ein neues Haus bauten.

Cade und ich waren Feuerwehrleute in Willow Brook, Alaska, und hatten uns freiwillig gemeldet, um zu helfen, als Amelia, Cades Frau, anrief. Es war klar, warum sie Cade direkt angerufen hatte und nicht die Hauptnummer der Zentrale. Lucy klang wütend. So wie ich Lucy kannte, war sie bestimmt mehr als verärgert, dass sie Hilfe brauchte. Sie hätte es ganz sicher nicht begrüßt, wenn ein ganzes Team aufgetaucht wäre, um die Sache zu regeln.

„Erklär' mir das bitte", sagte Cade trocken.

„Wir waren dabei, die Dachbalken für die Spitzgiebeldecke zu montieren. Lucy wurde dort oben eingeklemmt, als einer der Balken herunterfiel und die Leiter in zwei Teile brach." Amelia hielt inne, ihr Blick war besorgt. „Ich vermute, dass sie sich auch verletzt hat, weil der Balken auf dem Weg nach unten gegen ein Kantholz gestoßen ist, das umkippte und sie traf. Aber du kennst sie ja, sie hat mir gesagt, ich solle ruhig sein und mir keine Sorgen machen."

„Ah, deshalb sollten wir also eine Leiter mitbringen", sagte Cade und sein Blick klärte sich.

„Ja, warum hast du den Löschwagen mitgebracht?", fragte sie zurück und schaute zu unserem Fahrzeug hinüber.

Cade und ich hatten gemeinsam beschlossen, dass es besser wäre, den großen Lkw mit Drehleiter und Kanzel zu nehmen, falls wir sie brauchen.

„Für den Fall, dass Lucy verletzt ist", warf ich ein. „Wir dachten, das sei besser, als zu versuchen, sie eine Leiter hinunterzutragen. Sie haben uns nur gesagt, dass Lucy Hilfe brauchte, um vom Gerüst zu kommen."

„Was zum Teufel redet ihr da?", brüllte Lucy von ihrem Platz aus.

Ich ging um die Ecke des teilweise errichteten Hauses und blickte nach oben. Lucy hockte auf einem Baugerüst, ihr blondes Haar hob sich vom blauen Himmel ab.

„Wie geht's dir?", rief ich.

„Es wird mir besser gehen, wenn mich einer von euch runterholt", antwortete Lucy.

Sogar aus zwei Stockwerken Höhe schaffte sie es, ihre stachelige „Lass-mich-bloß-in-Ruhe"-Haltung zu vermitteln. Ich konnte erkennen, wie sie sich den Arm hielt, und ich bezweifelte, dass sie zugeben würde, verletzt zu sein, also kommentierte ich es nicht. Ein Hauch von Sorge durchzog mich. Der Gedanke, dass sie Schmerzen hatte, gefiel mir nicht. Ganz und gar nicht.

„Wir sind gleich da", rief ich nach oben.

Ich ging zurück zu Cade. „Lass uns loslegen. Besser mit der Kanzel als mit einer Leiter."

In kürzester Zeit manövrierte mich Cade mit der Kanzel nach oben. Innerhalb einer weiteren Minute war ich auf gleicher Höhe mit Lucy.

In dem Moment, als sie mich sah, verengten sich ihre Augen und ihre Lippen zogen sich zusammen. Wie gesagt, gehörte Lucy nicht zu den Menschen, die sich über die Hilfe von anderen freuen. Und sie war *ganz und gar nicht* erfreut.

Auch wenn ihr blondes Haar vom Wind zerzaust war, ihre Haut gerötet und schmutzig, und sie eine strapazierfähige Jeans und ein lockeres T-Shirt trug, sah sie einfach umwerfend aus.

„Hey Lucy", sagte ich und mein Blick fiel auf ihren Arm.

Sie hatte sich auf die Bretter am oberen Ende des Gerüsts gesetzt und richtete sich langsam auf, wobei sie leicht zusammenzuckte, als ihr Arm gegen eine der Metallstangen des Gerüsts stieß.

„Ist mit deinem Arm alles in Ordnung?", fragte ich.

Lucys große blaue Augen blickten mich an. „Es ist alles in Ordnung", schnauzte sie.

Ich verbiss mir eine Antwort. Normalerweise liebte ich es, Lucy zu ärgern. Je launischer sie wurde, desto mehr genoss ich es, sie aufzumuntern. Vor einiger Zeit hatte ich mehrmals versucht, sie zu überreden, mit mir auszugehen, aber sie wollte nicht einmal mit mir zu Abend essen, also hatte ich es aufgegeben. Das änderte nichts an der Tatsache, dass ich sie wollte. Aber darüber dachte ich jetzt nicht nach. Es war weder der richtige Zeitpunkt noch der richtige Ort. Es war ganz offensichtlich, dass sie Schmerzen hatte. Sie konnte so launisch sein, wie sie wollte. Ich wollte sie nur sicher hier rausbringen und ihren Arm verarzten lassen.

„Bring mich etwas näher heran", rief ich Cade zu, während ich die Bretter unter Lucys Füßen betrachtete und überlegte, ob ich sie am besten von hier aus anheben oder hinausklettern sollte.

Cade richtete die Kanzel vorsichtig aus, sodass sie bündig mit der Kante des Gerüsts abschloss.

„Perfekt", rief ich ihm zu.

Ich sah zu Lucy hinüber. „Wie wäre es mit ..."

Sie trat an die Seite der Kanzel und begann, selbst hineinzuklettern.

„Hey, langsam", sagte ich schnell. „Lass mich ..."

In der Sekunde, in der ich sprach, verlor sie das Gleichgewicht und griff reflexartig mit ihrem verletzten Arm nach dem Gerüst. Sie schrie auf, taumelte und stürzte von der Seite des Gerüsts. Blitzschnell fing ich sie an ihrem anderen Arm auf.

Für ein paar Sekunden glitt der fast undurchdringliche kratzbürstige Ausdruck aus ihrem Gesicht. Ihre himmelblauen Augen waren vor Angst geweitet. Ich hätte ruhig bleiben können - denn inmitten eines Notfalls ruhig zu bleiben, hatte mich die jahrelange Ausbildung und Arbeit als Feuerwehrmann gelehrt -, aber mein Herz krampfte sich zusammen, und die Sorge schoss durch mich hindurch.

„Ich hab' dich, Lucy", sagte ich ruhig.

Das tat ich. Ich hatte ihren Arm fest im Griff. Sie wog nicht viel. Überhaupt nicht. Ihre Einstellung täuschte über ihre Größe hinweg. Sie war still, ihre Augen waren auf mein Gesicht gerichtet, bevor sie heftig nickte.

Während ich Lucys Blick festhielt, richtete ich meine Haltung aus, beugte mich langsam vor und hakte meine andere Hand unter ihrer Achselhöhle ein. Mit einer schnellen Bewegung hob ich sie hoch und in die Kanzel. Ich drückte sie an mich, als ich sie ganz über das Geländer zog. Als ich wusste, dass sie in Sicherheit war, atmete ich langsam durch und blickte zu ihr.

„Alles okay?"

Ihr Blick wandte sich ab, sie schaute auf das Gerüst und wieder zu mir.

„Ich denke, ich sollte mich bedanken", sagte sie mit einem Hauch von Neid in ihrem Ton.

Lucy ärgerte sich darüber, dass ich sie davor bewahrt hatte, zwei Stockwerke tief zu fallen und sich dabei möglicherweise das Genick zu brechen.

„Du brauchst mir nicht zu danken. Das ist mein Job", antwortete ich mit einem Augenzwinkern.

Ihre Augen verengten sich. Ich wusste nicht, was es mit ihr auf sich hatte, aber verdammt, sie ging mir auf die Nerven. Es spielte keine Rolle, dass sie gerade eine ziemlich ernste Begegnung mit der Gefahr gehabt hatte. Jetzt, wo ihre Sicherheit gewährleistet war, konnte ich nicht anders, als sie zu reizen. Sie strampelte mit den Beinen, ihre Füße stießen gegen meinen Oberschenkel.

„Okay, du kannst mich jetzt runterlassen.

Betrachte mich als gerettet", sagte sie mit einem kleinen Lachen.

Ich zögerte. So nah war ich ihr noch nie gekommen, und ich wollte es noch nicht aufgeben. Sie stieß mit ihren Füßen wieder gegen meinen Oberschenkel.

„Im Ernst, Levi, du kannst mich runterlassen", sagte sie in einem aufgeregten Ton.

Widerwillig ließ ich sie runter, wobei ich darauf achtete, nicht an ihren Arm zu stoßen, der ganz offensichtlich verletzt war, ob sie es nun zugeben wollte oder nicht. Als sie wieder auf den Beinen war, schaute ich zu ihr hinüber, während ich zurücktrat.

„Es hat keinen Sinn zu lügen. Wie geht es deinem Arm?", fragte ich.

In diesem Moment rief Amelia zu uns hoch. „Geht es Lucy gut?"

Lucy seufzte und verdrehte die Augen. „Mein Gott. Noch alles dran. Mir geht's gut!"

„Jetzt sei doch nicht so sauer auf mich", erwiderte Amelia. „Du wärst fast von da oben runtergefallen. Wir müssen uns Sorgen machen."

Ich lehnte mich über die Seite. „Sie ist gesund und munter", rief ich und gab Amelia einen Daumen hoch. „Cade, willst du das Ding jetzt runterfahren?"

Ich schaute wieder zu Lucy. Die Kanzel ruckelte leicht, als Cade begann, uns herunterzulassen.

„Und? Dein Arm?"

Sie begegnete meinen Augen mit einem langen Seufzer. „Ich glaube, er ist gebrochen."

Ich trat an ihre Seite und ließ meine Hände über ihren Oberarm gleiten, um ihn vorsichtig zu strecken. Ich handelte aus Reflex. Als Feuerwehrmann war ich darauf trainiert, mit allem und jedem umzugehen, auch mit medizinischen Notfällen, ob klein oder groß. Als meine Hand ihren Unterarm entlang wanderte, spürte ich keinen Bruch, aber er schwoll bereits an. Sie war so zierlich. Sie reichte kaum bis zu meinem Kinn. Ich konnte eine Hand um ihr Handgelenk legen und hatte immer noch Luft dazwischen.

„Ich spüre keinen Bruch, aber er könnte angebrochen oder schlimm gequetscht sein. Er schwillt hier an der Speiche an", murmelte ich und strich mit leichter Berührung über den Bereich.

Als ich aufblickte, waren ihre wunderschönen blauen Augen nur noch Zentimeter entfernt. Ich ließ meinen Blick über ihr Gesicht gleiten und nahm ihre feinen Gesichtszüge wahr - die leicht geneigte Nase, die hohen Wangenknochen, den zarten Bogen ihrer Augenbrauen und ihre vollen, perfekt geschwungenen rosa Lippen mit dem Grübchen in der Mitte ihrer Unterlippe. Ein Schmutzfleck auf ihrer Wange war liebenswert, und sei es nur, weil er in ihrem Gesicht so fehl am Platz war.

Mein Blick fiel auf das schnelle Flattern ihres Pulses an ihrem Hals. Mein Schwanz zuckte, und mein Körper spannte sich als Reaktion darauf an.

Ich riss meine Augen wieder auf. Das war definitiv nicht der richtige Zeitpunkt und Ort, um mich über Lucy aufzuregen.

Ich erwartete, dass sie mich wegstoßen würde, nicht dass es viel Platz gäbe, wenn sie es täte. Doch das tat sie nicht.

Ihr Mund verzog sich zu einem Seufzer. „Nun, was auch immer passiert ist, es tut weh."

Ich hatte für einen Moment völlig vergessen, was ich gesagt hatte. Das Gefühl ihres Arms in meinen Händen brachte mich wieder auf den rechten Weg.

„Amelia sagte, sie dachte, du wärst von einem Kantholz getroffen worden."

Lucy nickte. „Ja, der Balken fiel herunter und traf

auf dem Weg nach unten das Kantholz. Es hat mich ordentlich erwischt, als es umkippte."

Sie gab ihrem Arm einen kleinen Ruck. „Kann ich meinen Arm wiederhaben?"

Widerwillig ließ ich sie los. Bis zu diesen letzten Momenten war Lucy eine Herausforderung gewesen, die ich besiegen wollte. Immer streitlustig, immer abweisend, selten lächelnd ... und schön, so verdammt schön, dass sie mir den Atem raubte.

Praktischerweise - oder auch nicht, je nachdem, wie man es betrachtete - rüttelte die Kanzel erneut, als Cade sie zum Boden brachte, und lenkte so meine Aufmerksamkeit von Lucy ab. Amelia eilte herbei, als Lucy gerade begann, hinauszuklettern.

„Geht es dir gut? O Gott, ich kann es nicht glauben ..."

„Mir geht es gut. Siehst du denn nicht ..."

Sie sprachen durcheinander. Inzwischen legte ich meine Hand um Lucys guten Arm. „Ruhig. Bringen wir dich hier raus, ohne deinen Arm zu berühren."

Lucy drehte sich in meine Richtung, ihre Augen zuckten. „Ich ..."

Amelia unterbrach sie. „Sei nicht albern. Lass dir von Levi helfen", befahl sie.

Amelia war die einzige Frau, die ich kannte, die vielleicht noch herrischer war als Lucy. Sie war fast zwei Meter groß und knallhart. Außerdem war sie wunderschön mit ihren bernsteinfarbenen Haaren und Augen und ihrer langbeinigen, kurvigen Figur. Sie war wie eine Schwester für mich. Zum Glück, denn Cade würde wahrscheinlich jeden Mann umbringen, der sich für sie interessierte.

Er musste aus dem Löschwagen ausgestiegen sein, denn er materialisierte sich an Amelias Seite. Ich wartete nicht, um Lucy noch mehr Zeit zu geben, darüber nachzudenken, wie sie aussteigen wollte. Ich kletterte schnell hinaus, griff nach ihr und zog sie an mich heran.

Ihre Augen trafen auf meine. Für einen kurzen Moment war es, als wären wir allein. Ihr Körper lag in meinen Armen, sie fühlte sich warm und entspannt an. Die Versuchung, mit meiner Zunge über die zarte Haut an ihrem Hals zu fahren, war so groß, dass ich die Zähne zusammenbeißen musste.

Die Realität meldete sich in Form von Amelia, die wissen wollte, ob mit Lucys Arm alles in Ordnung sei. Ich ließ Lucy zögernd herunter und trat zurück.

„Wir müssen deinen Arm untersuchen lassen", sagte ich mit rauer Stimme.

Lucys Augen blickten wieder in meine, und die Luft wurde augenblicklich schwer. Mein Körper summte als Reaktion auf die Elektrizität, die zwischen uns zu herrschen schien.

„Alles klar", verkündete Amelia. „Lasst uns gehen."

Sie zerrte Lucy mit sich und rief im letzten Moment über die Schulter.

„Sag deinem Vater, ich fahre so schnell ich will ins Krankenhaus."

Cade gluckste und seine Augen trafen meine. „Nur Amelia würde denken, dass sie im Voraus eine Erlaubnis bekommt, wie eine Verrückte zu rasen."

„Nun, dein Vater *ist schließlich* der Polizeichef."

Wir kehrten zum Löschwagen zurück und fuhren zurück zur Wache. Ich war verunsichert und ärgerte mich, dass ich nicht derjenige war, der Lucy ins Krankenhaus gebracht hatte. Was völlig lächerlich war. Ich war vielleicht schon zu lange in sie verliebt, aber dieser Drang, sie zu beschützen, war etwas anderes.

Auf der Rückfahrt wurden wir zu einem Feuer am Rande der Stadt gerufen. Der Rest meines Tages war gelaufen.

Kapitel Zwei

LEVI

Stunden später, es war kurz vor ein Uhr morgens, zog ich mich auf der Feuerwache aus und nahm eine heiße Dusche. Ich war der Letzte unserer Mannschaft auf der Wache. Nachdem ich geduscht hatte, vergewisserte ich mich, dass alles hinten abgeschlossen war, und wollte gerade gehen, als ich eine Stimme aus dem Empfangsbereich hörte.

Ich ging nach vorne und fand Lucy im Wartezimmer sitzen. Sie hatte offensichtlich geduscht, seit ich sie vor ein paar Stunden das letzte Mal gesehen hatte. Ihr blondes Haar war feucht, und sie trug ein T-Shirt und ein Paar weite Baumwollhosen. An ihrem Unterarm trug sie eine abnehmbare Schiene.

Es war selten, dass man Lucy in etwas anderem als ihrer Bauausrüstung sah. Lucy sah zwar fast wie eine Fee aus, aber sie war eine der stärksten Frauen, die ich kannte. Ich hatte eine Schwäche für sie, seit ich nach der Highschool nach Willow Brook gezogen war. Sie hatte mich damals ignoriert, und sie ignorierte mich auch jetzt meistens. Die Momente heute, als ich ihr half, sie vom Dach zu holen, waren wahrscheinlich die längste Zeit, die ich allein mit ihr verbracht habe.

Ich schob mich durch die Tür in den Wartebereich. „Hey Lucy, was gibt's?"

Sie blickte in meine Richtung. „Maisie hat mich vor einer Weile reingelassen und gesagt, ich könne hier warten", sagte sie und meinte damit unsere Dreh- und Angelstelle auf der Feuerwache. Maisie saß bei uns in der Notrufzentrale. „Ich wollte mich nur bei dir bedanken. Ernsthaft."

Maisie arbeitete normalerweise nicht lange, aber ihr Verlobter Beck hatte heute Abend mit uns zusammen Dienst.

Ich war überrascht, Lucy hier zu sehen. Sie neigte dazu, Männer zu behandeln, als wären sie Kaugummi unter ihrem Schuh, mich eingeschlossen. Sie stand auf, als ich auf sie zuging. Mein Körper spannte sich an - wie immer, wenn sie in der Nähe war. Sie war still, und auf ihren hellen Wangen zeichneten sich zwei rote Flecken ab. Normalerweise ignorierte sie mich, stritt mit mir oder warf mir böse Blicke zu. Es war so selten, dass sie das nicht tat, dass ich es einen Moment lang in mich aufsaugen musste.

Sie konnte nicht viel größer als eins fünfzig sein, wenn überhaupt. Sie war schlank, aber kurvig. Egal, wie sehr sie sich bemühte, ihre Kurven unter den Schlabberklamotten und ihrer abgewetzten Baukleidung zu verstecken, es war unmöglich, sie nicht zu bemerken. Zumindest für mich.

Seit ich Lucy zum ersten Mal getroffen hatte, war ich von ihrem widersprüchlichen Wesen fasziniert. Sie war Elektrikerin und eine fantastische Bauunternehmerin. Mit ihren Fähigkeiten konnte sie wahrscheinlich in jedem Bautrupp mithalten, und doch hatte sie sich Amelias kleinem Unternehmen angeschlossen und sich beteiligt. Sie hatten eine der gefragtesten Baufirmen der Stadt, was an Amelias hochwertigen architektonischen Entwürfen, ihrer soliden Arbeit und der Tatsache lag, dass sie sich weigerten, zu expandieren. Sie nahmen jeden Sommer nur wenige Projekte an und lehnten weit mehr ab, als sie annahmen. Lucy fühlte sich offensichtlich in ihren üblichen Jeans und T-Shirts, gepaart mit Arbeitsstiefeln aus Leder, am wohlsten.

Mit ihrer hellen Haut, dem blonden Haar und den himmelblauen Augen täuschte ihr Aussehen über ihre Persönlichkeit hinweg. Auf den ersten Blick, wenn man sie nicht kannte, würde man sie aufgrund ihres engelhaften Aussehens für niedlich halten. Ihre Nase war keck und lief am Ende spitz zu. Sie hatte feine Wangenknochen, ihre Augenbrauen waren fein geschwungen, und ihre dichten blonden Wimpern umrahmten ihre großen blauen Augen. Zu allem Überfluss hatte sie auch noch volle, üppige Lippen. Mist. Es war keine gute Idee, sie anzustarren. Mein Schwanz machte sich bemerkbar.

Sie schaute beklommen drein, als sie mich ansah. Sie schluckte schwer, das Geräusch war in dem ruhigen Raum zu hören.

„Nun, das war alles", sagte sie.

„Was war alles?"

„Das", sagte sie und ließ ihre Hand in der Luft kreisen. „Ich bin nur gekommen, um mich zu bedanken."

Sie rückte ihre Schultern zurecht, ihre Augen blickten von mir weg und wieder zurück. Eine Welle meines Beschützerinstinkts überkam mich. Was zum Teufel war mit ihr los? Sie machte mich einfach an. Es lag nicht nur daran, dass ich sie wollte – denn verdammte Scheiße, ich wollte sie. Wenn ich sie so sah, wollte ich sie beschützen, obwohl ich nicht sagen konnte, warum. Es kam so selten vor, dass sie mich nicht ignorierte oder mit mir stritt, dass ich nicht recht wusste, was ich mit den Gefühlen anfangen sollte, die in mir aufstiegen.

„Du brauchst mir nicht zu danken, Lucy. Das ist mein Job", sagte ich schließlich.

Sie nickte und fummelte an einem Ring an ihrer Hand herum. „Ich weiß, aber trotzdem."

Sie verstummte und biss sich mit den Zähnen auf die Unterlippe. Wieder regte sich mein Schwanz. Ich holte tief Luft und zwang ihn, sich zu beruhigen. Er ignorierte mich. Solange Lucy auf ihrer Unterlippe kaute, musste ich mich in den Griff bekommen.

Ich nickte wieder und versuchte, mich ganz auf den Moment zu konzentrieren. „Kein Problem." Ich deutete auf ihren Arm in der hellblauen Bandage. „Wie geht es deinem Arm?"

„Oh, alles gut. Kein Bruch, aber der Arzt meint, ich habe mir den Knochen geprellt. Sie haben nicht einmal einen Gips angelegt. Nur dieses Ding. Es wird bei der Arbeit nerven, aber ich werde es schon schaffen."

„Schön, dass es dir gut geht."

Sie begann sich abzuwenden.

„Geh nicht da raus", sagte ich schnell. „Ich habe keinen Schlüssel, um diese Tür von innen zu verriegeln. Ich habe nur den Schlüssel für die Hintertür. Komm mit mir."

Sie drehte sich wieder zu mir um, und mir fiel auf, dass ich sie bisher selten mit offenem Haar gesehen hatte. Es war fast immer unter einer Baseballmütze versteckt oder zu einem Pferdeschwanz hochgesteckt.

Ich hatte keine Ahnung, wie lang es war. Die feuchten goldenen Locken fielen ihr in Wellen um die Schultern und halb über den Rücken. Sie war atemberaubend.

Sie nickte - ihre Wangen waren noch immer gerötet - und folgte mir, als ich ihr den Weg in den hinteren Bereich wies. Wir erreichten die Haupttür zum Parkplatz, und ich hielt sie ihr auf. Als sie an mir vorbeiging, stieß sie ungewollt gegen mich. Bei der kurzen Berührung durchfuhr mich ein elektrischer Schlag. Ich holte tief Luft, unterdrückte mein Bedürfnis und ließ sie einfach passieren, bevor ich die Tür hinter ihr schloss und verriegelte.

Ich schaute mich auf dem Parkplatz um, in der Erwartung, den kleinen blauen Truck zu sehen, den sie fuhr. Als ich ihn nicht sah, schaute ich zu ihr. „Wo ist dein Wagen?"

Sie zuckte mit den Schultern. „In der Werkstatt."

„Soll ich dich nach Hause fahren?"

Sie atmete tief ein und wieder aus, bevor sie zu mir und wieder weg schaute. Sie zuckte mit den Schultern. Als sie wieder zu mir sah, waren ihre Wangen gerötet.

„Nein danke." Sie hielt inne, bevor sie fortfuhr. „Ich habe meinem Vermieter die Meinung gegeigt", sagte sie unverblümt, und ein kleines Lachen folgte.

Das kam aus heiterem Himmel, aber ich musste laut lachen. Sie hatte also offenbar ihren Vermieter beschimpft.

„Weswegen?"

Sie lachte tatsächlich, ein seltener Anblick für mich. Sie hatte ein heiseres, kehliges Lachen, was meinem Zustand nicht gerade zuträglich war. Als es abebbte, zuckte sie mit den Schultern.

„Er ist ein verdammtes Arschloch und wollte die Miete für das nächste Jahr fast verdoppeln. Es ist nicht so, dass ich es mir nicht leisten könnte, denn ich könnte es wahrscheinlich, aber es hat mich einfach genervt. Ich sagte ihm, er solle sich verpissen. Bis ich eine andere Wohnung gefunden habe, werde ich wahrscheinlich Couchsurfen müssen. Ich lasse mir was einfallen."

Ich war mir nicht sicher, wie wir von ihrem Truck zu diesem Thema gekommen waren. „Ich glaube, dafür ist es heute ein bisschen spät."

Eine ihrer schmalen Schultern hob sich zu einem leichten Achselzucken. „Ich werde Amelia anrufen."

Ich konnte nicht so recht glauben, was ich als Nächstes sagte.

„Du kannst bei mir absteigen, wenn du willst."

Ich schwöre, ich hatte keinerlei Hintergedanken dabei. Verdammt, ich wusste, dass meine Chancen bei ihr gering waren. Die Worte waren mir einfach so rausgerutscht. So etwas würde ich jedem Freund anbieten. Kaum hatte ich es ausgesprochen, wurde mir die Tragweite klar. Jede Nähe zu Lucy war wahrscheinlich keine gute Idee für mich.

Ich musste sie erschreckt haben, denn ihr Mund stand tatsächlich offen. Sie klappte ihn wieder zu und ihre Augen verengten sich.

„Das ist nicht nötig", sagte sie schnell. „Ich rufe einfach Amelia an und frage, ob ich heute Nacht bei ihr pennen kann. Sie wird mich abholen."

Mir blieb fast der Mund offen stehen. Weil es so lächerlich war, dass sie Amelia jetzt anrief, wo es doch schon nach ein Uhr nachts war.

„Du hast sie noch nicht angerufen?", fragte ich.

Lucy schüttelte den Kopf. Entweder dachte sie von vornherein nicht über ihr Dilemma nach, bis es zu spät war, sie zu fragen, oder sie war einfach nur stur. Wie dem auch war, es war zu spät, um Amelia anzurufen. Ganz zu schweigen davon, dass Amelia und Cade gut zwanzig Minuten außerhalb der Stadt wohnten.

„Lucy, komm wenigstens heute Nacht mit zu mir, okay?"

Sie beäugte mich skeptisch. Nach einem kurzen Moment nickte sie.

Kapitel Drei

LUCY

Ich zappelte auf dem Beifahrersitz von Levi Phillips' Truck herum. Ich wusste nicht, was ich mir dabei gedacht hatte, als ich einwilligte, bei ihm zu übernachten. Der einzige Grund, warum ich zugestimmt hatte, war, dass es spät war, oder besser gesagt wahnsinnig früh am Morgen. Ich wollte Amelia um diese Zeit nicht belästigen, vor allem weil es eine zwanzigminütige Fahrt bis zu ihr nach Hause war. Ich hatte nicht daran gedacht, Amelia früher anzurufen, was mich maßlos ärgerte.

Alles in allem war es eine beschissene Woche für mich gewesen. Ich hatte meinen Stolz heruntergeschluckt, bevor ich bei der Feuerwehr vorbeigeschaut hatte, um mich bei Levi für seine Hilfe heute Nachmittag zu bedanken. Mein ganzer Abend war ein einziges Durcheinander: Ich war im Krankenhaus, um meinen Arm untersuchen zu lassen, und dann bin ich nach Hause gegangen, nur um in einen Streit mit meinem Vermieter zu geraten, der mich kurzerhand aufforderte zu gehen, weil mein Mietvertrag heute endete. Die Ereignisse heute Abend waren die

Krönung einer Woche, die bereits auf der Kippe stand.

Ich atmete tief durch und versuchte, die Aufregung runterzufahren, die ich spürte. Ich hasste es, um Hilfe zu bitten, aber die Wahrheit war, dass ich keinen großen Plan für eine kurzfristige Unterkunft hatte, es sei denn, ich würde wirklich Amelia behelligen wollen. Ich schaute aus dem Fenster, während wir weiterfuhren. Der Mond war hell und warf einen silbrigen Schimmer auf den Bergkamm in der Ferne. Der Swan Lake, ein riesiger See, der das Herzstück von Willow Brook bildete, war auf einer Seite zu sehen. Der Namensgeber der Stadt war ein Bach, der sich von den Bergen herabschlängelte und in den See mündete. Die Stadtgründer waren dem Bach bis zum See gefolgt, daher der Name der Stadt.

Der See schimmerte im Mondlicht, und die Lichter der verschiedenen Fischer- und Jagdhütten spiegelten sich in seinem stillen, dunklen Wasser. Levi bog auf den Highway ein, der aus dem Stadtzentrum von Willow Brook hinausführte. Er schien mit der Stille zufrieden zu sein, was eine Erleichterung war.

Ich war neugierig zu sehen, wo Levi wohnte. Ich hatte eine vage Vorstellung davon, aber ich hatte es noch nie gesehen. Willow Brook, im Bundesstaat Alaska, war eine kleine Stadt mit einer hohen Sommerbevölkerung. Touristen strömten den ganzen Sommer über in den Ort, um zu jagen, zu fischen, zu wandern, Rad zu fahren und vieles mehr. Durch die Nähe zu Anchorage, das etwa dreißig Minuten entfernt war, lag die Stadt etwas im Landesinneren, mit all den Vorzügen der Berge und einem fantastischen Blick auf den Denali in der Ferne. Auch der Ozean war nicht weit entfernt, sodass die Besucher auch das Meer genießen konnten. Das Stadtzentrum war recht niedlich. Es war eine alte Bergbaustadt, die sich mit vielen hübschen Geschäften und Restaurants herausgeputzt hatte, um die Reisenden bei Laune zu halten. Wir hatten alle Vorteile einer Kleinstadt mit dem Reichtum einer größeren Stadt.

Abgesehen vom Tourismus war der Ort für die Einheimischen klein genug, dass jeder wusste, wer wer war und wer wo wohnte. Ich wusste nur, dass Levi auf der Westseite der Stadt wohnte. Als er durch die mondbeschienene Nacht fuhr, fragte ich mich, was ich mir eigentlich dabei gedacht hatte. Allein die Tatsache, dass ich ihm so nahe war, machte mich nervös, unruhig und überall heiß und kribbelig. Levi hatte vor ein paar Monaten versucht, mich dazu zu bringen, mit ihm essen zu gehen. Er ging mir verdammt auf die Nerven, aber er hatte es schließlich aufgegeben. Ich nahm an, der Grund, warum es mich ärgerte, war, dass er so sexy wie die Sünde war. Mein Körper fand das jedenfalls. Mein Verstand stimmte vielleicht nicht mit meinem Körper überein, aber ich konnte die süße Hitze, die mich durchströmte, sobald ich in seiner Nähe war, nicht unterdrücken. Ich hasste es, so außer Kontrolle zu sein.

Gefahr, Gefahr.

Die Hitze, die sich in meinem Bauch zusammenzog, war genau der Grund, warum ich versuchte, Abstand zu Levi zu halten. Das war kein leichtes Unterfangen, denn wir hatten viele gemeinsame Freunde. Romantik war im Allgemeinen nicht mein Ding, aber der Versuch, in einem winzigen Ort wie Willow Brook so etwas wie eine Beziehung zu führen, war mehr als lästig. Alle dachten, sie hätten nur das Beste für dich im Sinn, aber Gott helfe mir.

Hier kannte jeder jeden. In letzter Zeit verließen mich meine Freunde wie die Fliegen. Amelia war wieder mit der Liebe ihres Lebens, Cade, zusammen, als er nach sieben Jahren zurückkam. Gott sei Dank war er zurückgekommen, sonst hätte sie wahrscheinlich einen Idioten geheiratet, den sie nicht einmal liebte. Ich war zwar kein Experte für Liebesbeziehungen, aber ich wusste, was ich sah.

Wie auch immer, ich schweife ab. Levi war heiß, so heiß, dass es einem den Atem verschlug. Er hatte dunkles, honigblondes Haar und tiefblaue Augen. Ich wollte überhaupt nicht daran denken, dass er heiß war, aber es hatte keinen Sinn, mit mir selbst darüber zu streiten. Hier war ich nun und wollte auf seiner Couch schlafen. Das konnte nicht gut gehen. Ich hoffte, dass er mittlerweile mit jemand anderem zusammen war. Ich bemühte mich bewusst, nicht an ihn zu denken oder über ihn zu sprechen, sodass mir jeglicher Klatsch über seinen Beziehungsstatus entging, falls es überhaupt welchen gab.

In dem Moment, als ich das dachte, durchzuckte mich Enttäuschung. Auch wenn er mich mit seinen Versuchen, mich dazu zu bringen, mit ihm auszugehen, genervt hatte, hatte ein klitzekleiner Teil von mir die Aufmerksamkeit genossen. Nicht zu fassen, wie lächerlich ich mir bei ihm vorkam.

Während der Fahrt fing er mit Smalltalk an, plauderte über das Wetter, das Feuer außerhalb der Stadt, fragte mich nach ein paar Bauprojekten und so weiter. Im Grunde war er einfach ein höflicher und anständiger Mensch. Ich konnte die Unruhe und Nervosität in mir nicht abschütteln. Mit Männern allein zu sein war etwas, das ich im Allgemeinen vermied. Ich war nicht prüde, aber Beziehungen waren einfach nicht mein Ding. Hin und wieder hatte ich mal einen One-Night-Stand, aber das war es dann auch schon.

Es hatte sich so gut angefühlt, als Levi mich in

seinen Armen hielt, als er mich vor dem Sturz bewahrte, und ich konnte kaum mich kaum ablenken. Eigentlich sollte ich mich nicht darum kümmern, ob ich mich in eine alte Jungfer verwandelte oder nicht, aber ein Teil von mir tat es doch. Mit achtundzwanzig war ich auf dem besten Weg dahin. Ich hatte nie geplant, eine halbe Ewigkeit ohne Verabredungen oder irgendetwas, das auch nur im Entferntesten daran erinnerte, auszukommen. Etwas war passiert, und ich wollte es überwinden, war jedoch bisher nicht dazu in der Lage gewesen. Es war unter Verschluss in meinem Herzen und in meinem Kopf und ich beschloss, dass es dort am besten aufgehoben war.

Trotz meines rasenden Pulses und des unangenehmen Kribbelns, das ich jedes Mal in der Nähe von Levi verspürte, gelang es mir, Smalltalk zu halten, während er fuhr. Er fuhr eine Straße hinunter und bog dann in eine andere ab, bevor er in eine kleine kreisförmige Einfahrt einbog. Es war Spätsommer in Alaska. Das bedeutete, dass die Sonne fast nie unterging. Um halb zwei in der Nacht war es bereits dunkel, doch der fast volle Mond stand hoch am Himmel und erhellte die Gegend um Levis Haus mit einem silbrigen Schimmer. Auf einem Feld an der Seite befand sich ein kleiner Teich. Sein Haus war total niedlich. Ich spürte seinen Blick auf mir, und dann gluckste er.

Ich drehte mich zu ihm.

„Was ist so lustig?", fragte ich und war gewillt, meinen Puls nicht in die Höhe zu treiben, als ich seine Augen sah.

Es war schwer, das zu verhindern. Er hatte obszön schöne Augen – ein tiefes Saphirblau. Er hatte auch kein Problem mit direktem, unverblümtem Augenkontakt. Manchmal hatte ich das Gefühl, dass er durch mich hindurch sehen konnte.

„Du siehst überrascht aus. Liegt das an meinem Haus?", fragte er mit einem leisen Lachen.

Ich konnte nicht anders, als sein Grinsen zu erwidern. Ich wusste nicht, was ich erwartet hatte, aber das war es nicht. Er hatte ein kleines Haus mit einer umlaufenden Veranda. An der Vorderseite des Hauses gab es eine Fensterwand, die sich bis zum zweiten Stockwerk erstreckte. Die Fassade war in einem sanften Grauton gestrichen mit lila Akzenten. Das Mondlicht ließ den Farbton irgendwie noch heller erscheinen.

„Es ist das Lila, das mich überrascht hat", fügte ich hinzu und deutete in Richtung seines Hauses.

Er grinste wieder und mein Magen machte einen kleinen Hüpfer. „Ja, hat meine Schwester ausgesucht."

Ich erinnerte mich nur vage, dass er eine Schwester hatte. Sie wohnte nicht in Willow Brook, sonst hätte ich wahrscheinlich mehr gewusst. Er kletterte aus dem Wagen und bevor ich es merkte, öffnete er meine Tür. Meine Wirbelsäule versteifte sich und ich starrte ihn verärgert an, weil er das getan hatte.

„Es ist ja nicht so, dass ich die Tür nicht aufkriegen würde."

Er gluckste. „Ja, ich musste dir zuvorkommen. Ich will ehrlich sein. Ich habe es nur versucht, weil ich wusste, dass es dir unter die Haut gehen würde."

Ich wollte wütend sein, aber es war lustig. Levi war so schamlos. Er versuchte nicht einmal, seine Absicht zu verbergen. Ich sah zu ihm auf und mir stockte der Atem. Er sah einfach zu gut aus für sein eigenes Wohl. Er hätte genauso gut in einem dieser sexy Feuerwehrkalender abgebildet sein können. Er hatte ein robustes, fast königliches Aussehen, gepaart mit einem steinharten Körper. Er hatte eine markante Nase, ausgeprägte Wangenknochen und einen kräftigen

Kiefer. Auf einer seiner Wangen verlief eine Narbe, bei der ich mich fragte, woher er sie hatte. Sie verlieh ihm eine kernige Ausstrahlung.

Ich sammelte mich und unterdrückte meine Verärgerung, denn ich wollte nicht, dass er erfuhr, wie sehr er mich berührte. Während er die Tür aufhielt, als ich aus dem Wagen kletterte, konnte ich die Wärme seines Körpers spüren. Seine Präsenz war stark und solide. Er war die Art von Mann, bei der ich mich anlehnen wollte. Stärke machte mich jedoch nervös, und in dem Moment, in dem ich das spürte, wurde ich innerlich unruhig. Ich wollte weglaufen wie ein aufgeschrecktes Reh. Es gelang mir, den Drang zu unterdrücken, als ich an ihm vorbeiging.

Das Geräusch der sich hinter mir schließenden Truck-Tür hallte laut in der Stille. Ich hörte Flügelschlagen in der Luft und blickte auf, um einen Raben zu sehen, der dunkel im silbrigen Mondlicht direkt über uns flog. Ich holte tief Luft, und die Düfte des Sommers in Alaska strömten auf mich ein - die kühle Luft mit dem subtilen Hauch des nicht allzu weit entfernten Ozeans und der erdige Reichtum all des Grüns.

Ich ging an Levis Seite die Stufen zu seinem Haus hinauf. Ich bemerkte, dass er sich nicht einmal die Mühe gemacht hatte, seine Tür abzuschließen, als er sie öffnete und mir aufhielt. Ich schob diesen Gedanken weg. Solche Kleinigkeiten fielen mir auf, weil ich meine Türen immer abschloss. Als wir drinnen waren, knipste er das Licht an. Ich hielt inne und schaute mich um. Ich war wieder überrascht, dachte mir aber, dass seine Schwester vielleicht auch hier ihre Spuren hinterlassen hatte.

„Hübsches Haus", kommentierte ich und nahm den Raum in Augenschein.

Wir traten in die Küche ein. Ein L-förmiger Tresen trennte die Küche vom Wohnzimmer. Sie hatte lavendelfarbene Granitarbeitsplatten, Geräte aus Edelstahl und helle Ahornschränke. Da ich die meiste Zeit meines Lebens mit dem Bau von Häusern verbracht hatte, fielen mir solche Details auf. Ich wusste, dass er eine Menge Geld für diese Schränke ausgegeben hatte, und sie sahen wie handgefertigt aus. Der Fußboden war mit silbergrauen Fliesen, die ebenfalls lavendelfarbene Akzente hatten, gefliest. Diese trafen im Wohnzimmer auf einen Parkettboden. Das Wohnzimmer hatte eine Spitzgiebeldecke und einen Speckstein-Holzofen in der Ecke des Raums. An der einen Seite stand eine Couch und an der gegenüberliegenden Wand ein Fernseher. Vor den Fenstern funkelten die Sterne am Himmel, und das Mondlicht beleuchtete das Feld und den kleinen Teich.

Ich drehte mich um und schaute nach oben. Ein Geländer umgab alle drei Seiten, mit Ausnahme der Seite mit den Fenstern. An jeder der drei Wände befand sich eine einzelne Tür. Ich nahm an, dass dies die Schlafzimmer waren. Unten gab es nur eine Tür, die wohl zu einem Badezimmer führte. Levi schritt an mir vorbei.

„Komm, ich zeige dir das Gästezimmer", sagte er.

„Oh, ich kann auf der Couch schlafen."

Er blieb stehen und schaute mich mit zusammengekniffenen Augen an.

„Du schläfst nicht auf der Couch. Ich habe sogar zwei Schlafzimmer. Du wirst eines ganz für dich alleine haben, wenn du dir deswegen Sorgen machst."

Seltsamerweise beunruhigte mich das nicht. Ich öffnete meinen Mund, um zu argumentieren. Ich hatte kein Problem damit, zuzugeben, dass ich widerspenstig sein konnte, vor allem, wenn es um Levi oder irgendeinen anderen Mann ging, der mir sagte, was ich tun sollte. Ich hielt mir den Mund zu, als ich die Sinnlosigkeit und Dummheit des Ganzen erkannte.

Ich zuckte mit den Schultern und fühlte mich ein wenig verlegen. „Okay."

Sein satter blauer Blick hielt meinen fest. Ich hatte das Gefühl, dass er direkt in mich hineinsehen konnte, und ich wandte den Blick ab, weil es mir nicht gefiel, wie entblößt ich mich fühlte.

„Ich bring dich nach oben", sagte er schließlich, bevor er sich abwandte.

Ich folgte ihm die Treppe hinauf.

„Badezimmer", sagte er und deutete auf eine Tür. „Mein Schlafzimmer ist dort drüben", fügte er hinzu und deutete nach links, bevor er mich zu der Tür auf der gegenüberliegenden Seite führte.

Wir traten in ein geräumiges Schlafzimmer. Es war einfach mit einem Bett und zwei Nachttischen eingerichtet. Die Möbel waren aus hellem Ahornholz mit klaren, modernen Linien. Auf dem Bett lag eine cremefarbene, flauschige Daunendecke, und die Kissen waren hoch aufgeschichtet. Das Zimmer war spärlich mit ein paar Landschaftsfotos dekoriert.

Ich spürte seinen Blick auf mir und sah zu ihm hinüber. Als er nichts sagte, fühlte ich mich gezwungen zu sprechen. „Das ist schön. Ich danke dir. Ich bin morgen früh wieder verschwunden. Ich rufe einfach Amelia an, damit sie mich mitnimmt und ..."

Seine herrlichen blauen Augen verengten sich wieder. „Du rufst Amelia nicht an, damit sie dich mitnimmt. Das wäre doch totaler Quatsch."

Er sah wirklich beleidigt aus, weil ich vorgeschlagen hatte, dass mich jemand anderes mitnehmen sollte. Für einen kurzen Moment fühlte ich mich ein bisschen schlecht, aber meine Verärgerung über seine

Annahme, er könne mir sagen, was ich tun sollte, war stärker.

„Wenn ich Amelia anrufen will, damit sie mich mitnimmt, dann rufe ich sie an, damit sie mich mitnimmt."

Ich schnaufte, ich schnaufte wirklich, und drehte mich dann um.

Levi legte seine Hand auf meine Schulter und hielt mich davon ab, davon zu stampfen, was ich eigentlich tun wollte. Seine Berührung war wie ein Brandzeichen. Sie war heiß und schickte Funken durch mich hindurch. Ich war so verunsichert wegen der Reaktion meines Körpers, dass ich mich ihm nicht entzog.

„Ich fahre dich morgen früh überallhin, wo immer du hin musst, okay?"

Sein Ton war dieses Mal etwas weniger autoritär. Ich ärgerte mich zu sehr über meine Reaktion auf ihn, um weiter zu schmollen. Außerdem war ich erschöpft, mein Arm tat weh, und ich wollte unbedingt schlafen. Ich wollte mich unter einer Decke verkriechen und alles vergessen. Vor allem wollte ich vergessen, wie sehr sich mein Körper zu Levi hingezogen fühlte. Ich nickte. „Okay."

Sein Blick hielt wieder den meinen. Gott, ich wünschte, er würde das lassen. Gerade jetzt fühlte sich sein Blick sanft an, als ob er spüren könnte, wie verunsichert ich war. Er ließ seine Hand sinken und verließ den Raum.

„Gute Nacht", war das Letzte, was ich hörte, als er die Tür schloss.

Ich schlüpfte aus meinen Kleidern und kroch ins Bett. Das Laken war kühl, und die Bettdecke lag leicht und weich auf mir. Ich driftete in den Schlaf, während mir Gedanken an Levi durch den Kopf gingen.

Kapitel Vier

LUCY

Ich wachte auf und fühlte mich so ausgeruht wie seit Jahren nicht mehr. Einen Moment lang war ich verwirrt, dann erinnerte ich mich, dass ich mich im Gästezimmer von Levis Haus befand. Angesichts der gestrigen Ereignisse war es ein Wunder, dass ich so tief geschlafen hatte. Ich rollte mich auf die Seite und schaute aus dem Fenster, das auf das Feld vor dem Haus gerichtet war. Nebel stieg von den hohen Gräsern auf, während die Sonne über den Bäumen aufging und ihre Strahlen auf die taufrische Landschaft warf.

Ich atmete tief ein und wieder aus. Ich hatte keine Ahnung, wie spät es war. Ich hatte weder meine Handtasche noch irgendetwas anderes bei mir. Ich hatte sie in Amelias Wagen liegen lassen, als sie mich ins Krankenhaus gebracht hatte, um meinen Arm untersuchen zu lassen. Ich hob ihn an und war erleichtert, dass ich nur einen leichten Schmerz verspürte, als ich mein Handgelenk vorsichtig in die Bandage schob. Ich seufzte und erinnerte mich daran, dass ich mich anschließend mit meinem Vermieter gestritten und keinen guten Plan hatte, wo ich hin sollte. Im Sommer eine neue Wohnung in Willow Brook zu finden, war nicht einfach. Die meisten Unterkünfte waren mit Touristen ausgebucht.

Es war so seltsam, dass Levi derjenige war, der mir gestern geholfen hatte. Ich hasste es, so über das Geschehene zu denken, aber er hatte mich gerettet. Ich fragte mich kurz, warum er seine neckischen Versuche eingestellt hatte, mich dazu zu bringen, mit ihm auszugehen, und verdrängte dann diese Gedanken. Eine Romanze kam für mich nicht in Frage. Es spielte keine Rolle, dass Levi diese Auswirkung auf meinen Körper hatte. Unruhig schlug ich die Decke weg und hüpfte aus dem Bett. Ich zog mein T-Shirt an und hielt mein Ohr an die Tür. Es war noch früh, also hoffte ich, dass ich mich ins Bad schleichen konnte.

Als ich nichts hörte, öffnete ich langsam die Tür. Levis Schlafzimmertür, direkt gegenüber, war geschlossen. Im Haus war es völlig still. Ich trat schnell hinaus und lief auf Zehenspitzen zum Badezimmer, stürzte hinein und schloss schnell die Tür.

Ich erledigte mein Geschäft und ging auf Zehenspitzen zurück nach draußen, wo ich mitten im Flur einen braun-weißen Hamster entdeckte. Er hielt inne, schaute mich an und huschte dann zu mir, um an meinem Fuß zu schnuppern.

Was zum Teufel? Levi hat einen Hamster? Wow!

Die Ungereimtheit des Ganzen ließ mich in Gelächter ausbrechen. Ich beugte mich hinunter und strich mit den Fingern über sein Fell. Der kleine Hamster zappelte unter meiner Berührung und schaute auf.

„Ah, wie ich sehe, hast du Ham schon kennengelernt."

Levis Stimme war tief und heiser, vom Schlaf

aufgeraut. Ihr Klang jagte mir ein Kribbeln über den Rücken. Ich stand schnell auf und drehte mich zu ihm, als er auf mich zukam.

Hölle.

In dem Moment machte sich wellenartige Hitze in meinen Körper breit. Hatte ich schon erwähnt, dass er Kalendermaterial war? Ich wusste, dass er gut aussah, aber meine Fantasie hatte ihm *nicht* gerecht werden können. Er trug nichts weiter als eine marineblaue, abgeschnittene Jogginghose, die tief auf seinen Hüften saß. Seine Brust hätte genauso gut aus Stein gemeißelt sein können. Jeder Muskel war deutlich zu erkennen. Er war so durchtrainiert, dass es eigentlich illegal sein müsste. Meine Augen saugten ihn in sich auf. Ich konnte den Blick nicht abwenden. Mein Mund wurde trocken, und mein Puls schoss wie eine Rakete in die Höhe.

Die ganze Zeit über stand ich mit einem Hamster da, der beschlossen hatte, auf meinen Fuß zu klettern. Ich war so verwirrt, dass ich vergessen hatte, dass ich nichts anderes als ein T-Shirt trug. Es ging mir gerade so bis zu den Oberschenkeln. Als mir diese Tatsache bewusst wurde, errötete ich sofort. Mir wurde klar, dass Levi wahrscheinlich einen perfekten Blick auf meinen Hintern hatte, als ich mich bückte, um den Hamster zu streicheln, der offenbar Ham hieß. Mir war ganz schön heiß und unangenehm zumute. Das gehörte zu den peinlichsten Momenten, die ich je erlebt hatte. Bei Weitem.

Ich konnte mich nicht losreißen und starrte ihn nur an, während in meinem Inneren Hitze aufstieg und nach außen strahlte. Wenn Levi etwas bemerkt hatte, konnte ich es nicht sagen. Er verringerte den Abstand zwischen uns, bis er direkt vor mir stand. Nur Zentimeter entfernt.

Ich wollte ihn berühren. Verzweifelt.

Meine Hand hatte offenbar einen eigenen Willen. Denn ich berührte ihn, ohne darüber nachzudenken, streckte einfach meine Hand aus und ließ meine Handfläche über seine Brust gleiten. Seine Haut war warm und leicht behaart. Sein satter blauer Blick blieb an meinem hängen. Die Luft um uns herum fühlte sich lebendig an, schimmernd und pulsierend vor Verlangen.

Ich konnte meine Hand nicht wegnehmen, aber ich wurde plötzlich ängstlich, angestachelt von meiner Vergangenheit und all den Gründen, warum ich so etwas nicht tat. Als ob er meinen nächsten Schritt vorhersehen konnte, legte er seine Hand auf meine. Seine Berührung war warm und stark. Sein Daumen strich über mein Handgelenk, an der Stelle, an der die Haut so empfindlich war, dass es wehtat. Heiße Schauer durchliefen mich.

Ich schluckte und kämpfte gegen die aufkommende Angst an. Irgendwie vermischte sie sich mit dem intensiven Verlangen, das ich spürte, und verstärkte es immer mehr.

„Trink einen Kaffee mit mir", sagte er.

Ich wusste nicht, was ich erwartet hatte, aber das war es nicht. Er machte keine weitere Bewegung, stand einfach nur da, hielt meine Hand in seiner und sein Daumen fuhr hypnotisch über den wilden Schlag meines Pulses.

„Okay", platzte ich heraus.

Er lockerte seine Hand. Ich musste mich zwingen, meine wegzunehmen. Ich vermisste sofort das Gefühl seiner warmen Haut unter meiner Berührung.

Er verzog einen Mundwinkel. „Das ist Ham, wie gesagt", sagte er und deutete auf den Hamster.

Ham stützte sich mit seinen Hüften auf meinem

Fuß ab und starrte vor sich hin. „Ähm, du hast also einen Hamster?"

Levi nickte. „Genau. Meine Schwester hat ihn mir geschenkt. Sie sagte, ich bräuchte Gesellschaft."

„Und du lässt ihn frei herumlaufen?"

Ich war sehr darauf konzentriert, weil ich meinen Körper nicht unter Kontrolle hatte. Meine Mitte krampfte sich vor Verlangen zusammen und mein Bauch flatterte, und es war alles, was ich tun konnte, um bei Verstand zu bleiben. Außerdem war ich mir viel zu sehr bewusst, wie nah Levi und wie wahnsinnig sexy er war. Mit seinem bernsteinfarbenen Haar, das vom Schlaf zerzaust war, und seiner göttlichen Brust, die er immer noch nicht bedeckt hatte, war es nur fair zu sagen, dass ich nicht allzu klar denken konnte. Überhaupt nicht.

Er zuckte mit den Schultern. Gott, sogar seine Schultern waren sexy, die Muskeln rollten mit seinem leichten Zucken. „Ja. Er ist einmal ausgebrochen und schien sich ganz wohlgefühlt zu haben, also lasse ich jetzt seinen Käfig offen. Er geht rein und raus und macht sein Ding. Wie auch immer, musst du ins Bad?", fragte er und deutete mit dem Daumen auf die Tür.

Ich schüttelte heftig den Kopf. „Nö. Alles gut."

Daraufhin stürzte ich los, verzweifelt bemüht, etwas Abstand zwischen Levi und mir zu schaffen und vielleicht, nur vielleicht, meinen Körper unter Kontrolle zu bekommen.

LEVI

Ich schritt durch die Tür ins Firehouse Café. Wärme und der Duft von frischem Gebäck umhüllten mich. Das Firehouse Café befand sich in der Main Street im Stadtzentrum von Willow Brook, fast genau in der Mitte der Stadt. Das Café befand sich in der ursprünglichen Feuerwache der Stadt und war zu einem gemütlichen Ort umgebaut worden. Der Sitzbereich befand sich in der alten Garage, und die Garagentore waren zu Fenstern umfunktioniert worden, von denen aus man einen Blick auf die Main Street und den Swan Lake hatte, der die Hauptattraktion der Stadt für Touristen darstellte. Das Café war mit lokalen Kunstwerken dekoriert. Runde Tische standen im Gastraum verstreut, und an einer Seite befanden sich eine Feinkost- und eine Backwarentheke.

Wie immer war das Café gut besucht. Vom Frühling bis zum Herbst wimmelte es nur so von Touristen. Im Winter waren es vor allem Einheimische. Im Café gab es zum Frühstück hervorragenden Kaffee und Backwaren, mittags phänomenale Sandwiches und zum Abendessen eine verdammt gute Auswahl an warmen Gerichten. Kurz gesagt, Janet James, die Besitzerin des Firehouse Café, hatte es geschafft, das Lokal zu allen Jahreszeiten unwiderstehlich zu machen.

Willow Brook lag etwa fünfundvierzig Minuten außerhalb von Anchorage, gerade nah genug, um die Touristenströme aus Anchorage zu bewältigen, und gerade weit genug, um das Gefühl zu haben, dass man sich fast im Nirgendwo befand. Mit dem Swan Lake im Zentrum der Stadt war Willow Brook ein Paradies für Angler, Jäger, Wanderer, Radfahrer und viele mehr. Die Wildlands Lodge und eine Reihe kleinerer Lodges lagen an den malerischen Gewässern und verlangten ein Vermögen, das die Touristen gerne bezahlten.

Es war Spätsommer, und der Herbst war bereits in vollem Gange. Ich sah mich in dem überfüllten Café um und stellte mich am Ende der Schlange an. Das Wetter war heute klar, und so war das Café voll mit Touristen, die auf die Schnelle einen Kaffee tranken, bevor sie sich aufmachten zu irgendeiner Aktivität, die sie in der Wildnis Alaskas geplant hatten, während die Einheimischen an den Tischen verstreut saßen.

Trotz meiner Bemühungen, Lucy zu überreden, heute Morgen mit mir einen Kaffee zu trinken, hatte sie mich abgewiesen, als wir in die Stadt kamen. Da ich spürte, dass sie sich noch stärker wehren würde, wenn ich sie zu sehr und zu schnell bedrängte, ließ ich es bleiben.

Jemand stupste mich an der Schulter an, und ich blickte zurück, um Cade hinter mir zu entdecken.

„Hey Mann, was treibst du so?", fragte ich.

Cade grinste. „Ich hol mir nur kurz einen Kaffee, du?"

„Dasselbe."

„Ich nehme an, wir werden heute zu den Aufräumarbeiten nach dem gestrigen Brand hinzugezogen", sagte er.

„Ja. Um wie viel Uhr bricht deine Mannschaft auf?", fragte ich.

„Ich kümmere mich darum, wenn wir auf der Wache sind. Ich muss erst bei Denali Builders vorbeischauen. Der verdammte Boiler ist letzte Nacht kaputt gegangen."

Wir rückten gemeinsam in der Schlange einige Schritte vor.

„Wie nervig. Meinst du, ihr könnt es reparieren?"

Er schüttelte den Kopf. „Nein. Wir haben alles versucht. Amelia hat ihn gebraucht gekauft, als sie das Haus gebaut hat, also wussten wir, dass er schon einige Jahre auf dem Buckel hat. Die Reparatur kostet zwanzig Riesen", sagte er und schüttelte langsam den Kopf.

„Verdammt", war alles, was ich zu sagen hatte.

„Noch schlimmer ist, dass Amelia den ganzen Vormittag am Telefon verbracht hat, um herauszufinden, ob irgendjemand einen auf Lager hat. Niemand in der Gegend hat derzeit einen guten gebrauchten auf Halde. Ich habe ihr gesagt, dass es wohl das Beste wäre, wenn wir in den sauren Apfel beißen und das Geld für einen neuen ausgeben. Es wird allerdings Wochen dauern, bis wir den Ersatz bekommen."

„Na, wenigstens ist es Sommer", kommentierte ich.

„Stimmt, aber wir haben kein warmes Wasser. Noch schlimmer ist, dass unser Warmwassertank geflutet wurde, als der Boiler kaputt ging, also herrscht im gesamten unteren Bereich ein einziges Chaos. Amelia will den Hartholzboden herausreißen und neu verlegen."

„Wenn ihr Hilfe braucht, sagt es einfach."

Cade nickte. „Danke, Mann. Ich kann die Installation selbst in die Hand nehmen. Wir müssen nur noch den Boiler ranschaffen.“

Wir rückten wieder ein Stück vor, als eine große Gruppe vor uns ihre Bestellung bekam und sich vom Tresen entfernte. Janet James sah auf und schenkte uns ein breites Grinsen. Es war so gut wie unmöglich, nicht zu lächeln, wenn Janet dies tat. Mit ihren funkelnden braunen Augen, ihrer runden Figur und ihrer übersprudelnden Herzlichkeit passte es, dass sie der Mittelpunkt des Cafés war.

„Na Jungs, womit kann ich euch dienen?“

„Kaffee“, sagten wir unisono.

Janet gluckste. „Irgendwas Besonderes?“

„Was immer du hast, so stark wie es geht“, erwiderte ich.

Ihr Blick wanderte zu Cade.

„Das Gleiche“, sagte er schnell.

„Nichts zu essen?“

„Eine Tüte mit deinen gemischten Backwaren“, fügte ich hinzu. „Wir nehmen sie mit für die Jungs auf der Wache. Wir sind wahrscheinlich den ganzen Tag lang mit Aufräumarbeiten zugange.“

Nachdem ich bezahlt und Cades Versuch, seinen Kaffee zu bezahlen, ignoriert hatte, drehte sich Janet weg, um sich um unsere Bestellung zu kümmern, während wir zum Abholschalter hinübergingen. Die Glocke über der Tür bimmelte fröhlich, und ich blickte reflexartig hinüber, um Lucy hereinkommen zu sehen. In dem Moment, als mein Blick auf ihr landete, spannte sich mein Körper in freudiger Erwartung an.

Es war ein verdammtes Wunder, dass ich mich heute Morgen unter Kontrolle hatte, nachdem ich aus meinem Schlafzimmer gekommen war und sie da stehen sah. Ich hatte einen absolut perfekten Blick auf ihren Hintern gehabt. Nicht, dass ich nicht hätte ahnen können, dass sie einen süßen Körper hat, aber sie hat ihn bisher immer gut versteckt. Sie hatte einen perfekten herzförmigen Hintern in schockierend femininer rosa Baumwollunterwäsche. Ich wäre fast umgefallen. Wenn ich sie jetzt mit diesem Anblick vor Augen sah, schoss mir die Lust direkt in die Adern.

Ich hatte schnell an etwas Unangenehmes gedacht, um meinen Schwanz unten zu halten, denn ich wusste, sobald sie sich umdrehte, wäre meine Reaktion auf sie offensichtlich gewesen, da ich nichts anderes als eine lockere Jogginghose trug. Als sie sich aufrichtete und umdrehte, mit ihrem wunderschönen blonden Haar, musste ich mich noch einmal kurz beherrschen. Obwohl ihr T-Shirt sie fast ganz verschluckt hatte, drückten ihre Brüste dagegen und ihre Brustwarzen waren durch die dünne Baumwolle leicht zu sehen.

Dann kam sie zu mir und berührte mich auch noch. Dem Blick in ihren Augen nach zu urteilen, hatte sie sich selbst genauso erschrocken, wie sie mich geschockt hatte. Normalerweise hätte ich sie aufziehen wollen, aber der Blick in ihren großen blauen Augen und die Hitze, die sich in ihren Tiefen aufgestaut hatte, hielten mich davon ab. Vor ein paar Monaten, als ich versucht hatte, sie zu überreden, mit mir auszugehen, hätte ich gesagt, dass es zwischen uns gefunkt hätte. Denn es war nicht zu übersehen. Oh, ich würde nicht lügen und so tun, als ob ich sie nicht wegen der Herausforderung wollte. Aber es war mehr als das. Wann immer ich in ihrer Nähe war, fühlte sich die Luft um uns herum wie elektrisiert an.

Doch nichts hätte mich auf diesen kurzen Moment mit ihr vorbereiten können. Die Luft wurde innerhalb einer Sekunde schwer. Die Intensität ihres Blicks und die Intimität des Augenblicks hatten mich umgehauen. Ich hatte es nicht erwartet. Und erst recht hatte ich nicht erwartet, dass sie mich berühren würde.

Ich beobachtete, wie Amelia hinter Lucy durch die Tür kam. Obwohl Amelia Lucy überragte, war Lucys Präsenz so stark, dass ich dieses Detail kaum bemerkte. Cade rief Amelias Namen. Als sie zu ihm herübersah, zwinkerte er ihr zu und entlockte ihr ein Lächeln. Sie konnte nicht wissen, wie perfekt es war, dass sie und Lucy zum Kaffee hier waren, nachdem Lucy sich bei mir rausgewunden hatte.

„Suchst du uns einen Tisch?", rief sie.

Cade nickte und sah zu mir. „Könntest du die Kaffees holen?"

„Aber sicher."

Es schien, als hätte er einen anderen Gang eingelegt und beschlossen, dass wir noch eine Weile bleiben würden. Aber Cade war so vernarrt in Amelia, dass es nicht die geringste Überraschung war. Es spielte keine Rolle, dass sie verheiratet waren, und das schon seit gut zwei Jahren, es spielte keine Rolle, dass er sie wahrscheinlich erst heute Morgen vor weniger als einer Stunde zum Abschied geküsst hatte. Er würde sich mehr Zeit mit ihr stehlen wollen. Das war gut für mich, denn das bedeutete, dass ich noch ein paar Minuten mit Lucy verbringen konnte.

Ich schnappte mir unsere Kaffees und ging hinüber zu dem Tisch, den er in der Ecke gefunden hatte. Innerhalb weniger Minuten schlängelte sich Amelia mit Lucy zu uns herüber. Ich beobachtete, wie sie sich näherten, und sah einen vertrauten, zurückhaltenden Ausdruck auf Lucys Gesicht. Ich war nicht der Typ, der auf *Gefühle anspricht*. Nein. Ich hatte eine lockere

Herangehensweise an die Romantik. Ich würde nicht sagen, dass ich ein Spieler war, eher ein Typ, der von einer freundschaftlichen Beziehung zur nächsten übergeht. Trotzdem hatte Lucy mich gepackt.

Sie war so verdammt schön, dass sie mir den Atem raubte. Sie hatte diese Schönheit, die man unmöglich übersehen konnte. Sie versuchte so sehr, es mit ihrer burschikosen Haltung und ihrer zickigen Rüstung zu verbergen. Bis Cade zurück nach Willow Brook zog, hatte ich sie zwar bemerkt - weil es einfach so unmöglich war, es nicht zu tun -, aber ich hatte sie als zu distanziert und unnahbar abgeschrieben.

Nachdem Cade und Amelia wieder zusammenkamen, überkreuzten meine sozialen Kreise sich mit denen von Lucy, und ich erkannte, dass in ihr weit mehr steckte als die stachelige Kaktusattitüde, die sie ausstrahlte. Sie war ihren Freunden gegenüber unglaublich loyal und immer schnell zur Stelle, wann und wie auch immer ihre Freunde sie brauchen mochten. Doch wenn es um etwas anderes als eine platonische Beziehung ging, baute sie eine Mauer um sich herum auf, als ginge es niemanden etwas an. Ich war so dumm gewesen zu glauben, ich könnte mich durch diese Mauern hindurchzaubern. Ohne Glück. Seltsamerweise hatte der Versuch, sie zu verzaubern, in mir *Gefühle geweckt,* die *ich* nicht gewohnt war zu fühlen. Ich wollte wissen, warum sie mich so beschützen wollte, warum sie sich so sehr gegen mich wehrte.

Bis gestern Abend war ich der Meinung, dass ich es genauso gut sein lassen konnte.

Amelia erreichte uns zuerst. „Hattest du Glück?", fragte sie, nachdem sie Cade einen lang anhaltenden Kuss auf die Wange gedrückt und sich neben ihn gesetzt hatte.

„Nein. Wir werden den Boiler frühestens in zwei Wochen bekommen, wenn wir Glück haben."

„Was ist hier los?" fragte Lucy, als sie auf den Stuhl neben mir rutschte. Es war der einzige Stuhl, der noch übrig war, aber es machte mir nichts aus, sie ein wenig näher bei mir zu haben.

„Unser Heizkessel ist gestern Abend ausgefallen, und unser Warmwasserspeicher wurde geflutet. Ich habe heute Morgen überall angerufen. Denali Builders hätte wohl einen gebrauchten irgendwo, aber wenn wir schon das Geld ausgeben, dann will ich auch einen anständigen." Amelia machte eine Pause und nahm einen großen Schluck von ihrem Kaffee. „Also kein heißes Wasser, und der Boden ist ruiniert, wo das Wasser stand", sagte sie seufzend.

„Es ist nicht so, dass wir uns die Zwanzigtausend im Moment leisten können, aber wir werden das Risiko auf uns nehmen", fügte Cade hinzu.

Lucy sah zwischen den beiden hin und her, ihre blauen Augen schienen besorgt. „Tja, das ist scheiße." Sie hob ihre Kaffeetasse mit dem verletzten Arm an und verdrehte dann die Augen, während sie schnell die Hand wechselte.

Amelias Augen verengten sich. „Wie geht es deinem Arm?"

„Oh, es ist in Ordnung. Es tut nur noch ein bisschen weh", sagte Lucy fest. „Tut mir leid wegen der Sauerei bei euch zu Hause. Wenn du Hilfe mit dem Boden brauchst, sag mir Bescheid."

Amelia zuckte mit den Schultern. „Erst wenn du die Hand wieder benutzen darfst. Wir werden uns darum kümmern. Wahrscheinlich werden wir bei Cades Eltern wohnen, bis wir alles repariert haben. Ich *hasse es* kalt zu duschen", sagte sie mit Nachdruck. „Apropos, das schließt aus, dass du bei uns wohnen kannst, bis du eine Wohnung gefunden hast. Sobald wir den Heizkessel haben, bist du aber so lange willkommen, wie du willst."

Lucy nickte und nahm einen schnellen Schluck ihres Kaffees, wobei ihre betont lässige Art die Anspannung verbarg, die von ihr ausging.

Amelias nächster Vorschlag brachte mich dazu, sie küssen zu wollen.

„Warum ziehst du nicht vorübergehend zu Levi?"

Sie konnte nicht wissen, wie perfekt das war.

„Von mir aus gern", fügte ich hinzu und bemühte mich, einen lockeren Tonfall anzuschlagen.

„Was ist eigentlich mit deinem Vermieter passiert?" fragte Amelia als Nächstes, als Lucy sich fast an ihrem Kaffee verschluckte.

„Nun, mein Mietvertrag war abgelaufen. Er wollte die Miete erhöhen. Und zwar um einiges. Ich habe mich mit ihm darüber gestritten, und dann sagte er, er würde den Mietvertrag nicht verlängern. Da ich es versäumt hatte, mich darum zu kümmern, musste ich gestern Abend gehen."

Amelia grinste. „Das hast du davon, wenn du dich mit ihm anlegst."

Lucy verdrehte die Augen.

„Levi hat viel Platz", sagte Cade.

Ich unterdrückte den Drang sie aufzuziehen, denn ich wusste, wenn ich das täte, wären meine Chancen, dass Lucy auf mein Angebot einging, wesentlich geringer.

Lucy nickte schließlich und ihr Blick blieb an meinem hängen. Der Hauch von Verletzlichkeit, der in den Tiefen ihrer Augen aufblitzte, zog mich in seinen Bann. Schon allein deshalb, weil sie sich durch die Situation wahrscheinlich in die Enge getrieben fühlte, hielt ich mich absichtlich zurück und sagte nicht viel.

Lucy trug nun eine Jeans-Latzhose über einem tailliertem T-Shirt. Sie war so verdammt umwerfend, und sie gab sich so viel Mühe, es nicht zu sein, dass es mir umso mehr gefiel.

Das Gespräch ging weiter, wobei Amelia ein paar Fragen über das Feuer in der Nacht zuvor stellte und ich mich nach ihrem neuesten Projekt erkundigte.

„Arbeitest du heute?", fragte ich und deutete auf Lucys verbundenen Arm

Sie sah mir in die Augen und ihr Blick verengte sich.

„Natürlich."

„Das habe ich sie auch schon gefragt", sagte Amelia und rollte mit den Augen. „Sie sagt, sie hat einen völlig gesunden Arm." Sie richtete ihren Blick auf Lucy. „Mach bloß keine Dummheiten."

Lucy nahm einen großen Schluck ihres Kaffees und starrte sie an. „Das ist keine große Sache. Es tut heute kaum noch weh. Es ist eine Knochenprellung, nichts weiter. Ich muss nur ein paar Wochen lang diese Schiene tragen und das war's. Ich kann arbeiten, und ich werde arbeiten, also diskutiere nicht mit mir darüber."

„Gut. Verletz dich nur nicht wieder", erwiderte Amelia.

„Wir haben nichts dagegen, dich zu retten, wenn das der Fall sein sollte", fügte ich hinzu.

Lucys Blick wandte sich mir zu. „Ich kann nicht glauben, dass ihr das sagt, Jungs. Wollt ihr mir sagen, dass ihr etwa nicht arbeiten würdet, wenn ihr so etwas hättet?"

Cade und ich sahen uns in die Augen und ich zuckte reumütig mit den Schultern. „Na gut. Ich würde wahrscheinlich leichten Dienst machen."

„So nennt ihr das also?", fragte sie mit der leisesten Andeutung eines Grinsens.

Verdammt! Lucy dazu zu bringen, irgendwie zu lächeln, brachte mich fast um. Ich spielte es mit einem Lachen herunter.

„So oder so ähnlich. Also zumindest keine Höhen und schon gar keine Balken, mit denen du gestern rumhantiert hast."

Amelia schüttelte energisch den Kopf. „Auf keinen Fall. Du hättest das sowieso nicht alleine machen sollen. Ich habe Max schon angerufen. Er wird mir heute ein bisschen helfen, damit wir die Balken fertigstellen können."

Lucy murmelte etwas vor sich hin und nahm einen weiteren Schluck von ihrem Kaffee. Mein Handy vibrierte und ich holte es aus der Tasche. Ich schaute auf das Display und sah, dass es eine SMS von Maisie, unserer Disponentin, war, die uns auf die Wache beorderte, um auf einen nicht allzu dringenden Anruf zu reagieren.

„Wir müssen zur Wache", sagte ich und sah Cade in die Augen.

Lucy und Amelia folgten uns nach draußen. Als Amelia zu Cade trat, um ihn zum Abschied zu küssen, war es ein „Der Rest von uns sollte wegschauen"-Kuss, also sah ich zu Lucy.

„Soll ich dich heute Abend zu mir nach Hause fahren?", fragte ich.

Ihr Blick wirkte geradezu meuterisch.

„Eigentlich muss ich meinen Truck abholen. Wenn es dir nichts ausmacht, mich an unserer Baustelle abzuholen und mich bei meinem Truck abzusetzen, wäre das großartig", sagte sie in kontrolliertem Ton. „Ich werde heute ein paar Anrufe tätigen und sehen, ob ich eine Unterkunft finde, sodass ich vielleicht nicht mehr bei dir übernachten muss."

Ich lächelte nur und nickte, wohl wissend, dass ihre Chancen zu dieser Jahreszeit gering waren. Es war Hochsommer und alles war komplett ausgebucht. Ich beobachtete, wie sie mit Amelia davonging, und fragte mich, ob es mir in naher Zukunft gelingen würde, ihren Schutzwall zu durchbrechen.

Kapitel Sechs

LUCY

Ich verbrachte den Tag damit, schlecht gelaunt zu sein. Es gefiel mir nicht, dass ich nicht mit voller Kraft arbeiten konnte. Ich mochte die Tatsache nicht, dass ich keine Bleibe hatte. Ich hasste es, dass man mich in die Enge getrieben hatte, damit ich wieder bei Levi übernachtete. Während Amelia und Max sich um die Balken kümmerten, verbrachte ich mindestens eine Stunde damit, überall anzurufen, um eine Unterkunft zu finden. Selbst Janet hatte kein Zimmer mehr in dem B&B, das sie neben dem Firehouse Café betrieb.

Es gelang mir einfach nicht, mich aus Levis Angebot herauszuwinden. Wenn ich vernünftig wäre, wäre ich erleichtert gewesen, dass er es angeboten hat. Aber das war ich nicht. Er brachte mich dazu, mich komisch zu fühlen und über Dinge nachzudenken, über die ich seit Jahren nicht mehr nachgedacht hatte. Das Schlimmste von allem war, dass ich mir wünschte, ich hätte nicht so viel emotionales Gepäck mit mir herumzuschleppen.

Nachdem ich widerwillig akzeptiert hatte, dass es unwahrscheinlich war, dass ich kurzfristig eine neue

Bleibe finden würde, machte ich mich wieder an die Arbeit. Meine Einstellung war immer noch beschissen. Ich war genervt von meinem verletzten Handgelenk und von meinem Leben. Nachdem Amelia und Max alle Balken angebracht hatten und vom Gerüst heruntergeklettert waren, lehnte sich Amelia an einen Sägebock in der Nähe und trank einen Schluck Wasser. Ich war gerade dabei, mit der Gehrungssäge Parkett zuzuschneiden, was ich mit meinem verletzten Handgelenk gerade noch schaffte. Sie zog ihre Arbeitshandschuhe aus und klopfte sie auf ihre Jeans, um den Staub abzuschütteln.

„Dafür ist es noch etwas zu früh, meinst du nicht?", fragte sie.

Ich schaute in ihre Richtung, während ich vorsichtig einen weiteren Schnitt machte. „Ich denke, ich kann genauso gut versuchen zu erledigen, was geht. Auf diese Weise haben wir einen Vorsprung, wenn ich wieder voll einsatzfähig bin", bot ich achselzuckend an. „Wir können uns die auf Lager legen, bis wir sie das nächste Mal brauchen."

Max Richards kam herüber geschlendert, strich sich mit dem Ärmel über das Gesicht und wischte sich den Schweiß von der Stirn. Es war Hochsommer in Alaska, die einzige Zeit im Jahr, in der es so etwas wie heiße Temperaturen gab. Er warf einen Blick in meine Richtung und grinste mich an.

„Ich nehme an, du wirst erleichtert sein, wenn es deinem Arm besser geht. Was ist eigentlich passiert?", fragte er.

Amelia machte sich nicht einmal die Mühe, nicht mit den Augen zu rollen. „Du kennst doch Lucy. Sie hätte da oben nicht versuchen sollen, allein mit den Balken zu hantieren, aber sie hat sich entschlossen, es zu versuchen. Ich bin in die Stadt gefahren, um zusätzliches Holz zu besorgen, und als ich zurückkam, war sie schon da oben. Lektion gelernt", sagte sie unverblümt.

Ich warf ihr einen bösen Blick zu, konnte mir aber ein Lächeln nicht verkneifen. Ich hatte es besser gewusst, aber ich war ungeduldig gewesen. „Ja, Lektion gelernt. Der Arzt hat gesagt, ich hätte ihn mir nicht gebrochen, sondern nur den Knochen geprellt. In ein paar Wochen sollte ich so gut wie neu sein", bot ich an.

Max gluckste. „Nun, ich bin froh, dass nicht mehr passiert ist. Ich muss jetzt los, wir sehen uns später. Ruft mich an, wenn ihr wieder Hilfe braucht."

Amelia warf ihm ein Lächeln zu, als er sich winkend abwandte. Max erledigte normalerweise alle Aushubarbeiten bei unseren Projekten. Er war ein guter Kerl und es war einfach, mit ihm zu arbeiten. So sehr es mich auch ärgerte, dass wir seine Hilfe brauchten, war ich doch froh, dass er da war. Ohne seine Hilfe hätte sich unser Projekt heute erheblich verzögert.

Nachdem sie ihre Wasserflasche geleert hatte, ging Amelia zu unserem Arbeitsfahrzeug und kam mit zwei weiteren Wasserflaschen zurück. Sie warf mir eine zu, und ich fing sie mit meiner guten Hand auf. Ich drehte mich um, legte mein letztes Stück Holz ab und lehnte mich mit den Hüften gegen den Ständer der Gehrungssäge.

Wir standen ein paar Minuten lang schweigend da. Ich schaute mir die Baustelle an. Es war ein wunderschönes Grundstück am Rande von Willow Brook, eingebettet in den Wald mit Fichten, Pappeln und Birken, die das Grundstück umgaben. Die Bäume öffneten sich am Rande eines sumpfigen Feldes und boten einen Blick auf die Berge in der Ferne. Ein Rabe krähte und eine Elster antwortete.

„Wie geht es deinem Handgelenk?", fragte Amelia.

„Eigentlich ganz gut. Ich hatte heute Morgen ein paar Schmerzen, aber Ibuprofen haben geholfen. Es nervt mich jedoch tierisch", bot ich mit einem kleinen Lachen an.

Sie warf mir ein schiefes Lächeln zu. „Oh, das glaub ich dir sofort. Würde mir genauso gehen. Hattest du Glück bei der Suche nach einer Bleibe?"

Ich nahm einen Schluck von meinem Wasser und blickte zum Himmel hinauf. Heute war es hell und sonnig, mit Wolkenfetzen, die über den blauen Himmel zogen.

„Nein, aber ich hätte es wissen müssen. Es ist zwar kurz vor Sommerende, aber es ist immer noch viel los. Jeder, der einen Platz frei hat, ist damit beschäftigt, Geld wie Heu zu machen."

„Stimmt. Ich kann Cades Eltern fragen, ob du auch dort unterkommen kannst. Ich habe im Nachhinein gemerkt, dass du es vielleicht nicht gut fandest, als wir sagten, dass du bei Levi übernachten sollst. Er ist ein guter Kerl, aber ich weiß, dass er ..."

Sofort ging ich in die Defensive. Amelia war meine beste Freundin, aber ich wollte vor ihr nicht wie ein Feigling dastehen. Levi war ein guter Freund von ihr und Cade und, na ja, von allen und jedem, mit dem ich in der Stadt befreundet war. Es wäre seltsam, wenn ich mich aufregen und ein freundliches Angebot ablehnen würde.

„Kein Problem", sagte ich schnell. „Levi hat es angeboten, und es gibt keinen Grund, warum ich nicht dort bleiben sollte."

Unwissend, dass ich letzte Nacht dort übernachtet hatte und er mich heute Morgen in Unterwäsche gesehen hatte, fuhr sie fort: „Er hat sowieso mehr Platz als wir. Ich bin sicher, er lässt dich so lange bleiben, wie du willst", bot sie an.

„Ja, wenn er mich nicht in den Wahnsinn treibt", fügte ich hinzu, da ich mir diese Bemerkung nicht verkneifen konnte.

Sie rollte mit den Augen. „Levi ist ein guter Kerl."

Ich wusste das. Was ich nicht wusste, war, was ich mit der Tatsache anfangen sollte, dass er mich innerlich und äußerlich heiß und in meinem Gehirn halb verrückt machte.

Drei Tage vergingen, während ich bei Levi wohnte. Drei Tage, in denen mich seine bloße Existenz in den Wahnsinn trieb. Am dritten Tag wachte ich auf, meine Haut war gerötet und ein Schweißfilm bedeckte mich. Ich hatte wieder einen hitzigen Traum von Levi gehabt. Es war die dritte Nacht in Folge, in der mich mein Körper und mein Unterbewusstsein auf die schlimmste Art und Weise verrieten. Meine Gedanken drehten sich wieder um die Erinnerung an meinen Traum.

Levis Lippen auf meiner Haut, das Kratzen seiner Bartstoppeln an meinem Hals und dann hinunter auf meine Brust, als sich seine Lippen um eine Brustwarze schlossen. Sein muskulöser Körper presste sich gegen meinen. Sein Schwanz, hart und pochend zwischen meinen Schenkeln, glitt durch meinen feuchten Spalt. Ich schrie auf…

O Gott. Ich war aufgewacht und hatte Levis Namen geschrien. Unruhig schob ich meine Beine unter der dünnen Decke hin und her. Ich konnte die feuchte Hitze zwischen meinen Schenkeln spüren, mein Inneres war glitschig vor Verlangen nach ihm. In meinem schlaftrunkenen Kopf konnte ich nicht klar denken, oder überhaupt nicht. Ehe ich mich versah, tauchten meine Finger in die feuchte Hitze in meinem Inneren ein. Ich war so geil. Ich war so geil wie noch nie seit ... verdammt, ich war noch nie so geil. Ich war klatschnass und brauchte Erleichterung. Ich strich durch meine Schamlippen, meine Haut war gerötet von meinem Bedürfnis und von meiner Scham, Levi so sehr zu wollen. Er war in meine Träume eingedrungen und hatte alle meine Gedanken eingenommen.

Ich vergrub meine Finger in meinem Kanal, mein Geschlecht krampfte sich um sie zusammen. Das war nicht genug. Ich wollte das, was sich in meinem Traum abgespielt hatte - Levis Schwanz in mir vergraben. In meinen Träumen wusste ich, wie es sich anfühlte, von ihm ausgefüllt zu werden. Mein Atem kam in kleinen Stößen, während ich mich selbst reizte. Ich zog meine klatschnassen Finger heraus und ließ sie über meinen Kitzler hin und her gleiten, einen geschwollenen Knopf des Bedürfnisses. Mein Orgasmus stand kurz bevor. In einem Anflug von Lust vergrub ich meine Finger wieder in meinem Kanal. Mein Geschlecht krampfte sich um sie herum zusammen, als meine Erlösung mich überspülte, scharf, abrupt und intensiv.

Ich lag still, mein Atem kam stoßweise. Das war der Wahnsinn. Ich hatte einen Orgasmus gehabt, bei dem ich nur an Levi dachte, und meine Finger waren feucht von meinen Säften. Ich wollte mich aus dem Bett wälzen, direkt in sein Schlafzimmer gehen und meinen Traum wahr werden lassen. In dem Traum von letzter Nacht hatte ich ihn geritten, seine Finger gruben sich in meine Hüften, während sein Schwanz mich ausfüllte. Mein Kanal pulsierte wieder um meine Finger. Ich zog sie langsam zurück, rollte mich auf die Seite und versuchte, mich zu beherrschen.

Ich steckte in einem Dilemma. Ich hatte noch kein Glück bei der Suche nach einer Bleibe gehabt. Ich befand mich in der misslichen Lage, Levi verzweifelt zu wollen und gleichzeitig von ihm wegzukommen. Ohne eine Wohnung in Aussicht zu haben, hatte ich keine gute Ausrede, um zu gehen. Ich befand mich in der unangenehmen Lage, dass Levi ein gemeinsamer Freund in der kleinen sozialen Welt von Willow Brook war. Abgesehen davon, bei ihm zu bleiben, hatte ich keine andere Wahl, als zusammenzubrechen und meine Mutter anzurufen. Was absolut keine Option war. In dem Moment, als mir dieser Gedanke in den Sinn kam, wollte ich in Tränen ausbrechen.

Ich warf die Decke weg und verließ schnell das Zimmer in Richtung Badezimmer. Seit dem ersten Morgen, an dem ich versucht hatte, heimlich ins Bad zu gehen, ohne dass Levi es bemerkt hatte, war ich sehr gut darin, nicht zu vergessen, mich anzuziehen, bevor ich das Gästezimmer verließ. Heute Morgen hatte ich nicht daran gedacht. Wer könnte mir das verübeln? Ich hatte mir gerade einen Höhepunkt mit meiner eigenen Hand verschafft, während ich über Levi fantasierte. Ich konnte die Feuchtigkeit zwischen meinen Schenkeln spüren, als ich zum Badezimmer ging. Bevor ich es erreichte, aber noch zu weit weg war, um zurück in mein Schlafzimmer zu rennen, öffnete sich Levis Schlafzimmertür.

Ich erstarrte. Er fuhr sich mit der Hand durch sein unordentliches Haar und blickte auf, wobei sich seine herrlichen blauen Augen weiteten, als er mich sah. Seine Brust war entblößt - seine gefährlich sexy Brust, die mir das Wasser im Munde zusammenlaufen ließ - und er trug eine abgeschnittene Jogginghose, die tief auf seinen Hüften saß. Sie war nicht locker genug, um seine Erregung zu verbergen. Wenn er nur wüsste, wie feucht ich war. Seine Augen trafen auf meine. Wir standen einen Moment lang da und starrten uns an. Wenn er sich für seine offensichtliche Erregung schämte, zeigte er es nicht.

„Morgen Lucy", sagte er mit einem Nicken.

Seine Mundwinkel zogen sich nach oben, während seine Augen nach unten wanderten. Es war, als ob sein Blick eine echte Berührung war. Meine Brustwarzen spannten sich an, als ich seine Wärme spürte. Plötzlich wurde mir klar, dass mein Lieblings-T-Shirt zum Schlafen recht dünn und auch noch weiß war. Es bestand kein Zweifel, dass meine Brustwarzen dadurch zu sehen waren. Meine Muschi verkrampfte sich bei dem Blick in seinen Augen.

„Guten Morgen", stammelte ich und versuchte, lässig zu klingen, aber stattdessen klang es hastig und überstürzt.

Beschämt stürzte ich ins Bad und hätte beinahe die Tür hinter mir zugeknallt. Erst dann fiel mir ein, dass er wahrscheinlich auf die Toilette musste. Ich lehnte mich gegen die Tür und versuchte, zu Atem zu kommen.

„Wolltest du auch ins Bad?", rief ich aus.

O Gott. Ich hörte mich an, als wäre ich in Panik. Innerlich war ich es auch. Mein Herz hämmerte so stark, dass ich das Gefühl hatte, es würde sich den Weg aus meiner Brust bahnen. Ich hatte Angst, dass er es hören könnte, wo immer er auch stehen mochte.

„Ja, aber ich gehe schon mal runter. Keine Sorge", antwortete Levi. Direkt vor der verdammten Tür.

Ich erschlaffte vor Erleichterung, als sich seine Schritte von der Tür zurückzogen. Ich atmete einige Male zittrig und versuchte, meinen Puls zu verlangsamen und meinen verräterischen Körper unter Kontrolle zu bringen. Nach einem Moment stieß ich mich von der Tür ab und drehte mich verspätet um, um sie abzuschließen. Dumm und sinnlos, aber eine Gewohnheit, die ich mir nicht abgewöhnen konnte. Ich wusste, dass Levi höflich war, egal, wie sehr er mich zuvor aufgezogen hatte und egal, wie sehr mich das ärgerte. Ich wusste, dass er nicht hereinplatzen würde, während ich unter der Dusche stand. Er war einfach nicht diese Art von Typ. Aber ich schloss die Tür trotzdem ab, fast so, als wollte ich mich vor meinem eigenen Verlangen nach ihm schützen.

Ich hielt inne und betrachtete mich im Spiegel. Meine Wangen waren gerötet, mein Haar war ein wildes Durcheinander und meine frechen Brustwarzen spannten sich unter dem dünnen Baumwollstoff meines Hemdes. Ich wusste, dass Levi sich an diesem Anblick satt gesehen hatte.

Nie wieder. Ich werde nicht wieder vergessen, mich umzuziehen, bevor ich ins Bad renne. So verdammt dumm.

Ich verdrehte die Augen. Verdammt noch mal. Der einzige Grund, warum ich heute Morgen so aufgeregt war, war, dass ich einen weiteren verrückten, heißen Sextraum von Levi hatte und in Gedanken an ihn masturbiert hatte. Nach mehreren tiefen Atemzügen verlangsamte sich mein Puls schließlich. Ich hörte, wie die Dusche im Badezimmer direkt unter diesem angestellt wurde.

Ich konnte nicht anders, als mir Levis Schwanz vorzustellen, der sich in seiner Jogginghose abzeichnete, der weiche Stoff streichelte praktisch seinen Körper - der Schwanz, den ich unbedingt in mir haben wollte, zumindest in meinen Träumen.

Es gibt einen Grund, warum du nicht so denken solltest.

Diese Stimme flüsterte in meinem Hinterkopf. Mein Verlangen wurde weggespült von einer Welle von ... ich weiß nicht, was es war - Traurigkeit,

Bedauern und Scham, vielleicht alles zusammengenommen.

Ich hatte selten Dates. Ich hatte noch nie einen Freund. Man sollte nicht glauben, dass ich prüde war. Ich war keine Jungfrau mehr, aber das Durcheinander der Gefühle konnte ich nicht ertragen, also beschränkte ich mich auf gelegentliche One-Night-Stands und mehr nicht. Tränen stachen mir in die Augen, und ich wandte mich vom Spiegel ab. Schnell stellte ich die Dusche an und ließ das Wasser kurz aufheizen, bevor ich mich drunter stellte. Ich ließ das heiße Wasser sich mit meinen Tränen vermischen, während ich duschte. Meine Gedanken drehten sich wieder um einen Ort, an den ich nicht gerne zurückdachte.

Kapitel Sieben

LUCY

Ich war die Neue in der Highschool in San Francisco, Kalifornien. Bis heute weiß ich nicht, warum wir damals dorthin gezogen sind. Es war brutal für mich. Ich war immer die Kleinste in meiner Klasse gewesen. Während der gesamten Schulzeit wurde ich wegen meiner Größe gehänselt. Ich war irgendwie schüchtern, nicht schüchtern im Sinne von ängstlich schüchtern, sondern eher sozial schüchtern. Meine Kindheit war ätzend. Um es ganz offen zu sagen: Mein Vater war ein Arschloch. Er war zwar nicht allzu oft körperlich gewalttätig, aber er misshandelte meine Mutter emotional und psychisch. Er beschimpfte sie ständig, sodass sie fast unsichtbar war. Sie hatte null Selbstwertgefühl und stand nie für sich selbst ein.

Für meinen Vater war ich einfach ein lästiger Nachkömmling. Als ich ganz klein war, hat er mich ignoriert, und das fand ich hart. Bis ich alt genug war, dass er mich bemerkte. Irgendwann in der Mittelstufe fing er an, mich genau wie meine Mutter zu behandeln. Ich war zu klug und das war dumm. Das sagte er zumindest. Seiner Meinung nach war alles an mir dumm.

Ich hatte nie Freunde, weil ich sie auf keinen Fall mit nach Hause bringen wollte. Als ich in der kleinen Stadt in Kalifornien, in der wir lebten, auf die Highschool kam, schaffte ich es, ein oder zwei Freunde zu finden. Dann wurde ich aus dieser kleinen Stadt herausgerissen und in San Francisco an einer hippen Großstadt-Highschool untergebracht.

Es war keine Überraschung, dass ich nicht in die neue Gesellschaftsordnung passte. Ich war immer noch winzig und war überhaupt nicht in mich hinein-gewachsen. Ich hatte keine Kurven - keine, die man erwähnen könnte. Man konnte kaum erkennen, dass ich ein Teenager war. Bis zu meinem zweiten Jahr an dieser Schule. Ich war schüchtern, hatte kaum Freunde und war wahnsinnig in einen Typen verknallt. Floyd Lewis war verträumt und cool und alles, was ich nicht war. Er war ein Star-Footballspieler. Ich redete mir ein, dass er es wert war, in ihn verknallt zu sein, weil er auch klug war.

Ich wurde jedes Mal rot, wenn ich ihn auch nur ansah. Ich war *so unendlich* sozial unbeholfen, und ich wusste, dass er mich nicht beachten würde. Mein Spitzname war Shorty, und ich war die Zielscheibe vieler Witze. Ich nahm an, dass ich einigermaßen hübsch war, aber es schien fast unmöglich, im Nach-hinein objektiv über mich zu urteilen, wenn es um meine Jugend ging. Ich wusste nur, dass es eine gesell-schaftlich einsame und emotional anstrengende Zeit war.

Dann lud mich mein Schwarm zum Schulball ein.

Da war ich nun, die kleine Lucy Caldwell, und der süßeste Junge der Schule lud mich zum Tanz ein. Ich war nervös, aber außer mir vor Freude und dummerweise aufgeregt. Diese paar Tage voller übersprudelnder Freude und glücklicher Fassungslosigkeit sahen im Nachhinein so lächerlich aus. Floyd war groß und stark, und die Mädchen auf den Fluren schwärmten ständig von ihm. Als es sich wie ein Lauffeuer in den Fluren unserer Highschool herumsprach, dass er endlich einem glücklichen Mädchen eine Einladung zum Ball verschafft hatte, erntete ich viele böse Blicke von anderen Mädchen. Da ich keine Freunde hatte, störte mich das nicht so sehr, wie es vielleicht hätte sein können. Ich habe sie einfach ignoriert.

Ich schwebte in dieser albernen, berauschenden Freude, die nur ein Mädchen empfinden kann, das unbedingt dazugehören will, wenn es denkt, dass es vielleicht, nur vielleicht, dazugehören könnte.

Der Abend des Balls kam, und obwohl ich mir Sorgen gemacht hatte, dass Floyd nicht kommen würde, kam er tatsächlich. Er hatte sogar Blumen dabei, als er mich abholte. Er war recht charmant mit seinem zurückgekämmten braunen Haar und den blitzenden dunklen Augen. Er gab die Blumen meiner Mutter, was ihm einen bösen Blick von meinem Vater einbrachte. Im Nachhinein glaube ich, dass mein Vater nicht wusste, wie er mit ihm umgehen sollte. Mein Vater hätte sich fast geweigert, mich zum Schulball gehen zu lassen.

Ausnahmsweise setzte sich meine Mutter für mich ein. Sie flehte ihn an, mir diese eine kleine Sache zu lassen. Also ging ich hin. Ich konnte nicht sagen, dass es wunderbar war. Ich war zu nervös, als dass ich wirklich etwas hätte wahrnehmen können.

Für den Tanz selbst zerrte Floyd mich an seinem Arm herum. Ich war mehr ein Teil seiner Kleidung als eine eigenständige Person. Er unterhielt sich, er lachte, er ließ sich von anderen Mädchen anhimmeln, aber er war liebenswürdig und höflich. Nach dem Tanz nahm er mich mit in einen Park, in dem ich noch nie gewesen war, und küsste mich. Meine Erinnerungen waren verworren und verschwommen. Ich war zu überwältigt von nervöser Unruhe, um wirklich viel zu spüren. Ich hatte keine Erfahrung, um seine Küsse zu beurteilen. Ich war definitiv ein völlig unerfahrener Küsser, und ich wollte nicht zugeben, dass das mein erster Kuss war, mein allererster überhaupt. Das Küssen ging über in heftiges Petting und er zerrte mein Kleid hoch. Das war alles nicht schlimm. Oh, es war unangenehm, und er war ein wenig gröber, als ich es gerne gehabt hätte, irgendwie fehlte es ihm einfach an Finesse. Es war einfach so, wie es war. Ich hatte leider einen Teil der Art meiner Mutter übernommen, wie sie mit Männern umging, indem ich alles erduldete.

Ich verlor meine Jungfräulichkeit auf dem Rücksitz eines verdammten Autos in der Nacht meines ersten und einzigen Schulballs. Es war nicht schrecklich, aber es war auch nicht lustig oder innig oder so. Es tat weh, und ich kam mir wie ein Idiot vor, vor allem, weil ich nicht wusste, was ich tun sollte. Floyd war, nun ja, er war einfach, wer er war. Er schien im Nachhinein recht zufrieden mit sich zu sein. Er küsste mich an der Tür auf die Wange, und ich ging ins Bett und schlief kaum.

Am nächsten Tag kam ich in die Schule und sah, dass jemand *SCHLAMPE* an meinen Spind gekritzelt hatte. Irgendwie hatte Floyd zwischen der Nacht davor und diesem Morgen damit geprahlt, dass er mich entjungfert hatte. Das Gerücht verbreitete sich, wie so viele andere, überall in den Fluren der Highschool. Bis heute weiß ich nicht, ob Floyd wusste, dass seine Prahlerei meine soziale Schande zur Folge haben würde, aber das war auch egal. Ich habe nie wieder mit ihm gesprochen.

Vielleicht war ich eine Herausforderung für ihn. Im Nachhinein erfuhr ich, dass das Ganze das Resultat einer Wette darüber war, ob ich mit jemandem zum Abschlussball gehen würde und ob ich noch Jungfrau war oder nicht. Meine soziale Schüchternheit hat mich schwer getroffen. Noch schlimmer war, dass mein Vater es irgendwie herausfand. Bis zu meinem sechzehnten Lebensjahr hatte er mich nie körperlich angefasst. Als ich an diesem Tag nach Hause kam, verpasste er mir vor den Augen meiner Mutter zwei Veilchen mit der Aussage, ich sei zu der Hure geworden, die sie gewesen war. Er schrie mich an, er hoffe nur, dass ich nicht schwanger werden würde, denn so habe sie ihn in die Falle gelockt.

Diese beiden blauen Augen waren zwar furchtbar, aber sie brachten mein Leben auf einen anderen Weg. Trotz meines nicht gerade glänzenden Familienlebens war ich eine hervorragende Schülerin und schwänzte *nie die* Schule. Als ich dann das erste Mal im Unterricht fehlte, schickte mein Vertrauenslehrer den Schulpsychologen, um nach mir zu sehen. Mein Vater hatte nie daran gedacht, dass er zu Hause bleiben müsste, also war er zur Arbeit gegangen. Meine Mutter ebenfalls. Der Schulpsychologe rief das Jugendamt an, als ich die Tür öffnete und er meine Veilchen sah.

Meine Mutter wurde vor die Wahl gestellt - ich oder mein Vater. Sie wollten mich nicht in seiner Obhut bleiben lassen, also musste sie sich entscheiden. Sie wählte ihn. Ich wurde ein Jahr lang zu Pflegeeltern geschickt, bevor sie die Kraft fand, sich später für mich zu entscheiden.

Kapitel Acht

LUCY

Am nächsten Tag lehnte ich mich seufzend gegen einen Sägebock bei unserem aktuellen Projekt. Ein Rabe rief von den Bäumen in der Nähe. Ich beobachtete, wie er von einer Pappelgruppe abflog, ein dunkler Schatten vor dem strahlend blauen Himmel. Ich liebte alle Jahreszeiten in Alaska, aber der Spätsommer gefiel mir besonders gut. Eine leichte Brise wehte über das Grundstück, auf dem wir bauten. Das Grundstück lag eingebettet zwischen sanften Hügeln am Rande von Willow Brook. In der Ferne lugte der Denali über die Bäume. Ich starrte auf das Feld an der Seite, wo hier und da Feuerkraut blühte. Dieses weit verbreitete Unkraut blühte im Spätsommer in ganz Alaska mit seinen leuchtenden fuchsiafarbenen Blüten, wunderschöne Farbtupfer in der ohnehin schon atemberaubenden Landschaft.

Ich drehte mich um und griff reflexartig mit der rechten Hand nach meiner Wasserflasche. Als meine Schiene gegen die Flasche stieß, blickte ich zu Boden und starrte sie an.

„Wütend auf deinen Arm?", fragte Amelia, als sie sich von unserem Arbeitsfahrzeug näherte.

Ihr bernsteinfarbenes Haar löste sich aus ihrem Pferdeschwanz, während sie sich mit dem Ärmel über das Gesicht fuhr. Ich rollte mit den Augen, als ich die Hand wechselte und mir meine Wasserflasche schnappte. Amelia lehnte sich neben mir an den Sägebock und warf mir ein Grinsen zu.

„Ich bin nur wütend auf meine Schiene. Sie ist total lästig", sagte ich.

„Wann hast du den nächsten Termin zur Kontrolle?"

„Nächste Woche. Ich habe keine Schmerzen. Ich verstehe nicht, warum ich sie nicht einfach abnehmen kann."

Sie warf einen Blick in meine Richtung. „Sei nicht dumm."

„Es ist nur eine Prellung", erwiderte ich.

„Ja, aber du willst, dass es richtig heilt, also kümmere dich darum."

Amelia nahm einen langen Schluck aus ihrer Wasserflasche, bevor sie wieder in meine Richtung schaute.

„Hattest du Glück bei der Wohnungssuche?", fragte sie, um das Thema zu wechseln.

Sie konnte nicht wissen, dass sie das einzige andere Thema gewählt hatte, das noch nerviger war als mein leicht verletzter Arm. Ich hatte letzte Nacht wieder von Levi geträumt. Ich konnte kaum in seiner Nähe sein, ohne dass mir heiß und kalt wurde. Ich fühlte mich hin- und hergerissen. Er hat mich nicht bedrängt und mir meine Privatsphäre gelassen. Es lag nicht an ihm. Es lag an mir. Das war es, was mich in meinem Kopf so verrückt machte.

Ich wusste nicht, was ich mit meinem Verlangen

nach ihm anfangen sollte. Ich war letzte Nacht so erhitzt aufgewacht, dass ich gezwungen war, die Dinge selbst in die Hand zu nehmen. Schon wieder. Ich hatte langsam das Gefühl, dass mein Körper ihm gehörte. Und ganz sicher gehörten ihm meine Träume.

„Kein Glück bisher", antwortete ich lässig mit einem Kopfschütteln.

„Es ist eine schwierige Zeit im Jahr."

„Gibt es hier jemals eine gute Jahreszeit, um eine Wohnung zu finden?"

Amelia warf mir ein schiefes Grinsen zu. „Eigentlich nicht. Es sei denn, man will etwas kaufen. Entweder man mietet sich im Winter kurzfristig ein, wenn etwas frei wird, oder man wartet, bis etwas Besseres auftaucht. Hast du schon mal über einen Kauf nachgedacht?"

„Es steht auf meiner Liste. Vielleicht habe ich in einem Jahr oder so genug gespart, um eine Anzahlung zu leisten."

„Nun, ich bin froh, dass du bei Levi unterkommst, da unsere Wohnung im Moment keine Option ist. Scheint so, als ob ihr zwei euch gut versteht."

Ich verengte meinen Blick. „Warum sagst du das?" Mein Ton klang verärgerter, als ich beabsichtigte.

Sie grinste. „Weil du bisher nicht über ihn gemeckert hast."

„Nun, er hat nicht versucht zu flirten", sagte ich mürrisch.

Ich sagte nicht laut, dass mich diese Tatsache tatsächlich ein wenig störte. Ich konnte verdammt noch mal nicht glauben, dass ich verpasst hatte, wie Levi mit mir flirtete. Er war skrupellos gnädig, und das machte mich wahnsinnig. Sein fehlendes Interesse brachte mich dazu, ihn so sehr zu begehren, dass ich sogar in Erwägung zog, ihn einfach anzuspringen.

Wenn ich dieses verrückte Verlangen nach ihm loswerden könnte, würde vielleicht alles andere auch verschwinden.

Meine geistige Gesundheit musste hier definitiv in Frage gestellt werden. Das war die absolut verrückteste Idee, die ich je in Erwägung gezogen hatte, aber in seiner Gegenwart stand ich fast ständig in Flammen. Egal, wie sehr ich mich bemühte, ich konnte ihn nicht aus meinen Gedanken verbannen. Je mehr ich mich bemühte, nicht an ihn zu denken und ihn nicht zu wollen, desto mehr dachte ich an ihn und desto mehr wollte ich ihn.

Amelias Kichern lenkte mich ab, und mir wurde klar, dass ich den Faden unseres Gesprächs völlig verloren hatte. Praktischerweise konnte ich mich leicht daran erinnern, was sie zuletzt gesagt hatte, weil es um Levi ging.

„Du warst so launisch zu ihm, ich glaube, er hat es aufgegeben", bot sie an.

Ich überspielte meine innere Unruhe mit einem langen Schluck Wasser, bevor ich antwortete. „Er hat lange genug gebraucht."

Ihr Telefon klingelte, und sie zog es aus ihrer Jeans und beendete damit unser Gespräch. Sie entfernte sich, um den Anruf entgegenzunehmen, während ich mich umdrehte und begann, das Hartholz zu stapeln, das ich den ganzen Nachmittag über zugeschnitten hatte. Ich hatte mich heute wieder diesem Projekt gewidmet, und wir hatten fast genug für das Haus. Ich stapelte alles auf einen Rollwagen und stellte ihn in unserem überdachten Lagerraum ab. Wir machten Feierabend und Amelia machte sich auf den Weg, um mit Cade und seinen Eltern zu Abend zu essen.

Während ich zurück in die Stadt fuhr, überlegte ich, ob ich anhalten und etwas essen sollte. Willow

Brook hatte Wunder für mich vollbracht, was mein soziales Leben betraf. In meinem letzten Jahr an der Highschool konnte ich hier neu anfangen. Vielleicht hatte ich nicht viele Freunde, aber niemand hier wusste etwas über das Schlampenschamgefühl, unter dem ich an meiner letzten Highschool gelitten hatte, obwohl ich alles andere als eine Schlampe war. Ich hatte ein paar Freunde in Willow Brook gefunden, und als ich nach dem College anfing, mit Amelia zu arbeiten, wurde sie meine beste Freundin. Ihr kleiner Freundeskreis hat mich einfach aufgenommen. Ich hatte immer noch nicht viel übrig für Unternehmungen auf eigene Faust. Gelegentlich ging ich auf einen Kaffee ins Firehouse Café. Alle paar Wochen hatten wir einen Mädelsabend mit Kartenspielen, und manchmal ging ich ins Wildlands, eine beliebte Bar und Lodge, wenn Freunde dort waren.

Es war Freitagabend, und nichts von alledem lag an. Normalerweise wäre das überhaupt nicht wichtig. Nur heute bedeutete das, dass ich zu Levi gehen und mir Sorgen machen musste, ob ich ihm begegnen würde oder nicht. Ein Teil von mir war fast verzweifelt, ihn sehen zu wollen. Ein anderer Teil von mir war verärgert und wütend über meine Verzweiflung und den Verrat meines Körpers. Meine starrköpfige Seite wollte es nicht wagen, mir von seiner Anwesenheit diktieren zu lassen, was ich zu tun hatte.

Heute Abend haben meine sture Seite und mein verzweifelter Wunsch, ihn zu sehen, diesen Kampf gewonnen. Ich fuhr zu seinem Haus und war fest entschlossen, so zu tun, als wäre es mir völlig egal. Als ich anhielt und sah, dass sein Wagen nicht da war, atmete ich erleichtert auf. Und fragte mich prompt, was zum Teufel er machte. So lächerlich verhielt ich mich, wenn es um ihn ging.

Ich wusste, dass er im Moment keine Freundin hatte, weil ich neulich eine sarkastische Bemerkung darüber gemacht hatte, dass die Frauen ihm hinterher sabbern würden. Er war beleidigt und stellte klar, dass es im Moment niemand Spezielles gäbe.

Ich murrte vor mich hin und ließ mich selbst ins Haus, wovon Levi mir versichert hatte, dass es in Ordnung wäre. Er hatte mich auch wissen lassen, dass er dasselbe für jeden Freund tun würde, wenn er eine Unterkunft bräuchte. Ich hasste es immer noch, seine Hilfe in Anspruch nehmen zu müssen, und dachte gelegentlich daran, meine Mutter anzurufen. Das war jedes Mal ein schnelles *Nein*, wenn es mir in den Sinn kam.

Bei der Arbeit auf dem Bau wurde ich selbst bei leichten Arbeiten mit meiner Armschiene wahnsinnig staubig, sodass ich direkt nach oben ging, um zu duschen. Ich war erleichtert, dass sich meine Schiene zum Duschen leicht abnehmen ließ. Obwohl ich darüber meckerte, dass ich sie tragen musste, war ich nicht dumm und legte sie sofort wieder an, nachdem ich mich abgetrocknet hatte. Sobald ich aus der Dusche trat, wusste ich, dass Levi zu Hause war, denn ich hörte unten ebenfalls die Dusche laufen. Allein das Wissen, dass er in der Nähe war, ließ meinen Körper sich in freudiger Erwartung anspannen. Bekleidet mit einer lockeren Jogginghose, flauschigen Socken und einem Sweatshirt, überlegte ich zunächst, ob ich mich in meinem Zimmer verstecken sollte. Doch das war dumm, und ich fühlte mich wie ein Feigling, weil ich es überhaupt in Erwägung zog.

Ich stapfte die Treppe hinunter in die Küche. Trotz seiner Einwände hatte ich mich neulich mit Lebensmitteln eingedeckt. Er bestand darauf, dass es nicht nötig war, aber das war mir eigentlich egal. Ich musste etwas dafür tun, dass ich einen Platz zum Schlafen hatte. Während ich in die Schränke starrte, hörte ich, wie das Wasser im unteren Badezimmer abgestellt wurde. Ich entschied mich dafür, eine Dosensuppe aufzuwärmen. Ich war bei Weitem nicht die beste Köchin. Während ich nach einem Topf in der richtigen Größe suchte, öffnete sich die Badezimmertür.

Als ich seine Schritte hörte, schaute ich reflexartig über meine Schulter. Es fühlte sich seltsam intim an, zu wissen, dass er nackt in der Dusche stand und nichts als eine dünne Tür zwischen uns war. Mein Körper reagierte darauf mit allen möglichen Gefühlen.

In dem Moment, in dem mein Blick auf ihm landete, war es wie eine Stichflamme, die durch meinen Körper ging. Seine bloße Anwesenheit war ein Streichholz für die Kohlen in mir. Da stand er also mit nacktem Oberkörper und trug nur ein Paar Jeans. Natürlich schmiegte sie sich an seinen Körper und streichelte jeden Zentimeter seiner muskulösen Oberschenkel. Ich schluckte, mein Gesicht war glühend heiß. Meine Augen, meine eigensinnigen, ungezogenen Augen, verweilten auf den harten, geformten Flächen seiner Brust. Sie war leicht mit karamellfarbenen Haaren bedeckt, die sich kaum von seiner bernsteinfarbenen Haut abhoben. Meine Hände sehnten sich danach, ihn zu berühren.

Ich schaffte es, meinen Blick zu seinem Gesicht hinaufzuziehen, nur um zu sehen, wie sich sein Blick verfinsterte, als meiner mit seinem kollidierte. Ich holte tief Luft und zwang meinen Puls unter Kontrolle. Er hörte nicht zu. Überhaupt nicht. Schmetterlinge flatterten in meinem Bauch und Hitze breitete sich in meinen Adern aus. Mein Kanal war augenblicklich glitschig und feucht. So lächerlich reagierte ich in seiner Nähe.

Ich holte noch einmal Luft und schluckte. „Hallo", stieß ich hervor.

Scheiße. Meine Stimme war ganz belegt. Innerlich fühlte ich mich, als ob ich gegen eine Flutwelle von Bedürfnissen anschwimmen würde. Mein unbändiges Verlangen hatte sich Tag und Nacht in meine Gedanken eingegraben. Es war unaufhörlich und ließ mich auf verrückte Gedanken kommen. Ich dachte zum Beispiel ernsthaft darüber nach, ihn einfach anzuspringen.

Mein Verlangen nach ihm war eine Kraft, die ich noch nie gefühlt hatte. Ich war noch nie so in Versuchung geführt worden.

Abgesehen von meinem Vater, den ich hasste, hatte ich noch nie so nah mit einem Mann zusammengelebt. Abgesehen von meiner ersten, nicht so tollen sexuellen Erfahrung hatte ich nicht viele andere Erfahrungen gemacht. Auf dem College hatte ich ein paar Mal versucht, mit Männern auszugehen, aber ich fand es einfacher, es kurz und körperlich zu halten. Wenig befriedigende One-Night-Stands ließen mich die emotionalen Grenzen klar abstecken. Jetzt, mit sechsundzwanzig, musste ich schwer nachdenken, um mich an das letzte Mal zu erinnern, als ich jemanden geküsst hatte. Das war mehr als peinlich.

Abgesehen davon, dass sich seine Augen verdunkelten, verriet Levi nichts. Er trat in die Küche und schritt mit der ihm eigenen Leichtigkeit voran. Es geschah nicht bewusst, egal wie sehr ich mir das einreden wollte. Er war so männlich, mit einem Körper aus reinen Muskeln. Nicht, weil er aus Eitelkeit trainierte. Als Feuerwehrmann war er der härteste der Harten. Seine Arbeit erforderte die angeborene Stärke und Zuversicht, die er in sich trug. Verdammt, das hatte er in Hülle und Fülle. Meine Augen saugten seinen Anblick gierig auf, als er näher kam.

Er lehnte sich mit der Hüfte an den Tresen und hatte offenbar nicht einmal die Absicht, sich ein Hemd anzuziehen.

„Was gibt es zum Abendessen?", fragte er und legte eine Hand auf die Kante der Theke.

„Suppe", sagte ich und hielt eine Dose Tomatensuppe hoch.

Seine Augen blickten auf die Dose und dann wieder auf mich und weiteten sich leicht. „Suppe?", wiederholte er.

Ich nickte unsicher mit dem Kopf, denn mein Körper brannte, und ich konnte kaum denken. „Aha."

Ich betete, dass er nicht merkte, dass meine Wangen glühend heiß waren. Ich war mir ziemlich sicher, dass es offensichtlich war, denn mein Teint verbarg rote Bäckchen nicht besonders gut. Ich glaube nicht, dass man dies überhaupt als rote Bäckchen bezeichnen konnte. Es war eher so, dass ich innerlich und äußerlich in Flammen stand und kurz davor war, ihm zu Füßen zu sinken.

„Wie wäre es, wenn ich das Abendessen koche?", fragte er.

„Hä?", war meine brillante Antwort.

„Wie wär's, wenn ich das Abendessen koche? Du scheinst ja nicht wirklich zu kochen."

In seinen Mundwinkeln zeichnete sich der Anflug eines Grinsens ab.

Ich starrte ihn an, unsicher, wie ich reagieren sollte. Dies war der erste Abend, an dem ich nichts zu tun und nichts zu essen hatte, während er auch hier war.

„Du willst kochen?"

Sein Mund verzog sich zu einem langsamen Grinsen. Mein Unterleib verkrampfte sich, das Verlangen zog sich zu einem festen Knoten zwischen meinen Schenkeln zusammen. Süße Hölle. Sein Grinsen war gefährlich. Ich sabberte praktisch. Währenddessen stand er da, völlig unbeteiligt an meinem inneren Zustand.

„Ja, ich will kochen. Ich liebe es zu kochen. Ich bin verdammt gut darin."

Ich lachte daraufhin, weil ich so erschrocken war, dass ich nicht wusste, was ich sonst tun sollte.

„Ist etwas falsch an einem Mann, der kocht?", konterte er und grinste immer noch.

Ich schüttelte schnell den Kopf. „Nein, ganz und gar nicht."

„Stört es dich, wenn ich koche?"

„Nein, natürlich nicht. Koch dir ruhig, was immer du willst."

Seine Augen verengten sich, und sein Grinsen verblasste. „Ich koche etwas für uns beide", stellte er klar.

„O nein. Das musst du nicht tun. Ich nehme nur eine Suppe."

Ich begann, innerlich zu verzweifeln. Überwältigt von brennendem Verlangen nach ihm, verwirrt, nicht in meinem Element und innerlich völlig durcheinander, wusste ich nicht, wie ich das alles begreifen sollte.

Levi streckte die Hand aus und nahm mir die Dose mit der Suppe ab, seine Finger berührten meine und sandten einen heißen Stromstoß durch meinen Körper. Mein Atem stockte und mein Puls schoss wie eine Rakete in die Höhe. Es war ja nicht so, dass er von Anfang an ruhig gewesen wäre, aber jetzt war er völlig verrückt geworden. Ich fühlte mich wahnsinnig. Bevor ich ein weiteres Wort formulieren konnte - denn Sprechen war nicht gerade meine Stärke, schon gar nicht im Moment – stellte er die Suppe zurück in den Schrank.

Während ich versuchte, nicht auf der Stelle dahin zu schmelzen, war er damit beschäftigt, Dinge aus dem Kühlschrank zu holen. Er sagte ein paar Dinge, von denen ich offenbar nichts mitbekam.

„Lucy?"

Sogar seine Stimme war sexy, wie honigsüßer Wein. Sie ließ mir einen Schauer über den Rücken laufen.

„Hm?"

Mein Wortschatz hatte sich auf einzelne Silben reduziert.

Er grinste, woraufhin mein Magen eine weitere Drehung machte und Hitze durch meine Adern schoss. „Ich bin in einer halben Stunde fertig. Okay?"

„Okay."

Wow! Ich war zu zwei Silben aufgestiegen. Immer noch grinsend, drehte er sich um und machte sich an die Arbeit. Unschlüssig, was ich mit mir anfangen sollte, ließ ich mich auf einen Stuhl am Küchentisch fallen. Mir war heiß, und mein Höschen war feucht. Offenbar hatte er vor, oben ohne zu kochen.

Wenn ich diese Nacht überstehen würde, ohne ihn zu zerfleischen, wäre das ein Wunder.

Kapitel Neun

LEVI

Ich weiß nicht, wie ich es geschafft habe, aber ich kochte unser Abendessen, ohne Lucy auf meinen Schoß zu zerren und sie besinnungslos zu küssen. Gott sei Dank, ich hatte etwas zu tun. Ich meinte es ernst, was ich vorher zu ihr sagte. Ich liebte es zu kochen, das hatte ich schon immer. Alle meine Kindheitserinnerungen hatten mit dem Kochen zu tun, vor allem, weil meine Familie in der Küche Zeit miteinander verbrachte. Ich hatte die Liebe meiner Eltern zum Essen übernommen. Ich freute mich, ja, ich bildete mir sogar ein bisschen was drauf ein, dass ich von meinen Eltern, meiner Schwester und meiner Großfamilie zum besten Koch der Familie erklärt worden war.

Während ich kochte, saß Lucy am Küchentisch und beobachtete mich. Sie war so angespannt, dass sie praktisch vibrierte. Das Verlangen zwischen uns lag schwer im Raum. Ich spürte, dass sie über die Existenz dieses Verlangens verärgert war. Um meinen Körper unter Kontrolle zu halten, beschäftigte ich mich mit dem Kochen. Ich zauberte ein einfaches Abendessen aus Hähnchen-Quesadillas. Sie hatte die lustigsten Dinge eingekauft, die ich je gesehen hatte. Ihre Auswahl an Lebensmitteln verriet mir, dass sie wahrscheinlich überhaupt nicht kochte. Sie besorgte ein Sammelsurium aus essbaren Dingen, von denen keines wirklich zusammenpasste.

Gott sei Dank hatte sie ein paar Hähnchenbrüste, jede Menge Käse und Tortillas mitgebracht. Als ich ihr ihren Teller hinstellte und ihr gegenüber Platz nahm, blickte sie mich an und ihre Augen weiteten sich. Diese wunderschönen himmelblauen Augen fingen meine ein und zogen mich in ihren Bann. In den letzten Tagen hatte ich mich regelmäßig in ihrem Blick verloren.

„Oh, wow. Du kannst ja wirklich kochen."

Sie schaute auf ihren Teller und dann wieder zu mir.

„Du hast es noch nicht einmal probiert", sagte ich und konnte mir ein Grinsen und ein Zwinkern nicht verkneifen.

Ihre Wangen erröteten. Verdammt. Ich liebte es, wenn sie rot wurde.

„Nun, das werde ich jetzt tun", sagte sie schnell.

Innerhalb einer Sekunde stöhnte sie auf, was meinem Körper nicht gerade zuträglich war.

„O Gott", murmelte sie zwischen zwei Bissen. „Du kannst wirklich gut kochen."

Ich grinste nur. Ich hatte das Hähnchen mit Chipotle-Paprika und einer Gewürzmischung gewürzt. Dann hatte ich sie mit frischem Koriander bestreut und mit einem Klecks Sauerrahm und Käse überbacken, und es war köstlich. Für einen Spätsommerabend war es die perfekte Mahlzeit.

Lucy verschlang alles, was auf ihrem Teller war. Für ihre geringe Größe konnte sie einiges an Essen wegstecken. Sie bestand darauf, aufzuräumen, und gab mir einen Klaps auf die Hände, als ich ihr helfen wollte. Ich beschloss, dass es sich nicht lohnte, darüber zu streiten. Nachdem sie alles in die Spülmaschine geräumt hatte, drehte sie sich um, die Hände in die Hüften gestemmt. Ihr Haar war in lockigen Wellen getrocknet, während ich kochte. Sie trug überhaupt kein Make-up und war umwerfend schön. Ich liebte es, sie mit offenem Haar zu sehen.

Natürlich wurde sie wieder von ihrer bequemen Kleidung verschluckt. Doch ihre üppigen Brüste waren nicht zu verbergen. Ich dachte mir, dass sie auf der Stelle sterben würde, wenn ich mir anmerken ließe, dass sich ihre strammen kleinen Brustwarzen gegen die weiche Baumwolle ihres Sweatshirts drückten. Es war verdammt gut, dass ich saß, sonst hätte sie meinen Ständer bemerkt.

Sie starrte mich einen Moment lang an, ihr Blick war nachdenklich. „Levi ...“, begann sie und brach dann ab.

„Ja, Lucy?“, erwiderte ich, als sie nichts weiter sagte.

Sie trat näher an mich heran, als ich mich an den Tisch setzte. Ich hatte wirklich versucht, ein Gentleman zu sein. Verdammt, ich hatte in den letzten Tagen *alles* abgerufen, was mein Gentleman-Repertoire hergab. Ich versuchte, ihr Freiraum zu lassen, sie nicht zu reizen. Ich wusste von Cade, dass sie bisher noch kein Glück bei der Suche nach einer Unterkunft hatte. Was für mich völlig in Ordnung war. Bis auf die Tatsache, dass sie mich ein wenig verrückt machte. Nicht, weil es mir etwas ausmachte, sie um mich herum zu haben. Das Problem war vielmehr, dass ich sie wollte. Unbedingt.

Je mehr sie in meiner Nähe war, desto mehr wurde

sie für mich zu einem Rätsel. Sie war immer so angespannt und so unendlich verschlossen. Ursprünglich hatte ich mich zu ihr hingezogen gefühlt, weil sie eine Herausforderung darstellte. Oh, und die schlichte Tatsache, dass ihre bloße Existenz in meiner Nähe wie ein brennendes Streichholz auf mein Verlangen nach ihr wirkte.

Ich wollte sie immer noch, aber jetzt wollte ich sie verstehen. Je mehr Zeit ich in ihrer Nähe verbrachte, desto mehr spürte ich ihre unterschwellige Verletzlichkeit. Ich beobachtete, wie sie wieder näher kam und ihre Zunge über ihre Unterlippe strich.

Ach du Scheiße. Sie sollte solche Dinge *nicht* tun. Sie war nur etwa einen Meter von mir entfernt und sah mir direkt in die Augen. Die Röte auf ihren Wangen vertiefte sich, und sie strich mit Daumen und Zeigefinger über den Saum ihres Sweatshirts. Ohne darüber nachzudenken, hob ich meine Hand und legte sie auf ihre, um ihre unruhige Energie zu lindern. Als ich sie berührte, sog sie scharf den Atem ein. Verdammt heiß. Diese Berührung war wie ein Blitzschlag.

„Weshalb bist du so besorgt?", fragte ich, wobei mir die Frage unaufgefordert herausrutschte.

„Ich bin nicht besorgt", sagte sie schnell.

Ich war mir da nicht so sicher, aber ich war nicht geneigt, darauf einzugehen.

Lucys Augen hielten die meinen fest, das blaue Blitzen war dunkel, und die Luft um uns herum knisterte gefährlich. Ich hatte erwartet, dass sie sich mir entziehen würde, als ich unbewusst nach ihr gegriffen hatte. Immerhin war das Lucy, die Frau, die all meine Flirts und Frotzeleien abgetan hatte, als wäre ich nichts weiter als eine Mücke, die man verscheuchen könnte. Hätte ich nicht so viel Selbstvertrauen gehabt, hätte sie mich mit Leichtigkeit wie einen Idioten dastehen lassen. Das war alles, bevor ich sie besser kennenlernte.

Es war ja nicht so, dass sie in den letzten Tagen viel mit mir geplaudert hätte. Wenn ich in ihrer Nähe war und merkte, dass ihr stacheliges Äußeres nur ein Schutz war, konnte ich die Sanftheit darunter erkennen. Darunter war auch eine feurige, leidenschaftliche Frau. Das war es, was mich zuvor zu ihr hingezogen hatte. Meine Nähe zu ihr hatte mein Gefühl für sie nur noch verstärkt. Die Reaktion meines Körpers auf sie war roh und ursprünglich.

Ich hatte mich gezwungen, einen Schritt zurückzutreten und mich nicht auf meine übliche herausfordernde Art zu verlassen. Wenn auch nur, weil ich mich an einer sehr kurzen Leine halten musste. Mein Griff um diese Leine entglitt mir gerade, mein Reflex, ihre Unruhe zu lindern, überwältigte alles andere. Doch jetzt, wo ich sie tatsächlich wieder berührte, ging ein Ruck durch meinen Körper, der mich in meinem Innersten traf und die Luft um uns herum elektrisierte.

Lucy starrte mich an, ihre Lippen öffneten sich und ihr Atem ging wieder stoßweise. Verdammt noch mal. Sie war die heißeste Frau, die ich je getroffen hatte. Ich versuchte, meiner Hand zu befehlen, ihre loszulassen. Doch meine Hand hörte nicht auf mich. Das Himmelblau ihrer Augen verdunkelte sich fast zu Marineblau. Ich konnte ihren Puls unter der hellen Haut ihres Halses flattern sehen. Ihre Brustwarzen stellten sich auf, und ich konnte nicht anders, als sie zu mir ziehen zu wollen, um ihr das Sweatshirt vom Leib zu reißen, damit ich ihre Kurven an mir spüren konnte.

Überraschenderweise entspannte sich ihre Hand in meiner. Aus reinem Instinkt heraus zog ich sie zu mir heran. Ich dachte nicht mehr groß nach. Überhaupt nicht. Sie war so klein, ein zierliches Bündel aus Kurven. Innerhalb einer heißen Sekunde stand sie zwischen meinen Knien, ihr Gesicht direkt über meinem, und ich saß einfach nur da. Ich wollte fast loslachen. Denn das liebte ich an ihr, den Widerspruch zwischen ihrer zierlichen Größe, ihren köstlichen Kurven, ihrer feurigen Persönlichkeit und der schieren Kraft ihrer Präsenz.

Da ich nicht nachdachte, erwartete ich nicht, dass sie ihre Fingerspitzen über eine meiner Augenbrauen und dann über meine Wange zu meinem Kinn gleiten lassen würde. Die Spur ihrer Berührung war wie eine Feuerlinie auf meiner Haut.

„Ich hasse es, dass ich dich will", sagte Lucy und ihre Augen blitzten.

„Ich nicht." konterte ich. „Im Gegenteil, ich liebe es."

Kapitel Zehn

LUCY

Ich starrte Levi an und beobachtete, wie sich sein Mund zu einem Grinsen verzog und mein Bauch bei diesem Anblick eine langsame Drehung vollführte. Innerlich war ich ein Sturm der Gefühle und des Verlangens. Ich hatte nicht widerstehen können, ihn zu berühren. Er war ein wunderschöner Mann. Auf eine raue, elementare Art. Meine Fingerspitzen waren an den Bartstoppeln seines Kinns entlanggefahren. Seine Lippen winkten mir zu. Wenn ich geglaubt hatte, ich könnte mich selbst und das Verlangen, das mich durchströmte, in den Griff bekommen, hatte ich mich sehr, sehr getäuscht.

Beim Anblick seines gefährlichen Grinsens zog sich mein Bauch zusammen und das Verlangen kribbelte in mir. Mir war heiß, so heiß, dass ich kaum noch stehen konnte. In seiner Nähe fühlte ich mich wie geschmolzenes Wachs. Das Feuer zwischen uns erweichte mich und ließ mich ihn mehr begehren, als ich jemals jemanden in meinem Leben begehrt hatte.

Ich versuchte, wütend zu sein, aber sein Grinsen war unwiderstehlich. Ehe ich mich versah, grinste ich auch schon zurück. Seine Hand hatte meine direkt neben meiner Hüfte gehalten. Er lockerte seinen Griff, seine Handfläche glitt um meine Hüfte und umfasste meinen Po.

„Es ist nicht falsch, jemanden zu wollen, Lucy", sagte er.

Das wusste ich natürlich. Es war absolut nichts falsch daran, jemanden zu wollen. Ich hasste es nur, wie außer Kontrolle ich mich fühlte, wenn ich in seiner Nähe war.

Ich wünschte, mein Gehirn hätte einen Feueralarm. Ich brauchte einen, einen nur für Levi. Der Alarm könnte losgehen und mich wissen lassen, dass ich mich aus dem Staub machen muss. Aber ich konnte die Hitze nicht zurückhalten. Das Verlangen in mir wurde so stark, dass ich mich nicht abwenden konnte. Als er mich ein wenig näher an sich heranzog, während er dort saß - immer noch mit nacktem Oberkörper, wohlgemerkt -, waren alle meine Abwehrmechanismen nutzlos.

Ich stand da, mein Körper brummte und mein Geschlecht krampfte sich zusammen. Ich konnte kaum atmen, während mein Puls so stark und schnell pochte, dass ich mir sicher war, dass er es hören konnte.

Irgendwie hatte mich die Tatsache, dass er für mich kochte - ein so häusliches, alltägliches Ereignis -, in meinem Innersten getroffen und den letzten Rest meines Widerstands ausgelöscht. Meine Hand glitt in sein Haar, und ich senkte den Kopf. Wenn ich schon dumm sein wollte, konnte ich auch gleich aufs Ganze gehen. In dem Moment, als meine Lippen seine trafen, war es um mich geschehen und ich brannte lichterloh. Ich zögerte bei der Berührung. Um ehrlich zu sein, hatte ich noch nicht viel Erfahrung mit Küssen. Es war mir zu intim, also vermied ich es, so gut es ging. Man konnte mit Fug und Recht behaupten, dass mich noch kein Mann beim Küssen umgehauen hätte. Aber Levi. Mein lieber Herr Gesangsverein!

Levis Hand umfasste meinen Hintern fester und zog mich dicht an sich. Da er auf dem Stuhl saß und ich zwischen seinen Knien stand, berührte mich jeder Zentimeter seiner muskulösen Brust. Es war herrlich. Ich konnte seinen harten und heißen Schwanz direkt unter dem Scheitelpunkt meiner Oberschenkel spüren. Ich wollte ihn schon ewig berühren, so schien es. Mein brennendes, rohes, schmerzendes Verlangen konnte nicht länger zurückgehalten werden. Eine Hand glitt über seine muskulöse Schulter, während die andere über die geformten Flächen seiner Brust strich. Ich ignorierte meine klobige Schiene. Wenn Levi sie überhaupt spürte, ließ er es sich nicht anmerken.

Es fühlte sich an, als würde er einen Moment warten, um zu sehen, was ich tun würde. Als ich unter seiner Berührung stöhnte, entrang sich seiner Kehle ein leises Knurren und sein Griff wurde fester, als er mich näher zu sich zog. Seine Zunge drang in meinen Mund ein und entlockte mir ein weiteres Stöhnen. Süße Hölle. Es kam mir vor, als hätte ich ewig auf diesen Kuss gewartet. Seine Lippen waren weich und überall, er beherrschte unseren Kuss vollkommen. Ich war auf keinen Fall passiv. Mein Körper bewegte sich von selbst, als sich meine Zunge mit seiner vereinte. Ich konnte ihm nicht nahe genug sein. Plötzlich riss er seine Lippen los und lehnte sich zurück.

„Lucy", sagte er, und seine heisere Stimme jagte mir einen Schauer über den Rücken.

Ich schaffte es, meine Augen zu öffnen, so überwältigt davon, dass ich Levi geküsst hatte, dass ich fast nicht sprechen konnte. Mein Herz klopfte wie wild in meinen Ohren. Ich konnte die Feuchtigkeit zwischen meinen Schenkeln spüren. Ich war so erregt, dass ich kaum noch klar denken konnte.

Sein Blick war auf den meinen geheftet, das satte Blau verdunkelte sich. Allein sein Anblick ließ mein Mitte reagieren. Wir starrten uns an, unser Atem ging rasend schnell in der stillen Küche, das Summen der Spülmaschine war das einzige andere Geräusch im Raum.

„Willst du das?", fragte Levi.

Ich schluckte, mein Verstand war verwirrt, mein innerer Zustand ein Tornado aus Verlangen, Gefühl und Verwirrung. Ich wollte sagen, dass das alles nicht sein sollte, aber ich wollte es so sehr, dass ich mich nicht dazu durchringen konnte, etwas anderes zu sagen.

Ich rang nach Luft, konnte mich aber nicht dazu zwingen, mich von ihm zu entfernen. Seine Nähe fühlte sich zu köstlich an. Heiß und hart, so viel besser als in meinen Träumen. Und ich muss zugeben, das waren wirklich *tolle* Träume gewesen.

Als ich nichts sagte, lehnte er sich zurück, und seine Hand lockerte sich in meinem Haar.

„Ich frage nur, weil du mir sonst immer zu verstehen gibst, ich solle dich in Ruhe lassen", sagte er unverblümt, und sein Blick blieb an meinem haften.

Seine Worte kamen mir wie eine Mutprobe vor. Ich schluckte und sammelte mich. „Ich weiß", schaffte ich es schließlich zu sagen, und meine Stimme klang wie ein gehauchtes Flüstern.

„Ich soll dich also jetzt nicht in Ruhe lassen?"

Ich starrte ihn an und versuchte, mein Gehirn in Gang zu bringen. Aber es war schwer, einen Gedanken zu fassen. Ich spürte, wie mein Kopf hin und her wackelte, bevor ich merkte, dass ich genau das tat. Trotzdem sah er mich einfach nur an.

„Du bist dran", sagte er leise.

Mein Herz klopfte so heftig, dass es sich anfühlte, als würde es mir aus der Brust schießen. Das Verlangen nach Levi war so stark in mir, dass es eine unberechenbare Kraft war. Ich sagte mir, dass ich zurücktreten sollte, aber ich konnte nicht. Ich wollte mich nicht von ihm entfernen.

Anstatt etwas zu sagen, ließ ich meine Hand wieder in sein Haar gleiten, verschränkte meine Finger in seinen seidigen Locken und senkte meinen Kopf. Es war seltsam, so klein wie ich war, dass er saß und ich fast auf gleicher Höhe mit ihm stand. Es fühlte sich an, als wolle er sicherstellen, dass ich das bewusst tat. Das war sowohl ermutigend als auch verdammt nervig. Denn ich wollte mich selbst vergessen, mich in dieser Sache und in ihm verlieren. Dann lagen seine Lippen wieder auf meinen und seine Hände zogen mich an sich. Seine Finger fuhren die Kurve meines Hinterns entlang, so nah an der süßen Stelle zwischen meinen Schenkeln, dass ich fast aufschrie.

Er schob eine Hand unter mein Sweatshirt, und die schwielige Haut seiner Handfläche ließ Funken über meine Haut sprühen, während mir ein leises Stöhnen entwich. Ich erkannte mich selbst kaum wieder. Ich war verzweifelt, wollte alles tun, um mit ihm zu verschmelzen - mit Levi, einem Mann, von dem ich mir verzweifelt einzureden versucht hatte, dass ich ihn nicht wollte.

In den hintersten Winkeln meines Verstandes flüsterte eine Stimme, die mich daran erinnerte, dass ich ihn von Anfang an gewollt hatte und es deshalb hasste, wenn er mit mir flirtete. Irgendetwas an meiner ersten sexuellen Erfahrung hatte meinen Kopf durcheinander gebracht. Es war nicht so, dass es schrecklich gewesen wäre, aber irgendetwas an diesem Ereignis, das mit der Faust meines Vaters kollidierte, hatte mich innerlich aufgewühlt. Ich hatte keine Angst vor Sex. Ich hatte ihn seitdem sogar mehr als ein paar Mal gehabt, aber jedes Mal war es eher lauwarm gewesen. Die Elektrizität, die ich bei Levi spürte, dieses subtile Brummen in meinem Körper - als wäre ich eine Stimmgabel für ihn und nur für ihn - war etwas, das ich noch nie zuvor gefühlt hatte.

Abgesehen von dem verkorksten Teil von mir, wenn es um Sex ging, war ich entschlossen, nicht von einem Mann abhängig zu sein. Niemals.

Ich hatte aus erster Hand erfahren, wie es meiner Mutter ergangen war. Es war eine Katastrophe. Aber das Feuer, das zwischen Levi und mir aufloderte, war stärker als meine Entschlossenheit, mich fernzuhalten. Ich konnte nicht mehr vernünftig denken. Meine Abwehrkräfte verbrannten zu Asche. Alles, woran ich denken konnte, war das Gefühl von Levis hartem Körper unter meiner Berührung, das heiße Bedürfnis, das sich zwischen meinen Schenkeln bildete, und ein paar zu viele Träume, in denen er tief in mir vergraben war.

Ich nahm nur schwach wahr, dass ich mich rittlings auf seinem Schoß niederließ. Sein Schwanz war hart und heiß an meiner Muschi, durch den dünnen Stoff meiner Jogginghose und seinen Jeansstoff hindurch, so eindringlich, so präsent und so hart und dick.

Levi murmelte meinen Namen, als sich sein Mund um eine meiner Brustwarzen schloss und mir einen Lustschauer über den Rücken jagte. Ich fühlte mich verrückt. Irgendetwas daran, dass er meinen Namen sagte, holte mich aus meinem wilden Zustand heraus. Für einen kurzen Moment überkam mich das

Bewusstsein. Mir wurde klar, was ich im Begriff war zu tun. Ich riss die Augen auf und sah mein Sweatshirt auf dem Boden liegen. Meine Nippel waren feucht von seiner verruchten Zunge. Ich sehnte mich nach ihm, nach jedem Zentimeter von ihm.

Erschrocken kletterte ich von seinem Schoß und schnappte mir mein Sweatshirt vom Boden, zog es mir über den Kopf und fluchte, als der Ärmel an meiner Schiene hängen blieb. Ich wusste, dass ich wie eine Verrückte aussehen musste. Mein Haar war durcheinander, meine Kleidung war unordentlich, und ich musste einen hochroten Kopf haben.

Ich schaute zu Levi. Er hatte sich nicht von der Stelle bewegt, an der er auf dem Stuhl saß. Sein goldenes Haar war zerzaust, seine Augen dunkel und seine Lippen feucht. Mein willenloser Blick wanderte über seine Brust und landete auf seinem Schoß, wo seine Erregung unverhohlen zu erkennen war. Ich hatte nicht einmal bemerkt, dass ich seine Jeans aufgerissen hatte. Sein Schwanz zeichnete sich gegen seinen schwarzen Slip ab. Er war der heißeste Mann, den ich je gesehen hatte.

Ich musste von hier verschwinden.

„Das war keine gute Idee", sagte ich abrupt.

O Gott. Ich klang wie eine verrückte Irre. Levi nickte nur. Einen Moment lang dachte ich, er würde etwas sagen. Ich wartete nicht darauf. Ich drehte mich einfach weg und rannte die Treppe hoch.

Ich lief tatsächlich vor ihm weg. Als ich die Gästezimmertür hinter mir zuschlug, versuchte ich, wieder zu Atem zu kommen.

O Gott, ich kann nicht glauben, dass ich das gerade getan habe.

Was zum Teufel habe ich mir nur dabei gedacht?

Ich wischte mir mit den Händen über das Gesicht

und stieß mich schnell von der Tür ab, schloss sie ab und verschränkte die Arme vor der Brust. Ich begann, in einem Halbkreis um das Bett herum zu laufen. Scheiße, Scheiße, Scheiße.

Ich war so beschämt und verlegen, dass ich mich kaum beruhigen konnte. Plötzlich kam mir in den Sinn, dass Levi wahrscheinlich mein verzweifeltes Auf und Ab hören konnte. Ich ließ mich auf das Ende des Bettes plumpsen, zog die Knie an meine Brust, umarmte sie und starrte mich im Spiegel gegenüber an. Ich wusste nicht, wie ich mich beruhigen sollte, aber irgendwie schaffte ich es dann doch. Vor allem, weil ich keine andere Wahl hatte. Die schlimmste Option wäre gewesen, Levi gegenüberzutreten. Ich redete mir ein, dass eine Mütze Schlaf mir helfen würde, zu vergessen, dass ich ihn nur um Haaresbreite gevögelt hätte. Er hätte mitgemacht. Ohne Frage.

Kapitel Elf

LUCY

Ich fiel in einen unruhigen Schlaf, mein Körper hallte noch immer von den Echos des Verlangens wider. Später wachte ich auf und drehte meinen Kopf zur Seite, um auf die Uhr zu schauen. Es war kurz nach ein Uhr nachts und gottlob dunkel. Selbst im Spätsommer waren die Tage in Alaska noch lang. Die Sonne ging erst um kurz vor zehn Uhr abends unter.

Ich erwachte aus einem weiteren heißen Traum, in dem es um den einzigen Star meiner Träume der letzten Nächte ging - Levi. Mein Höschen war klatschnass, und die bloße Bewegung meiner Beine löste eine Welle der Lust in mir aus, während ich dalag und versuchte, wieder zu Atem zu kommen. Ich fragte mich, ob es überhaupt möglich war, im Schlaf einen Höhepunkt zu haben. Es war so schlimm. Mein Körper fühlte sich an, als stünde er kurz vor einem Orgasmus. Es war das vierte Mal, dass ich aus einem verrückten, heißen Sextraum aufwachte und meine Finger in meiner Muschi vergraben wollte.

Meine gesunde Hand hatte einen eigenen Willen, und in Sekundenschnelle waren meine Finger zwischen meinen Schenkeln. Ich keuchte angesichts der glitschigen Nässe, und meine Hüften wölbten sich meiner Berührung entgegen. Aber das war nicht genug. Und ich wusste es. Ich wollte kein Feigling sein. Mehr noch, ich wollte Levi mit einer solchen Heftigkeit, dass ich es nicht leugnen konnte.

Ich schlug die Decke zurück und stand auf. Mein Verstand war vom Schlaf benebelt und fast wahnsinnig vor Verlangen. Ich trug nichts weiter als ein dünnes Baumwoll-Shirt und einen Slip. Ich stürmte aus meinem Schlafzimmer und durch den Flur.

Levi schlief mit halb geöffneter Tür. Als ich in sein Zimmer schlich, huschte ein Schatten an meinen Füßen vorbei, und ich erkannte, dass es Ham war. Er war ein ziemlich abenteuerlustiger kleiner Hamster. Nicht einmal seine Anwesenheit rüttelte mich aus meinem Zustand auf. Ich wollte das durchziehen und Levi aus meinen Gedanken verbannen.

Ich stellte mich neben Levis Bett und schaute nach unten. Er lag auf dem Rücken, mit einem Arm nach oben ausgestreckt. Die Decke war an seiner Taille zusammengeknüllt. Ich fragte mich flüchtig, ob er Träume hatte, die meinen ähnelten.

Ich kroch neben ihn aufs Bett und fuhr mit den Fingern über seine Brust. Ich konnte nicht mehr warten, mein Körper war zu unruhig. Ich setzte mich rittlings auf ihn und stöhnte fast laut auf, als ich feststellte, dass sein Schwanz bereits steif war. Mein feuchtes Höschen und die dünne Decke, die ihn bedeckte, waren das Einzige, was zwischen uns stand. Meine Muschi pochte, weil ich wusste, dass ich kurz davor war, endlich Erlösung zu finden.

Ich spürte, wie er aus seinem Halbschlaf erwachte, sein Körper spannte sich leicht an, bevor er sich bewegte und seine Hände leicht nach meinen Hüften griffen.

„Lucy?", murmelte er, seine Stimme war rau vom Schlaf.

„Ich bin es", antwortete ich und spürte, wie sich ein Grinsen auf meine Lippen legte.

Ich musste zugeben, dass es mir gefiel, ihn auf diese Weise zu wecken. Ein bisschen zu sehr. Aber ich wollte nicht reden.

Ich ließ meine Hüften kreisen und beugte mich vor, bis ich nur noch wenige Zentimeter von seinen Lippen entfernt war. Meine Augen hatten sich inzwischen an die Dunkelheit gewöhnt. In seinem Schlafzimmer gab es ein Nachtlicht, das einen sanften Schimmer auf das Bett warf. Er hatte beiläufig erwähnt, dass er im ganzen Haus Nachtlichter hatte, weil er eines Nachts fast auf Ham getreten war. In diesem Moment war ich froh darüber, denn das Licht reichte gerade aus, um das Verlangen in seinem Blick zu erkennen.

„Ich habe meine Meinung geändert", sagte ich.

„Worüber?"

„Dass dies ein Fehler ist. Ich hasse es immer noch, dass ich dich will. Aber ich will dich."

Sein Griff an meinen Hüften wurde fester und glitten dann zu meinem Po. Mein Unterleib reagierte reflexartig, als mir ein leises Stöhnen entwich. Ich konnte es nicht verhindern. Ich war so nah dran.

„Ich finde es gut, dass du mich willst", murmelte er. Seine raue, verschlafene Stimme war so sexy, dass mir ein heißer Schauer über den Rücken lief. „Es ist auch kein Fehler."

Dann glitten seine Hände meinen Rücken hinauf, mein Shirt knitterte, als er es mir über den Kopf zog. Er war vorsichtig mit meinem Arm, was mich irgendwie ärgerte. Ich wollte mich nicht darum kümmern müssen, und es tat nicht weh. Aber ich war zu verzweifelt und zu außer mir, um an etwas anderes zu denken als daran, ihn völlig nackt sehen zu wollen und ihn in mir zu spüren. Mein Bedürfnis danach war so stark, dass ich wusste, dass es erst gestillt werden würde, wenn er tief in mir drin war.

Alles war verschwommen. Seine Hände und sein Mund waren überall. Oh, und er schlief nackt. Das war eine angenehme Überraschung. Meine Brüste waren schwer und schmerzten, meine Nippel waren so hart, dass sie schmerzten. Er reizte mich bis zum Wahnsinn, fuhr mit seinen Daumen über meine Brustwarzen, sein Mund zog erst an der einen, dann an der anderen, seine Zähne kratzten leicht darüber. Als ich ungeduldig wurde und versuchte, die Decke aus dem Weg zu schieben, gluckste er.

„O nein, wir werden das nicht überstürzen."

Er drehte uns um, sodass er neben mir lag. Ich drehte meinen Kopf zur Seite, um seine Augen zu sehen.

„Nicht das, was ich will."

Sein Lachen war sanft auf meiner Haut, während seine Lippen meinen Hals hinunterwanderten und meine Brustwarzen neckten, wobei er sich viel Zeit ließ.

„Ach nein, machen wir das noch mal?", murmelte er.

Ich wusste nicht, warum es so war, aber alles schien ein Vorspiel zu sein. Sogar seine Worte.

„Was noch mal?", würgte ich hervor, als er meinen Körper mit seinem Mund erkundete.

„Du wirst mir sagen, dass das ein Fehler war und abhauen."

Ich schüttelte rasch den Kopf. „Nein, sicher nicht. Ich habe ein bestimmtes Ziel vor Augen."

Sein Lachen ließ Funken auf meiner Haut tanzen, und das Kratzen seiner Bartstoppeln auf meinem Bauch machte mich verrückt.

„Du hast es immer eilig, nicht wahr?"

Ich konnte nicht sagen, warum, aber ich fühlte mich wohl. Ich war in diesem Moment mit ihm gefangen und wollte nicht, dass meine Befangenheit ihn ruinierte. Also lachte ich, und dann verteilte er Küsse zwischen meinen Schenkeln. Er drückte meine Knie auseinander, und dann war sein Mund an meiner intimsten Stelle.

Ich hielt mich an seinen Haaren fest und kämpfte um mein Leben. Er liebkoste meine Muschi mit seinem Mund. Er streichelte meine Schamlippen mit seiner Zunge, wirbelte um die heiße Knospe der Lust und vergrub seine Finger in meinem Kanal. Seine Berührung war so viel besser als meine. Ich verlor den Sinn für alles, außer dem Gefühl seiner Finger, die in mich hinein- und wieder rausfuhren, und seiner Zunge, die mich verrückt machte.

Er umfasste meine Hüfte mit einer Hand, während ich mich gegen ihn stemmte und der süßen Erlösung nachjagte. Er fuhr mit seinen Fingern noch einmal tief hinein und saugte an meinem Kitzler. Alles in mir spannte sich an und ließ dann los, und gleißende Wonne durchfuhr meinen Körper. Die Kraft meines Höhepunkts war so intensiv, dass ich fast erschlaffte, als er abklang. Seine Finger waren noch immer tief in mir vergraben, als ich seinen Blick spürte.

„Lucy."

———

Als Levi meinen Namen sagte, schlug seine Stimme einen Akkord in meinem Körper an, der am Rande meines Herzens widerhallte. Ich war zu verwirrt und zu verloren in der Not, um mir zu erlauben, mich damit zu beschäftigen. Einen Moment lang machte es mir Angst. Er berührte eine Stelle in mir, an der ich niemals verletzlich sein wollte. Aber ich konnte nicht wegsehen.

In dem Moment, in dem er meinen Namen sagte, öffnete ich die Augen und sah ihn über mir aufragen. Jeder Zentimeter von ihm war heiß, hart und atemberaubend. Obwohl ich gerade den explosivsten Orgasmus hatte, den ich je mit einem Mann erlebt hatte, war das nicht genug. Es würde nicht genug sein, bis er in mir war.

Auch wenn ich keine Worte finden konnte, wusste mein Körper, was er wollte. Meine Beine schlossen sich um seine Hüften, um ihn festzuhalten. Ich fand meine Worte, als er sich auf die Seite rollte.

„Wo willst du hin?", murmelte ich und versuchte, seine Bewegung mit einem meiner Beine zu stoppen.

Er gluckste, und sein leises Lachen ließ meinen Bauch einen Salto nach dem anderen machen.

Er griff in seine Nachttischschublade, und innerhalb einer Sekunde zog er sich ein Kondom über und stemmte sich wieder über mich. Ich war weit davon entfernt, mich dafür zu schämen, wie verzweifelt ich ihn begehrte. Es hatte keinen Sinn, es zu verbergen. Vielleicht, nur vielleicht, würde es einmal reichen, und ich könnte aufhören, von ihm zu träumen und zu fantasieren. Seine Hände glitten an meinen Seiten hinauf, nahmen meine Hände in die seinen und streckten sie über meinen Kopf.

Er erwischte mich dabei, wie ich mit den Augen

rollte, als er besonders vorsichtig mit meinem geprellten Arm umging.

„Wofür war das?", fragte er und ein Grinsen umspielte seine Mundwinkel.

„Ich bin nicht aus Glas. Vor allem, weil der", ich hielt inne und bewegte meine Hand in seiner, „in einer Schiene steckt. Es ist alles gut."

Er hielt meinen Blick fest, seine Augen verdunkelten sich. „Finde dich damit ab."

Seine Ellbogen stützten sich auf meine Schultern. Mein Gesicht umrahmend, ließ er eine meiner Hände los. Er strich mein Haar zurück und hielt meinen Blick fest. Der Moment war so intensiv und so intim, dass ich mich in mehr als einer Hinsicht nackt fühlte. Dennoch versprach ich mir selbst, kein Feigling zu sein, und wandte mich nicht ab.

„Jetzt wäre es an der Zeit, mir zu sagen, dass ich aufhören soll", sagte er mit rauer Stimme.

Ich war so am Arsch.

Er brauchte nur zu reden, und ich schmolz noch mehr dahin. Ich fühlte mich wie flüssiges Wachs, heiß und geschmeidig. Ich wusste nur, dass ich ihn jetzt in mir brauchte. Ich musste ihm so nahe sein. Meine Muschi krampfte sich zusammen, mein Inneres pochte nach mehr.

Ich schlang meine Beine um seine Hüften und stieß ihn an, aber er blieb standhaft. Ich musste mich damit abfinden, dass er viel stärker war als ich. Egal, wie sehr ich ihn dazu bringen wollte, meine Wünsche zu erfüllen, ich konnte es nicht. Sein Mundwinkel ging nach oben, und mein Bauch machte eine weitere Serie von Sprüngen.

Sein Blick wurde nüchtern. „Ich meine es ernst. Wenn du dir nicht sicher bist, sag es mir einfach."

Mein Herz pochte heftig und schnell in meiner Brust, und ich schluckte gegen die Welle der Emotionen an, die mich überrollte. Plötzlich fühlte sich das alles viel realer an als alles, was ich je erlebt hatte. Ich war weit davon entfernt, so zu tun, als würde ich ihn nicht wollen. Angesichts dessen, was gerade passiert war, würde er mir ohnehin nicht glauben.

Also hielt ich seinen Blick fest. „Ich weiß. Ich will nicht aufhören."

Einen Moment lang war Levi still und ruhig, dann veränderte er den Winkel seiner Hüften und stieß in mich hinein. Sein Schwanz, jeder harte, dicke Zentimeter davon, glitt durch mein glitschiges Fleisch. Es spielte keine Rolle, dass ich gerade unter seiner Zunge zum Höhepunkt gekommen war, ich war schon wieder kurz davor. Er war niemand, der sich hetzen ließ. Das lernte ich gerade sehr gründlich über ihn.

Erst als ich seinen Namen stöhnte und mich ihm wieder entgegenstemmte, zog er sich schließlich zurück, begann dann, wieder und wieder in meinen Kanal zu gleiten. Er bewegte sich langsam, als ob er befürchtete, dass er zu grob sein könnte. Zugegeben, es war lange genug her, dass ich richtigen Sex gehabt hatte, und ich war eng, enger als ich erwartet hatte. Es war nicht schmerzhaft, aber ... Nun, ich war klein, und er war groß.

Er war kaum zu verstehen, als er sprach. „Lucy, du fühlst dich so verdammt gut an." Er küsste mich auf die Lippen, während er für ein paar Sekunden in mir stillhielt. Ich konnte das Klopfen seines Herzens an meiner Brust spüren. Mit einem Atemzug versank er bis zum Anschlag in mir.

Er wich zurück, seine Augen trafen die meinen. Es war fast zu viel. Wir waren uns so nahe, wie zwei Menschen sich nur sein konnten. Ich konnte nicht sagen, dass ich wusste, was mich erwartete, denn ich wusste es nicht. Ich hatte mir nicht erlaubt, darüber nachzudenken. Es war nur etwas aus meinen Träumen. Das hier war so real, so intensiv, und so viel besser als meine Träume. Ich wippte ihm entgegen, während sich mein Körper entspannte und an die köstliche Ausdehnung seiner Fülle anpasste.

Anfangs bewegte er sich langsam. Er überraschte mich in so vielerlei Hinsicht. Ich war nicht darauf vorbereitet, dass er jeden Zentimeter von mir auskosten würde, dass er vorsichtig mit meinem Arm und meinem Körper umgehen würde, dass er mich behandeln würde, als wäre ich aus Glas, aber auch ein bisschen grob und versaut.

Sobald ich anfing, mich unruhig gegen ihn zu stemmen, mich zu wölben und mit meiner guten Hand über seinen Rücken zu gleiten, wobei meine Nägel in seine Haut drangen, hielt er sich nicht mehr zurück. Es wurde schnell und wild, denn das war es, was ich brauchte. Mein Verlangen war so groß, und mein Bedürfnis ging so tief.

„Scheiße, Lucy. Immer mit der Ruhe", murmelte er. „Ich will dir nicht wehtun."

Ich riss die Augen auf. „Tust du nicht. Levi, bitte …"

Da mir die Worte fehlten, wippte ich ihm entgegen. Er antwortete mit seinem Körper, zog sich zurück und stieß tief in mich hinein. Ich konnte den Blick nicht abwenden, obwohl ich es wollte. Der Druck, der sich in mir aufbaute, war wie eine Welle, die in sich selbst hineinrollte. Er fuhr mit der Hand zwischen uns. Als er mit seinen Fingern über meinen Kitzler strich, erreichte die Welle ihren Höhepunkt und ich fiel innerlich auseinander. Ich spürte, wie er sich anspannte und hörte aus der Ferne meine Stimme, die seinen Namen rief, und fühlte seine Augen auf mir, als er meinen rief, bevor er über mir zusammenbrach.

Dann lagen wir da, Haut an Haut, Herzschlag an Herzschlag, während wir wieder zu Atem kamen. Ich konnte mich nicht erinnern, eingeschlafen zu sein. Und doch wachte ich in der Nacht auf, warm und entspannt. Levi hatte sich hinter mir zusammengerollt, seine Handfläche lag auf meinem Unterleib. Ich sagte mir, ich sollte aufstehen, aber ich konnte nicht.

Kapitel Zwölf

LEVI

Das Licht der frühen Morgendämmerung drang durch meine Fenster. Ich hatte gestern Abend vergessen, die Vorhänge zu schließen. Unnötig zu erwähnen, dass ich anfangs sexuell über alle Maßen frustriert ins Bett gegangen war. Ich hatte es vermieden, die Dinge selbst in die Hand zu nehmen. Mit Lucy in der Nähe wusste ich, dass es einfach unbefriedigend sein würde. Dann hatte sie mich völlig überrascht.

Ich dachte an die letzte Nacht zurück. Ich hatte mich hinter ihr zusammengerollt und war mit einem Ständer aufgewacht. Was keine Überraschung war. Vielleicht hatte ich letzte Nacht etwas Erleichterung gefunden, doch was zunächst nach einer unverfänglichen Runde Matratzensport ausgesehen hatte, war weit mehr gewesen.

Anstatt meinen Appetit zu stillen, hatte es ihn nur noch mehr angeregt. Lucy, so zierlich sie auch war, war unendlich sexy. Mit ihrem üppigen Hintern, der sich an meinen Schwanz presste, und einer ihrer Brüste in meiner Handfläche, war es für meinen Körper unmöglich, nicht zu reagieren. Sie schlief tief und fest, ihr

Atem war gleichmäßig. Es hätte mich nicht überrascht, wenn ich aufgewacht und sie längst weg gewesen wäre. Ich war sogar ein bisschen überrascht, dass das nicht der Fall war.

Ich beschloss, genau das zu tun, was ich wollte, und nicht zu viel darüber nachzudenken. Also streichelte ich ihre Brustwarze, grinste, als sie sich unter meiner Berührung zusammenzog, und ließ meine Hand über ihren Bauch und die Kurve ihrer Hüfte nach unten gleiten, um zwischen ihre Schenkel zu tauchen. Sie war weich und warm, ihre Beine bewegten sich im Schlaf, um mir Zugang zu gewähren. Ich verteilte mehrere Küsse auf die Kurve ihres Halses. Verdammt! Sie schmeckte so gut - süß mit einem Hauch von Moschus. Ihre Persönlichkeit konnte so stachelig sein, doch die Süße darunter war eine solche Überraschung, dass sich mein Herz zusammenzog.

Ich hörte, wie ihr Atem stockte, als ich meine Finger durch ihre Scham und in ihre Spalte gleiten ließ. Ich fand sie heiß, feucht und bereit. Ich musste fast kichern, weil sie mich dazu brachte, sie zu necken, obwohl ich wusste, dass sie es nicht schätzen würde. Sie spannte sich leicht an, und dann strich ich mit dem Daumen über ihren Kitzler. Sie seufzte, ein kleines gehauchtes Stöhnen entwich ihr.

Himmlisch. Sie war eine ausdrucksstarke Frau. Ich wusste, dass sie nie zögerte, jemandem zu sagen, was sie dachte. Ihre ausdrucksstarke Seite zu sehen, wenn sie wild vor Verlangen war, erschlug mich fast.

Ich konnte mein Grinsen nicht unterdrücken, als ihr Atem wieder stockte, während ich einen Finger knöcheltief in ihrem Kanal versenkte. Ich machte mir keine Illusionen darüber, dass sie noch Jungfrau war, aber sie war letzte Nacht so eng gewesen, dass es mich nicht überraschen würde, wenn ich erfahren würde, dass es bei ihr schon eine Weile her war. Ich fragte mich, ob sie wund war, und überlegte, ob ich sie fragen sollte. Sie stöhnte wieder, ihre Hüften wippten unter meinen Fingern, und ich vergaß alles andere. Ich wusste, was ich wollte.

Sie schmecken.

Während meine Finger noch immer an der süßen Stelle zwischen ihren Schenkeln vergraben waren, verlagerte ich mein Gewicht und rollte sie mit meiner freien Hand zu mir. Für einen Moment vergaß ich fast die Schiene an ihrem Handgelenk und hielt inne, als sie gegen mich stieß. Ich hob meinen Kopf von der Stelle, an der ich mit meiner Zunge über ihre Schulter geglitten war, und blickte zu ihr.

„Alles okay?", fragte ich.

Ihre Augen öffneten sich, blieben an meinen hängen, und ließen meinen Atem stocken, während mein Herz kräftig gegen meine Rippen stieß. Verdammt. Ihre Augen waren so verdammt großartig. Gerade jetzt, ihr himmelblauer Blick, verschwommen vom Schlaf und Verlangen, blinzelnd unter der Sonne, die durch die Fenster schien, ließ mein Herz heftig und schnell pochen. Ich war so am Arsch. Sie hatte mich in der Hand, und sie wusste es nicht einmal. Ihre Augen verengten sich und sie starrte mich an.

Perfekt, verdammt perfekt. Sie war so liebenswert, wenn sie ein wenig verärgert war. Ich würde freimütig zugeben, dass ihre streitbare Seite einen großen Teil ihrer Anziehungskraft auf mich ausmachte. Oh, ich war nicht so dumm, zu leugnen, dass sie verdammt gut aussah. Denn das tat sie. Aber ich liebte es, wie sie sich aufregte und wie sarkastisch sie war. Ich liebte den Widerspruch, dass man sie auf den ersten Blick für zerbrechlich halten könnte, aber wenn sie dann den Mund aufmachte, stellte man das Gegenteil fest.

„Mir geht es gut", sagte sie.

Ich glaube, sie wollte, dass ihre Worte verärgert klangen, und ein Hauch davon war auch zu hören. Aber mit dem Blick in ihren Augen, klang sie atemlos. Als ich meine Finger zurückzog und sie gleich wieder in ihren Kanal versenkte, krampfte sich ihre Muschi um sie, und mein Schwanz wurde noch härter.

„Gut zu wissen", sagte ich und machte mir nicht einmal die Mühe, mein Grinsen zu verbergen.

Ich bewegte mich schnell, verteilte Küsse auf Lucys Körper und arbeitete mich zu ihrer empfindlichsten Stelle vor. Sie schmeckte salzig und süß, nach Honig und Moschus. Ich konnte nicht genug bekommen. Während ich sie immer noch mit meinen Fingern fickte, begann ich, sie mit meiner Zunge bis zum Wahnsinn zu reizen. Ich hätte das stundenlang tun können, aber sie kam schnell in einem lauten Ausbruch, ihre Muskeln zogen sich um meine Finger zusammen. Ich erhob mich und rollte mich geschwind vom Bett, nahm sie in meine Arme und beugte mich hinunter, um ein Kondom aus der Schublade zu holen, die ich gestern Abend offen gelassen hatte.

Sie stieß mit ihren Fersen gegen meine Oberschenkel. „Was machst du da?", fragte sie.

Aber dann kicherte sie, und mein Herz zog sich wieder zusammen.

Lucy hatte es mir einfach angetan - in so vielerlei Hinsicht und auf so vielen Ebenen. Ich hatte nicht erwartet, dass die letzte Nacht so verlaufen würde. Eigentlich hatte ich mich damit abgefunden, dass so etwas nie mit ihr passieren würde. Die letzte Nacht zu erleben, aufzuwachen und sie überall zu küssen und sie kichern zu hören, während ich sie in die Dusche trug, das war fast wie der Himmel auf Erden.

„Wir brauchen eine Dusche", sagte ich und stieß den Wasserhahn mit meinem Ellbogen an.

Sobald der Dampf den Raum füllte, stieg ich unter die Dusche.

„Hey, ich muss meine Armschiene abnehmen."

Ich trat schnell zurück und hielt sie immer noch in meinen Armen. Denn ehrlich gesagt, wollte ich sie nicht loslassen. Ich half ihr schnell, sie abzulegen und legte sie vorsichtig auf dem Waschtisch neben dem Waschbecken ab.

Sie schaute mir in die Augen und fragte: „Willst du mich irgendwann mal absetzen?"

„In einer Sekunde."

Sobald wir in die Dusche traten, ließ ich sie nach unten gleiten, während ich das Kondom mit meiner nun freien Hand schnell überzog. Sie wollte sich umdrehen, aber ich ließ meine Hände über ihren üppigen Po gleiten. Ohne ein weiteres Wort verstand sie die Botschaft. Ihre Handflächen drückten gegen die Kachelwand, sie wölbte ihren Rücken und reckte ihren üppigen Hintern für mich in die Höhe. Ich brauchte nicht zu prüfen, ob sie bereit war, denn ich wusste, wie feucht sie war. Ich schob meine Finger zwischen ihre süßen Arschbacken, spreizte sie und setzte dann meinen Schwanz an ihren Eingang.

Ich hielt einen Moment lang still, meinen Schwanz in meiner Faust, und zog ihn zwischen ihren Schamlippen hin und her. Sie stöhnte, und ich begann, in sie hineinzugleiten. Ihr Körper spannte sich leicht an, und ich hielt inne.

„Zu schnell? Alles in Ordnung?"

Lucy schaute über ihre Schulter, ihr goldenes Haar war feucht geworden und ihre Augen blitzten. Sie schüttelte schnell den Kopf. „Himmel Herrgott! Mir geht's gut."

Wie zur Betonung wackelte sie mit ihrem Hintern und drückte sich gegen mich, sodass mein Schwanz bis zum Anschlag in ihr Inneres vordrang.

Ich stieß ein leises Knurren aus und verlor mich in dem Gefühl, das sie auslöste. Ich wollte es in die Länge ziehen, aber ich konnte es nicht. Nicht, wenn sie ihre Hüften bei jedem Stoß zurückrollte, nicht, wenn ihr Kanal pochte und sich um meinen Schwanz zusammenzog. Ehe ich mich versah, donnerte meine Erlösung durch mich hindurch und die Hitze zog sich an der Basis meiner Wirbelsäule und meinen Eiern zusammen. Ich griff um sie herum, fuhr mit meinen Fingern durch ihr Schamhaar und wirbelte sie über ihre Klitoris. Sie schrie auf, ihr Kanal saugte meinen Saft auf, als er aus mir schoss. Meine Knie gaben bei der Wucht der Entladung fast nach.

Gott sei Dank gab es eine Wand neben mir. Meine Handfläche klatschte dagegen, während ich mit der anderen Hand ihre Hüfte umfasste. Ich strampelte, versuchte zu Atem zu kommen und hielt mich an ihr fest, als ich langsam wieder zu mir kam.

Als das Donnern meines Pulses nachließ und sich mein Atem verlangsamte, wurde mir klar, dass ich mich nicht bewegen wollte. Ich würde als glücklicher Mann sterben, wenn ich für immer in Lucy begraben bleiben könnte.

Weit gefehlt. Sie warf einen Blick über die Schulter, ein Grinsen umspielte ihre Mundwinkel.

„Das ging aber schnell", sagte sie.

Ich konnte mir ein Kichern nicht verkneifen. „Das ist deine Schuld."

Immer noch in ihr vergraben, beobachtete ich, wie sich ihre Augen leicht weiteten.

„Wie das?", fragte sie.

Ich lockerte meinen Griff um ihre Hüfte und ließ

meinen Daumen wieder über ihren Kitzler gleiten, direkt über der Stelle, an der mein Schwanz sie ausfüllte.

Sie stöhnte und ihre Muskeln krampften sich erneut zusammen.

„Es ist einfach zu gut. Du fühlst dich zu gut an", sagte ich.

Ihre Wangen erröteten, und sie wandte den Blick ab. Nachdem ich mein Gleichgewicht wiedergefunden hatte, ließ ich meine Handfläche über ihren Rücken gleiten, der vom Wasser, das auf uns herabregnete, glitschig war. Als ich merkte, dass ich nicht ewig in ihr vergraben bleiben konnte, egal wie sehr ich es auch wollte, zog ich mich langsam zurück. Schnell entledigte ich mich des Kondoms, lehnte mich aus der Dusche und warf es in den Mülleimer neben dem Waschbecken.

Als ich mich umdrehte, war sie bereits dabei, sich einzuseifen. Während ich sie so ansah, wie der Seifenschaum über ihre Haut rann und ihr üppiger Körper vom Dampf errötete, zuckte mein Schwanz erneut. Es war ein verdammtes Wunder, aber ich hätte mich wahrscheinlich schon wieder an ihrem Körper gütlich tun können. Doch ich spürte, dass wir zu schnell und vor allem zu weit gegangen waren, weit über das hinaus, was Lucy jemals mit mir hatte machen wollen.

Also riss ich mich zusammen und benahm mich für sie, obwohl ich verrückt nach ihr war. Wir duschten, trockneten uns ab, zogen uns an, und dann machte ich Frühstück. Ich war fassungslos, dass sie nicht früher gegangen war. Letztendlich musste ich zuerst aufbrechen, weil ein Anruf von der Feuerwache kam. Ich bot ihr an, sie mitzunehmen, aber sie schüttelte den Kopf.

Gerade als ich die Stufen zu meinem Wagen hinunterjoggen wollte, drehte ich mich reflexartig zu ihr um.

Der Drang, sie zu küssen, war stark, ein Sog, dem ich fast nicht widerstehen konnte. Doch ich spürte ihre Zurückhaltung und ließ es bleiben.

———

Ich ging an diesem Tag zur Arbeit, und Lucy ging mir nicht aus dem Kopf, wann immer ich einen freien Moment hatte. Später am Nachmittag wurden wir zu einem Brand gerufen, der in einem nahe gelegenen, unbebauten Waldstück erneut außer Kontrolle geraten war. Wir hatten den ganzen Sommer über immer wieder mit diesem Feuer zu tun gehabt. Das kam in Alaska häufig vor. Es gab so viele große Waldgebiete, dass die Brände wieder ausbrechen konnten, nachdem wir sie unter Kontrolle gebracht hatten. Wind und andere Umstände konnten sie wieder anfachen.

Meine Mannschaft und die von Cade wurden zu diesem Einsatz geschickt. Es war ein langer Nachmittag, an dem neue Feuerschneisen geschlagen werden mussten. Eine Gruppe von Wanderern hatte wohl beschlossen, dass es sich nicht lohnte, die für dieses Gebiet geltenden Lagerfeuerverbote zu befolgen, und dann drehte der Wind wieder.

Als wir am späten Abend zur Feuerwache zurückkehrten, war ich ausgehungert, verdreckt und erschöpft, ebenso wie meine gesamte Mannschaft. Nach einer schnellen Dusche ging ich in den hinteren Bereich, als ich sah, wie Amelia Cade innig in die Arme schloss. Das war nichts Ungewöhnliches. Tatsächlich war ein Nachmittag wie dieser für einen Feuerwehrmann ganz alltäglich. Ich hatte mich an den Anblick gewöhnt, wie meine Feuerwehrkameraden am Ende eines langen Tages, oder wenn wir nach Wochen der Brandbekämpfung in der Wildnis zurückflogen, begrüßt wurden.

Irgendetwas an der letzten Nacht und an Lucy ließ mich wünschen, sie wäre heute hier, um mich zu sehen. Ich schüttelte den Kopf. Ich konnte von Glück sagen, wenn sie heute Nachmittag nicht gepackt und mein Haus verlassen hatte, ohne mir Bescheid zu sagen. Ich schlenderte hinüber und begrüßte Amelia, nachdem Cade sich von ihr gelöst hatte. Es saßen mehrere Männer um den Tisch im Pausenraum.

Cade lehnte sich mit den Hüften dagegen und plauderte zwanglos mit ihnen.

Amelia fing meinen Blick auf. „Gott sei Dank hast du einen Platz für Lucy, wo sie vorerst bleiben kann."

„Wie meinst du das?", erwiderte ich.

„Nun, ja. Wir haben gerade erfahren, dass sich die Lieferung für den Heizkessel, den wir haben wollen, verzögert, also wird es noch drei Wochen dauern. Wir haben ihn jedoch bereits bezahlt. Wenn wir jetzt versuchen, einen anderen zu bestellen, könnte die Wartezeit noch länger werden, also wohnen wir noch eine Weile bei Cades Eltern. Lucy hat jedoch auch immer noch keine Wohnung gefunden. Wohnungstechnisch gesehen ist es echt die schlimmste Zeit des Jahres. Ehrlich gesagt, wäre es besser gewesen, ihr wäre das im Frühsommer passiert. Aber im Moment ist echt alles ausgebucht", erklärte Amelia.

Ich nickte und unterdrückte den Drang zu grinsen. Amelia konnte nicht wissen, wie verdammt glücklich ich darüber war. Denn so konnte ich mir noch so viel mehr von dem erhoffen, was ich gestern Abend und heute Morgen erlebt hatte. Doch ich wusste nicht, was Lucy Amelia über uns erzählt hatte, wenn überhaupt. Ich hatte genug Verstand, um meinen Mund zu halten.

Mit einem Achselzucken antwortete ich: „Sie ist so

lange willkommen, wie sie es braucht. Ich sage ihr immer wieder, dass ich das Gleiche für jeden Freund tun würde."

Beck Steele kam aus der Umkleidekabine geschlendert.

„Hey, Actionheld", sagte ich.

Beck hatte sich diesen Spitznamen zugelegt, nachdem eine ältere Frau, die er gerettet hatte, erklärt hatte, sein Name klinge wie der eines Actionhelden.

Beck verdrehte die Augen. „Ich bin kein Actionheld. Wenn ich einer bin, dann sind wir es alle."

„Wildlands, Leute?", fragte Cade und musterte uns alle.

Ich wollte anrufen und fragen, ob Lucy sich mit uns treffen wollte, aber ich wusste, dass ich es damit vielleicht übertreiben würde. Ich wusste auch, dass ich ein paar fragende Blicke ernten würde, wenn ich Nein sagte, weil ich fast immer nach dem Dienst mit den anderen noch ein Bier trinken ging. Also nickte ich. Einige andere sagten ebenfalls nicht Nein, und wir machten uns alle auf den Weg zu Wildlands, einem beliebten Treffpunkt der Einheimischen, der auch ein Touristen-Hotspot war.

Mir fiel auf, dass Amelia ebenfalls in den Wagen kletterte. „Fährst du auch in diese Richtung?"

Sie nickte. „Ja. Lucy und Maisie sind schon da, und Susannah ist auf dem Weg."

Ich blieb ganz locker, obwohl die Vorfreude in mir aufflammte. „Dann sehen wir uns dort."

Als ich in meinem Wagen saß und den Motor angelassen hatte, grinste ich. Ich wollte zwar nicht darüber nachdenken, aber ich war besorgt, dass Lucy eine Möglichkeit finden würde, mir aus dem Weg zu gehen. Das würde ihr heute Abend nicht gelingen.

Kapitel Dreizehn

LUCY

Ich lehnte mich in meinem Stuhl zurück und schaute mich in Wildlands um. Die Wildlands Bar and Lodge war ein beliebtes Ausflugsziel für Einheimische und Touristen. Sie lag an den Ufern des Swan Lake, dem Herzstück von Willow Brook. Aufgrund ihrer erstklassigen Lage unterhielt die Lodge einen eigenen Wasserflugdienst, der die Touristen in großer Zahl in die Wildnis Alaskas brachte. Jäger, Wanderer, Angler, Ausflügler, Ökotouristen und viele mehr kamen in diese Gegend, um entweder hier Urlaub zu machen oder weil sie auf der Durchreise waren. In der Wildlands Bar war das ganze Jahr über viel los, und der heutige Abend bildete da keine Ausnahme. Susannah und ich waren vor dem Rest unserer Freunde angekommen und hatten einen Tisch direkt am Fenster ergattert.

Während Susannah telefonierte, schaute ich über den Swan Lake hinaus. Wie der Großteil Alaskas war die Aussicht spektakulär. Das andere Ufer des Sees war etwa eine halbe Meile entfernt. Birken und Pappeln mischten sich mit Fichten entlang der Uferlinie. Auf der einen Seite erstreckte sich ein offenes, sumpfiges Feld. Eine Gruppe von Elchen stand an diesem Abend dort und knabberte an Erlenbäumen. Auf der anderen Seite verdichteten sich die Bäume zu einem Fichtenwald, der sich bis zu den Ausläufern der Alaska Range erstreckte.

Lange, langsame Sonnenuntergänge waren typisch für die Sommerzeit in Alaska. Heute Abend war der Himmel ein Aquarell aus Rosa, Violett und sanften, silbrig-goldenen Strahlen. Die Sonne war ein verschwindender oranger Ball am Himmel, nur ihre obere Kurve war noch über dem Horizont zu sehen. Gegenüber der Sonne ging der Mond auf, eine halbe Sichel im fahlen Licht der Abenddämmerung. Eine Schar von Trompeterschwänen schwamm auf dem See. Sie waren die Namensgeber für diesen See. Die eleganten Schwäne schwebten durch das rosafarbene Licht, das auf den See fiel.

Das Summen eines Wasserflugzeugs ertönte in der Ferne, als es sich dem See näherte. Ich beobachtete, wie es sanft auf dem Wasser landete, Wellen auf dem Teich hinterließ und die Schwäne, die auf der Oberfläche schwammen, aufscheuchte. Ich drehte mich um und sah Susannah an, als sie gerade ihren Anruf beendete.

„Worum ging's?", fragte ich, als sie auf das Telefon starrte, das unschuldig dort lag, wo sie es auf den Tisch gelegt hatte.

Susannah strich ihr rotblondes Haar zurück und steckte es sich hinter die Ohren. Genau wie Levi war sie bei der Feuerwehr. Obwohl sie zu einer anderen Mannschaft gehörte, half sie oft bei Levis oder Cades Truppe aus, wenn sie gebraucht wurde. An diesem Nachmittag waren alle Mannschaften bis auf eine mit einem Brand am Stadtrand beschäftigt gewesen. Ich widerstand dem Drang, irgendwelche Fragen über Levi zu stellen. Meine Neugierde auf ihn war ein Nebeneffekt, den ich allmählich als lästig empfand. Es gefiel mir nicht, wie sehr er meine Gedanken beherrschte, aber ich konnte nicht aufhören, an ihn zu denken.

Susannah nahm einen Schluck von ihrem Bier, bevor sie antwortete. Auf den ersten Blick sah man ihr nicht an, dass sie knallhart war. Sie war sportlich, stark und reizend, fast auf eine liebenswerte Art. Mit ihrem lockigen, rotblonden Haar, ihren großen blauen Augen und ihren sommersprossigen Wangen war sie ziemlich hübsch. Trotz ihres femininen Aussehens hatte ich von den Jungs gehört, dass sie als eine der furchtlosesten in ihrer Mannschaft galt.

Nach einem weiteren Blick auf das Telefon zuckte sie mit den Schultern. „Das war Ward."

„Wer oder was ist Ward?"

„Wir haben zusammen unsere Hotshot-Ausbildung in Kalifornien absolviert", erklärte sie.

„Okay, und warum bist du dann sauer auf dein Handy?"

Sie verdrehte die Augen. „Ich hab keine Ahnung, warum er mich angerufen hat. Irgendwie hatten wir mal was miteinander."

„Was heißt ‚irgendwie'?", erwiderte ich.

Susannahs Wangen erröteten. „Na ja, irgendwie halt."

„Wart ihr zusammen oder so? Offensichtlich bedeutet er dir etwas, sonst wärst du nicht so komisch, nur weil er dich angerufen hat."

Susannahs Blick verengte sich nun auf mich. „Es war eigentlich nichts Ernstes. Ehrlich gesagt, wenn ich es in eine Schublade stecken müsste, würde ich es wohl mehr oder weniger unter einem One-Night-Stand verbuchen. Mehr nicht."

„Ein One-Night-Stand ist nicht nichts. Ich meine, es ist vielleicht keine große Sache, aber nichts wäre, nun ja, nichts.“

Das brachte mir einen weiteren bösen Blick ein. „Oh, du musst gerade reden.“, sagte sie lachend.

„Was soll das denn heißen?“, fragte ich und versuchte vergeblich, den abwehrenden Tonfall zu vermeiden.

Susannah stützte ihr Kinn auf die Hand und kniff die Augen zusammen. „Na ja, du kommst immer so männerfeindlich rüber.“

Ich wollte erst aufbrausend werden, kämpfte dann jedoch dagegen an. „Ich bin doch nicht männerfeindlich“, protestierte ich.

„Wie kommt es dann, dass du dich nie für sie interessierst?“

Ich nahm einen langen Zug von meinem Bier und sah sie an. Für einen kurzen Moment wollte ich ihr von Levi erzählen, aber das würde eine Menge Fragen aufwerfen, die ich noch lange nicht beantworten konnte.

„Ich hab nichts gegen Männer. Ich hab’s nur nicht so mit der Flirterei“, sagte ich und bemühte mich um einen lockeren Ton. „Aber zurück zu dir, warum ruft dieser Typ dich überhaupt an? Wann hast du denn das letzte Mal mit ihm gesprochen?“

Susannah neigte den Kopf zur Seite und trommelte mit den Fingern auf den Tisch. „Während unserer Ausbildung.“

„Und wie lange ist das her?“

„Vier Jahre“, sagte sie nur.

„Und er ruft ausgerechnet jetzt an, weil …?“

Ihre Wangen wurden rot, und sie hob ihr Bier an und seufzte, als sie feststellte, dass es leer war. „Weil er gerade eine Stelle hier in Willow Brook angenommen hat. In meiner Crew", fügte sie hinzu.

„Oh. Nun, wenn dieser One-Night-Stand nichts Ernstes war, warum kümmert es dich dann?"

Ich wollte es nicht laut aussprechen, aber meine Fragen galten ebenso sehr mir wie ihr. Von heute an konnte ich sagen, dass ich einen One-Night-Stand mit Levi hatte. Ich hatte den größten Teil des Tages damit verbracht, im Geiste mit mir selbst darüber zu streiten, wie viel - oder wie wenig - das bedeutete.

„Weil es vielleicht der beste Sex war, den ich je hatte", sagte sie schließlich, und ihre Röte intensivierte sich.

Sie konnte nicht wissen, dass eine kleine Bemerkung meine Gedanken sofort wieder auf die letzte Nacht und den heutigen Morgen mit Levi lenkte. Beide Male, als ich mit Levi Sex gehabt hatte, war es der beste gewesen, den ich je hatte. Wenn ich jetzt nur daran dachte, wurde mir ganz heiß.

„Also, wenn es nur ein One-Night-Stand war, wurde es danach komisch zwischen euch oder ...?"

Susannah schüttelte den Kopf. „Es geschah in der Nacht, bevor ich wieder hierher zog", erklärte sie, lehnte sich in ihrem Stuhl zurück und winkte der Kellnerin, die sich mit einem Tablett zwischen den Tischen hindurch schlängelte.

Susannah schaute mich an, die Stirn vor Sorge gerunzelt. Ich empfand einen Anflug von Mitgefühl, etwas, das ich vor der letzten Nacht wahrscheinlich nicht empfunden hätte.

„Vielleicht wäre es gar nicht so schlecht, wenn er hierher ziehen würde", bot ich an.

Susannahs Augen verengten sich. „Ach nein? Wie kommst du denn darauf? Es kommt nie was Gutes dabei raus, wenn Leute, die zur selben Crew gehören, sich miteinander einlassen. Also hoffe ich einfach", sie hielt inne und winkte mit der Hand hin und her, um nach Worten zu suchen, „dass alles, was da mal war, vorbei ist."

„Ähm, okay ..." begann ich, bevor ich innehielt. Susannah haute normalerweise so schnell nichts um. Ich war nicht daran gewöhnt, dass sie bei etwas oder besser gesagt bei jemandem so durcheinander war. Merkwürdigerweise tröstete mich das. Wenn ich mir erlaubte, ehrlich zu mir selbst zu sein, konnte ich zugeben, dass ich es absolut hasste, mich außer Kontrolle zu fühlen. Bei Levi fühlte ich mich definitiv, als würde mir die Kontrolle entgleiten. Ich schüttelte den Kopf und lenkte meine Aufmerksamkeit wieder auf Susannah.

„Ich vermute, dass du vielleicht noch etwas fühlst, sonst würdest du nicht so komisch reagieren", bot ich schließlich an.

Die Kellnerin kam an unseren Tisch. Susannah bestellte schnell ein Bier und schaute zu mir zurück, während die Kellnerin eilig davonlief. „Gut, ich bin also komisch, aber ich habe ihn seit vier Jahren nicht mehr gesehen, also ist es vielleicht gar nichts. Zurück zu dir. Du machst dir nie einen Kopf über Männer. Ich beneide dich sogar ein bisschen", sagte sie unverblümt.

Anspannung machte sich in mir breit. Ich war schon den ganzen Tag angespannt. Ich konnte einfach nicht aufhören, an Levi zu denken. Das Problem war, dass ich ihn jetzt noch mehr wollte als vorher. Die letzte Nacht mit ihm war, als hätte ich einen Kanister voll Benzin auf die Kohlen des Feuers zwischen uns gegossen und sie angezündet. Das Brennen dieses Feuers war so gut und so köstlich gewesen, dass mir wieder ganz heiß wurde, wenn ich nur daran dachte. Ich wusste nicht, wie lange es dauern würde, bis das

Feuer ausbrannte, und ich wusste nicht, was ich dagegen tun sollte.

Ich hatte nicht erwartet, dass ich so empfinden würde. Ich dachte, es wäre nur Sex. Da half es auch nicht, dass der Sex mit Levi der beste Sex *überhaupt* war. Bei uns beiden flimmerte etwas unter der Oberfläche, etwas, das mich mitten ins Herz traf. Obwohl ich Männern gegenüber abweisend sein konnte, gefiel es mir nicht, so zu sein. Ich wollte entspannter und, nun ja, normaler sein.

Also begegnete ich Susannahs Blick. „Ich habe nichts gegen Männer, und ich mache mir durchaus einen Kopf. Ich spreche nur nicht viel über sie. Ich freue mich wirklich für Amelia", bot ich an und bezog mich dabei auf Amelias persönliche märchenhafte zweite Chance mit Cade. „Wenn Ward hierher zieht und dein *bester Sex aller Zeiten* mehr als das wird, freue ich mich wirklich für dich. Zum Teufel, wenn ich nicht schon vorher an ein Happy End geglaubt hätte, dann haben Maisie und Beck es der ganzen Welt bewiesen, findest du nicht? Ich hätte nie erwartet, dass sie jemals sesshaft wird, schon gar nicht mit Beck."

Susannah grinste. „Aber echt! Sie passen perfekt zusammen."

Wie vom Namen herbeigezaubert, erschienen Amelia und Maisie in der Menschentraube am Eingang. Sie schlängelten sich zu uns herüber und setzten sich an den Tisch. Wir hatten einen großen runden Tisch ausgesucht, weil Susannah davon ausging, dass sich einige der Jungs von der Feuerwache zu uns gesellen würden. Ich konnte nicht umhin, mich zu fragen, ob Levi einer von ihnen sein würde.

Amelia stützte sich seufzend mit den Ellbogen auf dem Tisch ab. „Gott, ich brauche einen Drink", verkündete sie.

„Ach ja?", erwiderte ich und sah in ihre Richtung.

„Ich hatte noch gar keine Gelegenheit, es dir zu sagen, weil wir heute Nachmittag auf verschiedenen Baustellen waren. Die Lieferung von unserem neuen Heizkessel verschiebt sich um mindestens zwei weitere Wochen. Ich liebe Cades Eltern, aber ich möchte endlich wieder zu Hause schlafen."

Diese Nachricht hätte mich eigentlich frustrieren müssen, aber dem war nicht so. Wenn ich in den nächsten Wochen kein Glück hatte, würde es mindestens bis Oktober dauern, bis ich eine Unterkunft finden würde. Janet hatte mir versichert, dass ihr B&B dann noch freie Zimmer haben würde. Sie hatte mir sogar versprochen, dass sie mich kostenlos unterbringen würde, also war ich bereit, mit ihr darüber zu sprechen. Aber das war noch über sechs Wochen hin.

Meine Reaktion, oder vielmehr das Ausbleiben einer solchen, verwirrte mich. Auf der einen Seite sank mein Herz und die Spannung in mir stieg an. Bei Levi zu bleiben, brachte mich an meine Grenzen. Auf der anderen Seite wollte ich vor Freude auf und ab hüpfen. Das gab mir einen guten Grund, weiter bei ihm zu bleiben. Das bedeutete, dass ich vielleicht mehr von dem bekommen würde, was ich letzte Nacht gehabt hatte. Und das ... *das* war der blanke Wahnsinn.

Ich merkte, dass ich nicht geantwortet hatte, während Amelia mich erwartungsvoll ansah.

„Das ist scheiße", sagte ich schließlich.

„Lucy, du warst einen Moment lang völlig weggetreten", kommentierte Maisie mit einem Lächeln.

Maisie war so süß, dass es fast zu viel war. Mit ihren runden Wangen, ihrem dunklen lockigen Haar und ihren großen braunen Augen war sie einfach hinreißend. Außerdem war sie schwanger, was sie noch niedlicher machte. Als sie in die Stadt zog, war sie so schrullig gewesen. Irgendwann im letzten Jahr hatte sie sich dann mit uns angefreundet. Da ich sehr gut verstand, wie es war, nicht ganz dazuzugehören, war ich froh, dass sie ihre Zurückhaltung langsam fallen ließ. Beck liebte sie abgöttisch und hatte sich vom Playboy der Stadt zum treuesten Verlobten der Welt entwickelt.

Er versuchte, Maisie zu einer großen Hochzeit zu überreden, während sie sich dagegen wehrte. Es stand mir nicht zu, das zu sagen, aber ich dachte, sie war es nicht gewohnt, dass ihr jemand so viel Aufmerksamkeit schenkte. Letzten Endes zählte nur, dass Beck sie anbetete, und er würde alles mitmachen, was sie wollte. Mein Herz klopfte in meiner Brust, und die Emotionen verknoteten sich in meiner Kehle.

Zu sehen, wie sich meine Freunde verlieben, hatte mich nie großartig zum Nachdenken angeregt. Bis jetzt. Als der Sex immer nur lauwarm war, dachte ich mir, dass es die Mühe nicht wert war, es mit jemandem weiter zu versuchen. Ganz zu schweigen davon, dass ich mich so verletzlich fühlte, dass ich kaum daran denken konnte, meine Deckung aufzugeben.

Als ich merkte, dass ich wieder abwesend war, fing ich lachend Maisies Blick auf. „Langer Tag. Ich bin einfach weggetreten.“

Praktischerweise kam unsere Kellnerin gerade an den Tisch. Nachdem sie die Bestellungen aufgenommen hatte, erkundigte sie sich, wie viele Leute noch kommen würden.

Amelia warf der Kellnerin einen Blick zu. „Cade, Beck und Levi kommen auf jeden Fall. Sonst noch jemand?“, fragte sie und ließ ihren Blick über den Tisch schweifen.

„Jesse und vielleicht Thad, aber ich bin mir nicht sicher, wer noch“, fügte Maisie hinzu. Als Einsatzkoordinatorin bei Willow Brook Fire & Rescue war Maisie die Schnittstelle für alle dort.

Die Kellnerin versprach, noch einmal wiederzukommen, wenn alle da waren, bevor sie davoneilte. Als ich Levis Namen hörte, spannte sich mein Körper in freudiger Erwartung an. Ich hatte ihn seit heute Morgen nicht mehr gesehen, was mir in diesem Moment wie eine Ewigkeit vorkam. Was natürlich völlig lächerlich war. Allein der Gedanke daran, dass er bald kommen würde, ließ mich unruhig mit den Beinen wackeln, während sich die Hitze in meinem Bauch zusammenzog und durch meinen Körper strömte, um sich in meinem Inneren zu purem Verlangen zu verdichten.

Ich war erleichtert über die Ablenkung durch das lockere Geplauder. Während Maisie und Amelia über die Feinheiten der Hochzeitstorte debattierten, beobachtete ich, wie das letzte Stückchen Sonne unter den Horizont glitt und sich ihre goldenen Strahlen hoch in den Himmel reckten. Ich liebte es, in Willow Brook zu leben. In den Jahren, seit ich hierher gezogen war, hatte ich meinen Platz bei meinen Freunden und meiner Arbeit gefunden. Die spektakuläre Schönheit der Umgebung raubte mir immer noch Tag für Tag den Atem.

Ich bezweifelte, dass meine Mutter es wusste, aber dass sie mich nach meinem letzten Aufenthalt in einer Pflegefamilie hierher gebracht hatte, war die beste Entscheidung für mein Leben gewesen. Es war nicht einmal meine Entscheidung gewesen. Als ich an jenem Tag mit meiner Sachbearbeiterin zum Gericht gegangen war, hatte es mich regelrecht angekotzt, wie meine Mutter den Richter anflehte. Sie hatte um eine Chance gebettelt und geschworen, dass sie meinen Vater bereits verlassen hatte. Damals war ich mir sicher, dass sie log. Doch ich hatte mich geirrt. Zum ersten Mal in meinem Leben hatte sie ihn nicht über mich gestellt.

Ich war ihr wirklich dankbar, dass sie uns hierher gebracht hatte, aber es gab so viel Enttäuschung zwischen uns, weil sie immer wieder vor meinem Vater gekuscht und ihn mir vorgezogen hatte, bis auf ein einziges Mal. Das machte es schwer, einen Weg zu finden, die Kluft zwischen ihr und mir zu überbrücken.

Als sie uns seinerzeit aus dem Gerichtssaal führte, hatte ich zwei Stunden Zeit, um in meiner Pflegefamilie meine Sache zu packen. Es war keine besondere Pflegefamilie gewesen. Alles in allem war ich ein einfacher Teenager gewesen, denn ich wollte niemandem im Weg sein. Ich war jedoch nicht begeistert gewesen, als ich erfuhr, dass ich die Stadt verlassen sollte. Ehe ich mich versah, saßen wir in einem Flugzeug nach Alaska.

Die Highschoolzeit in Willow Brook war viel erträglicher als in Kalifornien. Ich fand hier ein paar Freunde. Nachdem ich meinen Abschluss gemacht und das College überstanden hatte, begann ich mit Amelia zu arbeiten. Ich hatte endlich das Gefühl, dass ich meinen Stamm gefunden hatte.

Ich liebte meine Arbeit, ich liebte meine Freunde, und ich hatte das Gefühl, hierher zu gehören. Meine Mutter war auch immer noch hier, und selbst jetzt erwartete ich ständig, dass sie mir sagte, dass sie zu meinem Vater zurückkehren würde. Wir hatten kein gutes Verhältnis zueinander. Normalerweise rief ich alle paar Wochen mal an oder besuchte sie. Sie hatte sogar ein paar eigene Freunde, darunter Janet. Janet versuchte gelegentlich, mich zu einer Versöhnung mit ihr zu drängen. So weit war ich jedoch noch nicht.

In diesem Moment, als ich auf den Swan Lake und auf meine Freunde blickte, war ich trotz der Angst, Levi zu sehen, froh, hier zu sein. Doch zum ersten Mal seit Jahren durchzog mich ein Gefühl des Bedauerns. Ich hatte schon vor Jahren beschlossen, dass Romantik nichts für mich war. Vielleicht hatten manche Menschen Glück in der Liebe, aber das Leben hatte mich gelehrt, mir nicht zu viel zu wünschen. Der Frieden und die Erleichterung, dem Leben mit meinem Vater zu entfliehen, waren tiefgreifend. Zu wissen, als was für ein Häufchen Elend er meine Mutter zurückgelassen hatte, hatte mich gelehrt, dass es das Beste war, mich nur auf mich selbst zu verlassen.

Auf die Tiefe meiner körperlichen Reaktion auf Levi, die sich mit Intimität vermischt, war ich nicht vorbereitet gewesen. Ein Grund mehr, mich daran zu erinnern, warum es klug war, emotionale Verstrickungen zu vermeiden. Ich brauchte keinen Mann, und Levi brauchte ich schon gar nicht. Lust war nicht gleichbedeutend mit Liebe. Es war nicht mehr als das.

Kapitel Vierzehn

LUCY

Es dauerte nicht lange, bis die Jungs in Wildlands ankamen und Beck als Erster den Tisch erreichte. Für die längst Zeit war Cade derjenige mit dem Ruf, ein Pantoffelheld zu sein, gewesen. Beck hatte ihn nun abgelöst. Beck benahm sich total irrwitzig in Maisies Nähe. Er brachte sie mit seinen öffentlichen Zuneigungsbekundungen ständig in Verlegenheit.

Zum Beispiel jetzt. Er trat von hinten an sie heran, drückte ihr einen lang anhaltenden Kuss auf den Hals, bevor er ihren Kopf zu sich drehte und sie küsste, als wären sie allein im Raum. Als er sich von ihr entfernte, waren Maisies Wangen gerötet und ihr Haar zerzaust.

„Nehmt euch ein Zimmer, Leute", kommentierte Cade kichernd, als er sich neben Amelia setzte und ihr einen kurzen Kuss auf die Wange drückte.

Beck zuckte gleichgültig mit den Schultern und setzte sich neben Maisie. „Ich freu mich einfach total, sie zu sehen, und du musst gerade reden, Alter. Du bist keinen Deut besser."

Cade schüttelte nur den Kopf. In diesem Moment kam unsere Kellnerin. Amelia hatte wohlweislich bereits je ein Bier für die Jungs bestellt. Während die Kellnerin noch ein paar Bestellungen aufnahm, fragte ich mich, ob Levi seine Pläne geändert hatte. Es kam mir nie in den Sinn, dass ich nicht hier sitzen und auf seine Ankunft warten sollte. Er hatte mir seine Pläne nicht mitgeteilt, aber Maisie schien zu glauben, dass er kommen würde, also hatte ich meine dummen Hoffnungen daran geknüpft.

Wenige Augenblicke später hörte ich seine Stimme und schaute über meine Schulter, um zu sehen, wie er durch die Hintertür hereinkam. Seine Augen begegneten meinen vom anderen Ende des Raumes und verdunkelten sich in dem Moment, als sich unsere Blicke trafen. Schmetterlinge sammelten sich in meinem Bauch, und ich presste meine Schenkel zusammen. Ich musste mich echt zusammenreißen. Ich wollte mich nicht blamieren, nicht vor all unseren Freunden hier. Ich wollte auf keinen Fall, dass es offensichtlich war, dass da etwas vor sich ging. Levi, lässig wie immer, erreichte den Tisch und ließ sich auf den einzigen noch freien Stuhl fallen. Der Zufall wollte es, dass er neben mir saß.

Über das Summen der Gespräche um uns herum hinweg sprach er, seine Stimme war leise und nur für meine Ohren bestimmt. „Hey Lucy, ich habe dich heute vermisst.“

Dieser Satz - mit dieser honigsüßen Whiskey-Stimme - ließ einen Schauer über meine Haut laufen. Ich spürte, wie meine Wangen heiß wurden. „Sag so was nicht“, zischte ich.

„Warum nicht?“, entgegnete er und verzog die Mundwinkel zu einem dieser lächerlich sexy Grinsen. Sein dunkelblondes Haar war feucht, also nahm ich an, dass er auf der Wache geduscht haben musste.

Um mich nicht noch mehr zu blamieren, wechselte

ich schnell das Thema. „Warst du auch bei dem Feuer heute Nachmittag draußen?"

„Ja, wir alle. Wir haben ein paar neue Feuerschneisen angelegt. Es sieht so aus, als würde der Wind abflauen, also sollten wir in der Lage sein, das Feuer einzudämmen."

Susannah sagte etwas, und Levi wandte den Blick ab, antwortete auf ihre Bemerkung und schnappte sich den Krug Bier, den Cade ihm reichte. Solche Abende unter Freunden waren nicht unüblich. Levi gehörte fest zu dem Freundeskreis, den wir teilten. Ich kannte seine Geschichte nur bruchstückhaft. Er war nach der Highschool von Juneau hierher gezogen und später nach Arizona gegangen, um dort seine Hotshot-Ausbildung zu absolvieren, bevor er zurückkehrte. Seine Mutter stammte ursprünglich aus Willow Brook, was die Familie zurück in diese Gegend brachte.

Nach der Intimität, die gestern Abend zwischen uns geherrscht hatte, fühlte sich das, was normalerweise ein typischer Abend mit Freunden war, ganz und gar nicht typisch an. Mein Körper stand in Flammen - innerlich und äußerlich. Alles, woran ich denken konnte, war, wann wir wieder zu ihm nach Hause gehen würden und ich ihn wieder ganz für mich allein haben könnte.

So zu denken, war sonst *so gar* nicht mein Ding. Die Brand-Gespräche, wie Amelia sie nannte, gingen um uns herum weiter. Alle am Tisch außer Amelia und mir arbeiteten auf der Feuerwache. Ich hörte nur halb zu, während ich an meinem Bier nippte und an dem frisch gebackenen Brot knabberte, das auf dem Tisch stand. Eine Bemerkung ließ mich aufhorchen.

„Glaubt ihr, wir werden auch zu diesem Brand außerhalb von Fairbanks gerufen?" fragte Beck.

Levi zuckte neben mir mit den Schultern, bevor er

einen Schluck von seinem Bier nahm. „Kann ich dir nicht sagen. Aber wir wären definitiv an der Reihe."

Ich beobachtete, wie Maisies Augen besorgt zu Beck blickten. Da Amelia meine beste Freundin und Maisie ebenfalls eine enge Freundin war, war ich es gewohnt, dass meine Mädels sich um ihre Männer sorgten, wenn sie im Einsatz waren. Bis heute hatte ich diese Sorge immer nur aus der Ferne betrachtet. Feuerwehrleute leisteten zweifellos gefährliche und vor allem zermürbende Arbeit, die sie wochenlang irgendwo ins Nirgendwo schickte. Es war nicht so, dass ich dafür kein Mitgefühl gehabt hätte. Das hatte ich, ohne Frage. Es war nur so, dass diese Sorge mich normalerweise nicht unmittelbar betraf.

Jedoch nach der Nähe, die ich mit Levi geteilt hatte, spürte ich nun plötzlich ein Aufflackern von Besorgnis in mir. Ich konnte mir nicht erklären, woher das kam.

Kapitel Fünfzehn

LEVI

Das Licht spiegelte sich in Lucys goldenen Strähnen. Mit ihrem locker zu einem Pferdeschwanz zusammengenommenen Haar konnte man nicht behaupten, dass sie versuchte, glamourös zu sein. Und doch war sie so verdammt schön. Praktischerweise hatte ich einen perfekten Blick auf das schattige Tal zwischen ihren Brüsten. Wäre ich ein vernünftiger Kerl, würde ich mich einfach über diesen Anblick freuen und das war's. Aber ich war verrückt nach ihr, und es war nicht gerade angenehm, sich mit Freunden entspannt zu unterhalten, wenn ich einen Ständer in der Hose hatte.

Ich war ehrlich gesagt erleichtert, dass um uns herum ein angeregtes Gespräch herrschte. Unser Tisch war voll besetzt, und die Konversation verlief im gewohnten Geplänkel.

Ich fand es toll, dass Lucy keine Baseballkappe trug, wie es bei ihr üblich war. Ihr Pferdeschwanz war leicht schief, und lose Strähnen ihres blonden Haars umrahmten ihr Gesicht. Ihre Wangen waren gerötet, als sie über etwas lachte, das Amelia gesagt hatte. Sie war leicht beschwipst, und mir war klar, dass ich sie nach Hause mitnehmen müsste.

„Levi!", rief Jesse Franklin von der anderen Seite des Tisches zu mir herüber.

Ich sah ihn an. „Ja?"

„Du musst taub geworden sein. Ich habe deinen Namen jetzt dreimal gesagt", bot Jesse kichernd an.

Ehrlich gesagt, nahm ich derzeit nicht besonders viel wahr. Lucys bloße Existenz neben mir versetzte mein Gehirn in einen völlig vernebelten Zustand. Nun, das und der Fakt, dass all mein Blut direkt in meinen Schritt gewandert war. Ich zuckte mit den Schultern und erwiderte sein Grinsen. Jesse gehörte zu den Jungs aus meiner Crew, er war solide, beständig und hatte stets einen Witz parat.

„Es geht gerade um die Nenana Ice Classic Wette im nächsten Frühjahr. Bist du dabei?", erklärte Jesse.

„Ihr wettet jetzt schon? Es ist doch noch so lang hin", antwortete ich.

Er bezog sich dabei auf ein jährliches Ritual, bei dem die Einheimischen jedes Frühjahr darauf wetteten, wann das Eis auf dem Nenana River brechen würde.

Ich schaute zu Beck. „Wir haben unseren eigenen Pott, also müssen wir früh anfangen."

„Wie viel ist denn schon drin im Pott?"

Cade gluckste und schaute sich am Tisch um. „Levi wettet nicht gerne, wenn es sich nicht lohnt."

Ich verdrehte die Augen. „Na und? Man muss schließlich sehen, wo man bleibt, oder nicht?"

Jesse gluckste. „Na ja, im Pott sind mittlerweile über fünfhundert."

Beck mischte sich ein. „Letztes Jahr wollte Levi, dass der Gewinner einen Flachbildfernseher bekommt."

Ich spürte Lucys Blicke auf mir, schaute in ihre Richtung und zuckte verlegen mit den Schultern. „Mein Fernseher war kaputt, also dachte ich mir, ich könnte genauso gut um etwas Nützliches feilschen. Wie auch immer, ich bin dabei. Wie hoch ist der Mindesteinsatz?"

„Zwanzig Dollar", sagte Jesse schnell.

„In Ordnung. Ich geb' es dir morgen."

Cade saß mir schräg gegenüber, den Arm über Amelias Schulter gelegt. Ich spürte ihren neugierigen Blick, als ich in ihre Richtung schaute. Ihre Augen huschten von mir zu Lucy, und ich fragte mich, ob Lucy etwas zu ihr gesagt hatte. Ich wusste, dass sie beste Freundinnen waren, aber ich wusste nicht, wie viel Lucy mit anderen über solche Dinge redete. Ich ignorierte Amelias Blick und hörte zu, wie Jesse sich mit Beck darüber unterhielt, wann seiner Meinung nach das Eis im nächsten Frühjahr brechen würde. Lucy murmelte etwas neben mir, und ich beugte mich zu ihr hinunter, weil ich sie nicht hören konnte.

„Was sagst du?", fragte ich.

Ihre Augen trafen die meinen, und das Verlangen schoss durch mich hindurch. Plötzlich dachte ich an die letzte Nacht - Lucys dunkelblauen Blick, der von Leidenschaft getrübt und auf den meinen fixiert war, als sich ihre Muskeln um meinen Schwanz krampften und sie mit einem rauen, gehauchten Schrei kam.

„Oh, ich habe nur gesagt, dass es albern ist, jetzt zu wetten. Es ist noch nicht mal Winter", sagte sie achselzuckend.

Ich grinste. „Das macht es ja gerade so lustig. Es ist völlig dem Zufall überlassen. Dann zu gewinnen ist noch besser, weil man keine Ahnung hat, ob man überhaupt eine Chance hat."

Sie hielt meinem Blick einen Moment lang stand,

und es kam mir plötzlich so vor, als würden wir über etwas ganz anderes reden.

Sie starrte mich an und neigte ihren Kopf zur Seite. „Ach wirklich? Da würde ich gerne mehr drüber wissen", sagte sie plötzlich.

„Was genau?"

„Nun, ich plane gerne und treffe meine Entscheidungen auf der Grundlage von Eventualitäten", erklärte sie.

Ich biss mir auf die Zunge. Ich wollte sie fragen, an was für Eventualitäten sie gedacht hatte, als sie gestern Abend in mein Bett geklettert war. Aber das würde sie bestimmt wütend machen.

Ob Lucy es nun ernst meinte oder nicht, ich war in den letzten Tagen damit beschäftigt, jedes verdammte Wort von ihr zu interpretieren. Sie war immer noch ein kleines Rätsel für mich. Seit ich sie kannte, war sie immer zurückhaltend und verschlossen gewesen, aber dann begannen sie und Amelia zusammenzuarbeiten. Allmählich wurde sie damals Teil meines Bekanntenkreises. Sie war eine starke Frau, und ihr Äußeres täuschte über ihre Stärke hinweg - innerlich und äußerlich. Abgesehen von ihrer offensichtlichen Schönheit und der Tatsache, dass sie meinen Körper auf eine Weise ansprach, die zu stark war, um sie zu ignorieren, war die Hälfte ihrer Anziehungskraft auf mich ursprünglich dem Geheimnisvollen und der Herausforderung geschuldet gewesen.

Die letzte Nacht hatte das Geheimnisvolle nur noch vertieft. Sie war eine leidenschaftliche Frau, was mich nicht im Geringsten überraschte. Was mich erschreckte, war die tiefe Verletzlichkeit, die ich hinter ihrem stacheligen Äußeren aufblitzen spürte.

Also hörte ich genau hin, als sie sagte, sie wisse

gerne Bescheid, hätte Spaß daran Pläne zu schmieden, rechnete gerne mit Unvorhergesehenem ... und speicherte mir das ab. Denn ich wollte eine Chance bei ihr haben ...

Was zum Teufel tat ich da? Normalerweise dachte ich nicht über solche Dinge nach. Aber mit Lucy war das anders.

Als ich da saß und sie ansah, hatte ich das Gefühl, es gäbe nur uns, obwohl wir von all unseren Freunden umgeben und die Gespräche laut waren. Mir wurde klar, dass ich nur sehr wenig über sie und ihr Leben wusste.

Sie zog während der Highschoolzeit nach Willow Brook und machte ihren Abschluss ein Jahr später. Meine Familie war ungefähr zur gleichen Zeit von Juneau hierher gezogen. Ich kannte ihre Mutter zwar flüchtig, aber ich wusste nicht viel über sie. Wenn Lucy einen Vater hatte, der an ihrem Leben beteiligt war, dann lebte er ganz sicher nicht hier in Willow Brook. Obwohl die Einwohnerzahl der Stadt jeden Sommer wegen der Touristen und Saisonarbeiter explodierte, war der Kern der Einheimischen sehr klein. Man konnte nicht hier leben, ohne irgendwann alle anderen Einwohner flüchtig zu kennen.

Ich kannte ihre Mutter also nur flüchtig, weil sie mit Janet James und meiner Mutter befreundet war. Das war alles, was ich über Lucy wusste, abgesehen von ihrer Freundschaft mit Amelia und deren kleinem Mädelskreis. Es sollte mir zu denken geben, dass ich plötzlich sehr neugierig auf sie war. Ich wollte wissen, warum sie so zurückhaltend und stachelig war, warum sie mich auf Distanz hielt, und verdammt, ich wollte wissen, warum sie mich anfangs so gründlich abgewiesen hatte.

Ich wusste jedenfalls, was ich seit jeher zwischen uns fühlte. Da war definitiv immer ein Funke gewesen, der jedes Mal überzuspringen drohte, wann immer wir uns nahe gewesen waren. Und doch hatte sie mir nicht einmal eine Chance gegeben. Bis jetzt.

Kapitel Sechzehn

LEVI

Ich ging auf den Parkplatz vom Wildlands hinaus und schaute in den Nachthimmel. Die Sterne funkelten wie Diamanten und der Mond warf einen Schein über den See. Ich spürte einen Ruck an meinem Ärmel und blickte über meine Schulter zu Amelia.

„Alles klar?", fragte ich.

Sie nickte schnell. „Nimm Lucy mit, bitte."

Lucy war auf die Toilette im hinteren Bereich gegangen, als sich unsere kleine Versammlung auflöste.

„Das hatte ich ohnehin vor", erwiderte ich.

Cade stand neben Amelia, seine Hand steckte in ihrer Gesäßtasche. Er sah mich an und nickte zustimmend. „Gute Entscheidung. Sie hatte ein paar Bierchen zu viel, um zu fahren."

„Soll ich warten, bis sie rauskommt?", fragte Amelia.

Verblüfft zuckte ich mit den Schultern. „Wieso?"

Amelia kaute an der Innenseite ihrer Wange. „Nun, vielleicht sieht sie das anders als wir und fängt an mit dir darüber zu streiten", sagte sie mit einem kleinen Lächeln.

Ich gluckste. „Oh, ich wette, das wird sie. Aber ich schaff' das schon. Geht ihr schon mal vor. Wir sehen uns morgen", antwortete ich und ließ meinen Blick zu Cade schweifen.

Amelia blickte unsicher drein, aber Cade nickte entschlossen. „Verstanden. Komm schon, Babe. Lucy wird nur noch missmutiger, wenn du hier bist und ihr sagst, was sie tun soll."

Amelia warf ihm einen Blick zu, ließ sich aber mitreißen. Cade hatte völlig recht. Lucy mochte es nicht, wenn man ihr sagte, was sie zu tun hatte, schon gar nicht vor Publikum.

Ich sah zu, wie sie wegfuhren, und setzte mich auf die Ladefläche von Lucys Pick-up. Ich blickte auf den Swan Lake hinaus, wo sich die Lichter der Lodge auf der Oberfläche spiegelten. An dieser Seite des Ufers waren noch ein paar weitere Hütten verstreut, aber das gegenüber liegende Ufer war leer. Der Mond warf sein schimmerndes Spiegelbild über das Wasser.

Als ich Schritte hörte, drehte ich mich um und sah Lucy aus der Hintertür der Lodge kommen. Ihre Augen verengten sich, als sie mich auf der Ladefläche ihres Trucks sitzen sah. Sie blieb ein paar Meter von mir entfernt stehen und stemmte die Hände in die Hüften.

„Was machst du hier?", fragte sie.

„Ich warte auf dich. Ich wollte dich mitnehmen."

Ihre Augen verengten sich weiter, ihre Lippen spitzten sich und sie schüttelte leicht den Kopf. „Ich brauche keine Mitfahrgelegenheit. Ich war mir nicht einmal sicher, ob ich überhaupt mit zu dir kommen würde."

Das war keine Überraschung. Ich sprach meine Gedanken nicht laut aus. Ich neigte meinen Kopf zur

Seite und hielt ihren Blick fest. „Und wo wolltest du dann hin?"

Sie zuckte mit den Schultern.

„Nun, du bist definitiv nicht in der Verfassung, um zu fahren."

„Ich bin nicht betrunken", protestierte sie. „Ich hatte nur drei kleine Bier."

„Ja, aber du wiegst so gut wie nichts."

„Das stimmt doch überhaupt nicht! Ich wiege sogar mehr als du denkst!" Sie lallte noch nicht allzu sehr, aber ein bisschen schon.

Ich unterdrückte den Drang zu lachen, denn das würde der Sache ganz sicher nicht helfen.

„Amelia hat mich gebeten, dich mitzunehmen", bot ich an.

Lucy tippte ungeduldig mit dem Fuß, ihr Blick wurde immer aufrührerischer.

„Amelia hat hier gar nichts zu sagen", murmelte sie.

„Sie ist deine Freundin. Sie hat mich gebeten, dich mitzunehmen, aber das hatte ich sowieso vor. Du wirst nirgendwo hinfahren. Ich gehe erst von deinem Truck weg, wenn du mir deine Schlüssel gibst."

Lucy zog ihr Telefon aus der Tasche, oder besser gesagt, sie versuchte, ihr Telefon herauszuziehen. Es fiel klappernd auf den Boden. Sie beugte sich vor, um es aufzuheben, und griff leicht daneben, als sie schwankte. Ich schnappte es mir schnell, doch dann stolperte sie in mich hinein. Als ihre Schulter gegen meine stieß, hielt ich sie fest.

Sie riss mir das Telefon aus der Hand. „Ich rufe Amelia an", verkündete sie, während sie schnell auf den Bildschirm tippte und Amelia anrief, und zwar über Lautsprecher.

Amelia antwortete sofort. „Hey Lucy, was gibt's?

Streitest du dich mit Levi, weil er dich mitnehmen will?"

Ich gluckste. „Ja, so sieht's aus", sagte ich.

Amelia lachte nicht einmal. „Lucy, sei nicht dumm. Lass dich einfach von Levi mitnehmen. Du wohnst doch sowieso bei ihm, also ist es nicht so, als ob es ihn stören würde."

„Was ist, wenn ich nicht bei ihm bleiben will?"

Amelia ließ sich nicht beirren. „Du kannst gerne zu Cades Eltern kommen, aber das käme mir irgendwie albern vor. Wenn du versuchst, hierher zu fahren, werde ich Levi sagen, dass er dich nicht lassen soll. Cade und ich holen dich lieber ab. Wie findest du das?"

Langsam wurde mir klar, dass Lucy vielleicht doch betrunkener war, als ich anfangs gedacht hatte. Sie biss sich auf die Lippe und starrte auf ihr Handy. „Ich kann nicht mehr bei Levi bleiben", sagte sie, wobei ihre Worte jetzt eindeutig undeutlich waren.

„Wie kommt's?", fragte Amelia.

„Weil wir Sex hatten!", verkündete Lucy.

Mir blieb der Mund offen stehen und ein Teil eines Lachens entwich, bevor ich es unterdrückte. Schockschwerenot.

Ich konnte mir den Gesichtsausdruck von Amelia in diesem Moment bildlich vorstellen. Sie schwieg und nur das Geräusch des Blinkers ihres Autos hallte durch die Leitung. In diesem Moment wurde mir klar, dass Lucy Ansage gerade eben über die Freisprecheinrichtung des Autos gegangen war.

„Sind wir auf Lautsprecher?", fragte ich.

„Na, was glaubst du denn", bot Cade an, und sein Grinsen war deutlich zu hören.

Lucys Augen blickten zu meinen auf, weit aufgerissen und fast panisch. „Das war ein Scherz, nur ein Scherz.“

Es folgte ein weiteres langes Schweigen.

Zu diesem Zeitpunkt wollte ich auf gar keinen Fall etwas hinzufügen.

Lucy seufzte. „Okay, ich werde mich von Levi nach Hause fahren lassen. Okay, tschüss.“

Sie beendete den Anruf, ohne darauf zu warten, dass Amelia oder Cade sich verabschiedeten, und ließ dabei das Telefon fallen. Ich hob es auf, nur um festzustellen, dass sie es nicht geschafft hatte, das Gespräch zu beenden. „Leute, ich mach das schon. Ich fahre jetzt. Wir sehen uns morgen.“

„Nacht Lucy. Danke Levi“, sagte Amelia schnell über Cades leises Lachen hinweg.

Ich drückte erfolgreich auf die rote Taste und gab Lucy ihr Telefon zurück.

Wir starrten uns in der kühlen Abendluft an, die Geräusche aus der Bar drangen über den See hinaus. Nach einem kurzen Moment öffnete sie den Mund und schloss ihn wieder. Sie verschränkte die Arme vor der Brust, ihre Wangen leicht errötetet.

„O Gott. Das war dumm“, verkündete sie, fast so, als ob sie mit sich selbst reden würde. Sie holte tief Luft und sah weg. „Ich kann‘s nicht glauben.“ Ihr Blick wanderte wieder zu mir. „Ich hasse so was“, murmelte sie.

„Was genau?“

„Diese ... diese Sache mit uns. Ich hasse es, dass ich dich will. Es ist nervig und dumm und du machst mich wahnsinnig. Auf eine gute Art ... und zugleich auf eine schlechte.“

Ah, wir waren also wieder bei der Tatsache angelangt, wie sehr sie es hasste, dass zwischen uns die Chemie stimmte. Ich wusste, dass es keinen guten

Weg gab, das zu lösen, also entschied ich mich, den Teil anzusprechen, mit dem ich mich auskannte.

„Das ist doch keine große Sache. Du hast die perfekte Ausrede. Du kannst sagen, du warst betrunken und hast einen Scherz gemacht. Wenn du willst, sage ich Amelia, dass wir auf gar keinen Fall Sex hatten. Sag mir einfach, was ich tun soll."

Als sie mich so anstarrte, sah ich in ihrem Blick einen klitzekleinen Hauch von Verletzlichkeit aufflackern. Ich wollte sie. Unbedingt. Ich konnte nicht sagen, wie es so schnell zu diesem Punkt gekommen war, aber bei ihr fühlte sich einfach alles richtig an.

Mein Vater hatte mir immer gesagt, ich würde wissen, wann eine Frau die Richtige ist. Damals, als ich noch ein Teenager und mir alles egal war, wollte ich nur Sex. Mein Vater legte Wert darauf, mich wissen zu lassen, dass es völlig in Ordnung sei, seinen Spaß zu haben, aber ich solle Frauen immer mit Respekt behandeln. Dennoch hatte er darauf bestanden, dass ich eines Tages die richtige Frau treffen würde, und ich würde es wissen, wenn es so weit ist. Damals hatte ich ihn als einfältigen Romantiker abgetan.

Mein Vater verehrte meine Mutter und bestand darauf, dass ihre Ehe für die Ewigkeit sei - seine Worte, nicht meine. Er war so vernarrt in sie, dass ich ihn für lächerlich hielt, als ich jünger war. Meine Mutter war eine willensstarke, unabhängige Frau, aber umgekehrt betete auch sie ihn an.

Als ich Lucy wieder ansah, dachte ich zum ersten Mal darüber nach, dass mein Vater vielleicht gar nicht so einfältig war. Lucy hatte einfach etwas an sich. Ich konnte mir meine Anziehung zu ihr leicht erklären. Sie raubte mir einfach den Atem. Dennoch war sie zurückhaltend, stachelig und eine Herausforderung, die ich früher nie für lohnenswert gehalten hätte. Bei ihr jedoch dachte ich nicht zweimal über die Anstrengung nach.

Als ich ihr anfangs hinterherlief und sie mich eiskalt auflaufen ließ - und dann wieder letzte Nacht -, wusste ich bereits, dass da etwas war, etwas, das ich bei niemandem sonst zuvor gespürt hatte. Ich wollte sie beschützen und ihr sagen, dass sie sich keine Sorgen machen brauchte. Denn sie schien immer irgendwie besorgt zu sein, als ob sie jederzeit bereit wäre, gegen den Rest der Welt zu kämpfen, ob der Kampf nun nötig war oder nicht. Ich wollte sie in meine Arme schließen und ihr sagen, sie solle loslassen, den Rest der Welt einfach mit mir vergessen. Doch ich wagte es nicht. Nicht jetzt. Ich wusste, wenn ich zu schnell zu weit ging, würde sie mich ausschließen.

In diesem Sinne wollte ich gerne für sie lügen, wenn es darum ging, dass wir in der Kiste gelandet waren. Ich würde warten, bis sie sich wohl genug fühlte, bevor ich meinen Anspruch öffentlich erheben würde. Sie überraschte mich allerdings.

Nachdem sie mich einen Moment lang beobachtet hatte, schüttelte sie heftig den Kopf. „Nein, das ist albern. Amelia kennt mich zu gut. Ich weiß nicht, warum ich das gesagt habe, aber ich kann mich ohne weiteres der Wahrheit stellen." Sie seufzte und zuckte mit den Schultern. „Ich schätze, du musst mich jetzt mitnehmen."

„Das stand nie außer Frage, Lucy", sagte ich in einem milderen Ton. „Nicht, weil ich dich herumkommandieren und dir sagen will, was du tun sollst, sondern weil ich jeden Freund, der ein paar Bier zu viel getrunken hat, nach Hause fahren würde. Das und Amelia würde mir in den Arsch treten, wenn ich es nicht täte."

Ein sanftes Lächeln umspielte ihre Lippen, als sie nickte. „Das können wir nicht zulassen."

Ich kicherte und sprang von der Ladefläche ihres Wagens. Lucy drehte sich um und begann, über den Parkplatz zu laufen.

Ich rief: „Brauchst du etwas aus deinem Wagen?"

„Nö!", trällerte sie. Scheiße. Sie war direkt in mein Herz gebrettert. Ich musste mein Blatt richtig ausspielen, sonst wäre sie so schnell auf und davon, dass ich sie nie einholen würde.

Ich joggte zu ihr rüber, erreichte meinen Wagen als Erster und öffnete ihr die Beifahrertür. Sie kletterte schnell hinein und lehnte seufzend den Kopf zurück. Auf der Heimfahrt durch die Dunkelheit war sie ruhig. Erst als ich vor meinem Haus anhielt, bemerkte ich, dass sie tief und fest schlief.

Ihr Gesicht war im Schlaf entspannt, das Mondlicht umspielte ihre Züge. Eine Hand war an ihr Kinn gelegt, während die andere - immer noch in der Schiene - auf ihrem Schoß ruhte. Mein Herz krampfte sich zusammen. Ich kletterte leise hinaus und hoffte, sie nicht zu wecken, als ich die Tür sanft schloss. Als ich um den Truck herumging, fand ich sie immer noch tief schlafend vor, als ich die Beifahrertür öffnete. Ich drückte sie an mich und trug sie ins Haus.

Sie lag warm und entspannt in meinen Armen, als ich die Tür vorsichtig mit meinem Stiefel schloss. Während ich die Treppe hinaufging, kam Ham herbeigeeilt, schnüffelte an meinen Füßen und sah zu Lucy auf.

„Hey Ham, wie geht's dir?", flüsterte ich.

Nach einem weiteren Schnüffeln machte sich Ham von dannen und sprang auf ein Regal neben dem Fenster, wo ich eines der Hamsterräder aufbewahrte, auf denen er gerne lief. Er kletterte dort in ein kleines

Nest aus Stoff und ließ sich nieder, um in die Dunkelheit hinauszuschauen.

Ich hielt inne und überlegte, ob ich Lucy in das Gästezimmer oder in mein Schlafzimmer bringen sollte. Um ehrlich zu sein, dachte ich nicht lange darüber nach und trug sie schnell in mein Schlafzimmer, schon allein deshalb, weil ich wieder neben ihr einschlafen wollte.

Ich zog ihr die Stiefel und die Jeans aus und schaffte es irgendwie sogar, ihr den BH auszuziehen. Nachdem ich sie in ihrem T-Shirt und ihrer Unterwäsche unter die Decke gesteckt hatte, zog ich mich schnell bis auf meine Shorts aus und kletterte neben sie. Sie schlief noch immer, ihr Atem war ruhig und gleichmäßig. Nach einem leisen Seufzer schmiegte sie sich an mich, hakte eines ihrer Knie über meine Beine und vergrub ihren Kopf an meiner Schulter.

Mit ihrem warmen, üppigen Körper, der sich an meinen schmiegte, an meiner Seite, glitt ich in den Schlaf, während ich darüber nachdachte, dass es vollkommen in Ordnung wäre, jede Nacht mit ihr auf diese Weise einzuschlafen. Zum Teufel, es wäre mehr als nur in Ordnung.

Kapitel Siebzehn

LUCY

Ich wurde langsam wach. Levis Schlafzimmer war dunkel, bis auf den sanften Schein des Nachtlichts neben dem Bett. Er hatte sich hinter mir zusammengerollt. Ich war so entspannt, dass ich nicht anders konnte, als zu genießen, wie geborgen ich mich in seiner Umarmung fühlte.

Ich spürte, wie seine Erregung gegen meinen Po drückte und die glitschige Hitze zwischen meinen Schenkeln. Es schien keine Rolle zu spielen, ob ich wach war oder schlief, mein Körper reagierte auf ihn. Ich wollte ihn. Unbedingt.

Wie zur Veranschaulichung, ohne dass mein Gehirn auch nur einen Gedanken fassen konnte, bewegte ich meine Hüften und drückte mich seinem Ständer entgegen. Ich wollte fast laut aufstöhnen.

Ich erinnerte mich nur noch bruchstückweise daran, wie er mich ins Haus getragen hatte, aber ich wusste nicht mehr, wie er mich ausgezogen hatte.

Meine Gedanken waren verschwommen, schläfrig und durchtränkt von Verlangen. Zu viele Nächte, in denen ich mit der Sehnsucht nach ihm aufgewacht war, ohne ihn in meiner Nähe zu haben, wurden durch seinen willigen Körper, der sich hinter mir zusammengerollt hatte, nur noch verschlimmert.

Als ich wieder mit den Hüften wackelte, spürte ich, wie sein Körper mit einem leisen Brummen der Spannung erwachte. Seine Handfläche ruhte auf meinem Bauch, warm auf meiner Haut. Als Nächstes glitt sie nach oben und umfasste eine meiner Brüste, sein Daumen neckte meine Brustwarze.

Ich schob meine Beine unruhig hin und her, während sich das Verlangen in meinem Inneren aufbaute. Es fühlte sich an, als hätten wir schon ein stundenlanges Vorspiel gehabt, obwohl wir nur geschlafen hatten.

Levi murmelte etwas in mein Haar, dann bewegte er sich, nahm seine Hand von meiner Brust und zog sie unter meinem Shirt hervor. Er strich mir die verfilzten Haare aus dem Nacken und verteilte dort mehrere Küsse. Ich wusste nicht, was schlimmer war, die Tatsache, dass ich sofort aufstöhnte und meine Haut unter seiner Berührung kribbelte. Oder die Tatsache, dass ich vor Enttäuschung fast verzweifelt war, als seine Berührung meine Brust verließ.

Ein weiteres Stöhnen entwich ihm, als sich seine Zähne sanft der empfindlichen Haut direkt hinter meinem Ohr näherten. Seine Hand war wieder damit beschäftigt, mein Shirt hochzuschieben, um meine Brustwarzen zu necken, während seine Hüften wippten und sein Schwanz in die Spalte meines Pos drückte.

Ich griff mit meiner guten Hand zwischen uns hindurch und strich mit meiner Handfläche über seinen Schwanz durch die dünne Baumwolle seiner Boxershorts. Er knurrte meinen Namen in meinen Nacken und schickte eine Gänsehaut über meinen ganzen Körper. Hitze kreiste wild in meinem Bauch und strahlte nach außen, während die Lust mich durchfuhr. Ich war hin- und hergerissen. Ich wollte alles auf einmal. Ich wollte nicht, dass er aufhörte, mich zu berühren. Seine Hand, sicher und verstohlen, glitt an meinem Bauch hinunter in mein Höschen, seine Finger tauchten in die glitschige Hitze dort ein. Ich war klatschnass, so feucht, dass seine Finger leicht hineinfahren konnten, während sich meine Hüften seiner Berührung entgegenstemmten.

Er trieb seine Finger tief in mich hinein, erst einen, dann einen weiteren, dehnte meinen Kanal und ließ mich fast verzweifelt nach mehr verlangen. Sein Name kam mit einem Keuchen und einem Schrei über meine Lippen. Das Verlangen krampfte sich so sehr in mir zusammen, dass ich nicht mehr warten wollte. Dann schob er mir mein Höschen von den Beinen, und ich stieß es unter der Bettdecke hervor.

Ich spürte, wie er von mir wegrollte. Mein Körper war wie eine Suchrakete, die ihm sofort folgte.

„Wo willst du hin?“, fragte ich, meine Stimme war atemlos und fordernd zugleich.

Es dauerte vielleicht eine Sekunde, bis er sich wieder zu mir rollte, und ich hörte das Geräusch von reißender Folie. Ich spürte, wie die heiße, samtige Haut seines Schwanzes gegen meinen nackten Hintern drückte, als er aus seiner Unterwäsche schlüpfte.

Er zog sich ein Kondom über und griff zwischen uns hindurch, die schwielige Oberfläche seiner Handfläche streichelte meinen Po. Er murmelte meinen Namen, als er seinen Schwanz zwischen meine Schenkel schob. Er reizte mich, indem er seine dicke Eichel zwischen meinen glitschigen Schamlippen hin und her schob und über meine Klitoris fuhr.

Die ganze Zeit über machte er mich wild vor

Verlangen. Ich war so feucht, dass die Säfte meiner Lust die Innenseiten meiner Schenkel benetzten. Es war mir egal, dass ich murmelte, keuchte, schrie und seinen Namen rief.

„Hör auf, mich zu quälen", würgte ich hervor.

Mit einem leisen Glucksen versank er schließlich mit einem langsamen Stoß in mir. Er hielt einen Moment inne, wippte mit den Hüften und schob sich tief in mich hinein. Mein Kanal pochte um ihn herum. Es fühlte sich so gut an, wie er mich ausfüllte, dass ich vor Erleichterung und Vergnügen seufzte.

Levi strich mein Haar wieder zurück und fuhr mir über die Brauen. Nachdem er mit seiner Fingerspitze über meine Wange streichelte, seine Berührung federleicht, biss er mir sanft mit seinen Zähnen in die Seite meines Halses, gerade fest genug, um mich aufschreien zu lassen. Als sein Finger meine Lippen nachzeichnete, nahm ich ihn in den Mund, saugte daran, wirbelte mit meiner Zunge um ihn herum und ahmte seine Bewegung nach, als er sich zurückzog und wieder in meine Muschi eindrang.

Es gab Löffelchen, oder eben das hier - Levi, der sich eng an mich schmiegte, seinen Schwanz tief in mir vergraben, während wir uns langsam hin und her bewegten. Er zog seinen Finger aus meinem Mund, seine feuchte Berührung wanderte nach unten, um meine Brustwarzen zu necken und sie leicht zu kneifen. Ich war so nah am Rande des Abgrunds, meine Muschi war klatschnass, als er sich zurückzog und mit nur einer leichten Bewegung seiner Hüften wieder in mir versank. Das Vergnügen zog sich in mir zusammen. Seine Finger, stark und wissend, glitten an meinem Bauch hinunter, in meine Locken und drückten auf meine Klitoris.

Die Lust entlud sich in Zeitlupe in mir, überrollte

mich in einer Welle nach der anderen und erschütterte mich bis in die Knochen. Ich schrie auf, zusammenhanglos, als ich seinen Namen keuchte und meine Muschi sich an seinen Schwanz klammerte. Ich spürte seine Erlösung, als sein Schwanz in mir pulsierte.

Wir lagen still da, während wir uns erholten. Seine Hand glitt nach oben und ruhte auf meinem Bauch, während sich unser Atem verlangsamte. Ich entspannte mich in seiner Umarmung und fühlte mich besser, als ich mich jemals mitten in der Nacht gefühlt hatte - völlig und vollkommen gesättigt. Warm, sicher und beschützt. Irgendwo in meinem Hinterkopf kam mir der Gedanke, dass ich mir Sorgen machen sollte, aber ich fühlte mich zu gut, um mich darum zu scheren.

In der Dunkelheit konnte ich spüren, wie sein Herz gegen meinen Rücken pochte, sein Schlag war stark und sicher. Er zog sich zurück, gerade lange genug, um sein Kondom zu entsorgen, bevor er zu mir zurückkehrte.

„Lucy?", fragte er mit heiserer Stimme.

„Mmm, hmm?"

„Das habe ich nicht erwartet", sagte er rau.

Ich wusste nicht, wie ich darauf reagieren sollte. Ich hielt still und überraschte mich dann selbst mit meinen eigenen Worten.

„Ich weiß. Ich auch nicht."

Ich schlief ein, während er sich hinter mir an mich schmiegte und mich einfach festhielt.

Kapitel Achtzehn

LUCY

Ich saß an einem kleinen runden Tisch im Firehouse Café und knabberte an einem von Janets köstlichen Wildheidelbeer-Scones. Ich versuchte erfolglos, mich abzulenken, indem ich aus dem Fenster starrte. Da das Firehouse Café mitten in der Innenstadt von Willow Brook an der Main Street lag, gab es viele Leute zu beobachten. Im Moment stritten sich zwei Geschwister im Teenageralter darüber, wer im Auto vorne sitzen darf, während ihre Mutter sie ignorierte, als sie das Gepäck hinten in die Heckklappe des Wagens lud.

Trotz dieser möglichen Ablenkung kreisten meine Gedanken schon den ganzen Morgen um ein und dasselbe Thema. Amelia wollte mich hier treffen, und einerseits freute ich mich darauf, sie zu sehen, während ich mich gleichzeitig ein bisschen unwohl fühlte. Ich konnte es immer noch nicht fassen, dass ich ihr und Cade gestern Abend erzählt hatte, dass Levi und ich Sex gehabt hatten. Allein der Gedanke daran, ließ mich vor Scham erröten.

Janet rutschte auf den Stuhl mir gegenüber und reichte mir meinen Kaffee.

„Guten Morgen, meine Liebe. Du siehst heute Morgen, ich weiß nicht, ein bisschen komisch aus. Geht es dir gut?", fragte sie.

In Janets warmen braunen Augen lag ein Hauch von Sorge. Mit ihrer mehlbestäubten Schürze und ihrem silbernen Haar, das sie mit einem Bleistift auf dem Kopf festgesteckt hatte, strahlte sie Wärme aus. Ganz zu schweigen davon, dass sie immer gut roch, einfach weil sie eine phänomenale Bäckerin war und den Duft von Zucker und Zimt in sich trug.

Ich zuckte mit den Schultern. „Ich war gestern Abend lange unterwegs, das ist alles."

Ich hatte nicht vor, ihr mitzuteilen, was wirklich los war, nämlich dass ich mit Levi vögelte und meine Hände nicht von ihm lassen konnte. Ich wagte es kaum, an die letzte Nacht zu denken. Dabei ging es noch nicht mal darum, dass ich beschwipst gewesen war und Amelia und Cade über die Freisprechanlage mitgeteilt hatte, dass ich Sex mit Levi hatte, und es ging auch nicht darum, dass Levi mich in sein Bett getragen und ich mich nicht daran erinnern konnte, wie ich dort hingekommen war. Nichts davon belastete mich großartig, außer dass es mir vielleicht ein bisschen peinlich war.

Was mich jedoch belastete, war vielmehr das, was ich fühlte, wenn ich mit Levi zusammen war. Ich erinnerte mich an die letzte Nacht - an das Aufwachen mit ihm, wie er sich an mich schmiegte, seine Erregung gegen meinen Hintern gedrückt -, und ich war sofort ganz feucht vor Verlangen. Es war dieser schläfrige, heiße, verträumte Sex gewesen. Er war so langsam, innig und intensiv gewesen, dass ich rot wurde, wenn ich jetzt daran dachte. Mein Orgasmus hatte an meinen Zehen begonnen und war durch mich hindurchgerollt und hatte mich in meinem Innersten erschüttert. Ich spürte noch immer, wie ich mit ihm und seinen Lippen an meinem Hals wieder in den Schlaf fiel, während er sich an mich schmiegte.

Ich wusste nicht, wie lange wir danach schliefen, denn ich hatte keine Ahnung, wie spät es war. Ich wachte auf, als ich seinen Bereitschaftspager auf dem Nachttisch neben dem Bett piepen hörte. Er hatte mir einen Kuss auf den Nacken gedrückt und sich langsam zurückgezogen. Sofort sehnte ich mich nach seiner Gegenwart und kletterte aus dem Bett, um ihm Kaffee zu machen. Während Ham mir neugierig die Treppe hinunter folgte, fütterte ich ihn zuerst mit etwas Salat und Karotten, bevor ich eine Kanne Kaffee aufsetzte.

Als Levi ein paar Minuten später in die Küche kam, versetzte das Lächeln auf seinen Lippen meinem Herzen einen schnellen Stoß.

Janet räusperte sich ziemlich hörbar und riss mich damit aus meiner Träumerei. Ich war heute Morgen ganz schön durch den Wind. Ich nahm einen Schluck meines Kaffees und hob dankbar die Tasse. „Köstlich, wie immer."

Janet nickte nur. „Hast du deine Mutter in letzter Zeit mal gesehen?"

„Vor ein paar Wochen", bot ich an. Ich war mir nicht sicher, wie viel Janet wirklich darüber wusste, was in meiner Familie vorgefallen war, bevor meine Mutter und ich hierher gezogen waren. Ich war froh, dass Janet mit meiner Mutter befreundet war, aber ich war mir nicht sicher, was sie von uns erwartete.

Ich überraschte mich selbst mit meiner Frage. „Warum fragst du nach meiner Mutter? Du siehst sie wahrscheinlich öfter als ich."

Es war schwer, Janet zu überraschen, aber damit

war es geschafft. Ihre Augen weiteten sich leicht, doch sie ließ sich nicht beirren. Sie neigte ihren Kopf zur Seite. „Ich liebe dich, Schatz, und ich liebe deine Mutter. Ich hoffe, dass ihr beide vielleicht irgendwann alles hinter euch lassen könnt, was passiert ist, bevor ihr hierher gezogen seid."

Aha, vielleicht hatte ihr meine Mutter ein paar Anhaltspunkte gegeben. „Weißt du, wir haben Frieden geschlossen. Ich laufe nicht herum und hege irgendeinen Groll gegen sie. Wir stehen uns nur einfach nicht so nahe. Die Dinge waren wirklich, nun ja, beschissen mit meinem Vater. Ich weiß nicht, wie viel sie dir darüber erzählt hat."

„Schatz, ich glaube, sie hat mir alles erzählt. Lass mich dir die Kurzversion geben. Dein Vater hat sie manchmal verprügelt, er hat sie emotional misshandelt, und er hat dich ignoriert. Sie hätte gehen sollen, als du noch klein warst, aber sie tat es nicht. Schließlich hat er dich eines Tages verprügelt, und sie hat dich verloren, weil sie damals nicht die richtige Entscheidung treffen konnte. So wie sie es erzählt, hatte sie nicht die Kraft dazu. Ich sage nicht, dass das richtig ist, aber es ist, wie es ist. Als sie die Kraft fand, zu gehen, hatte sie Angst, dass es zu spät war."

Ich starrte Janet an, und mein Herz fühlte sich in meiner Brust komisch an. Sie hatte nichts gesagt, was ich nicht schon wusste. Aber es so kurz und bündig zu hören und zu wissen, dass meine Mutter so direkt darüber gesprochen hatte, machte mich traurig. Es ging mir gut. Ernsthaft. Ich hatte mich weiterentwickelt und die Schrammen und Beulen, die meine Kindheit bei mir hinterlassen hatte, waren verblasst.

Ehrlich gesagt, beschäftigte ich mich nicht mit meiner Kindheit, weil es wahrscheinlich immer ein wenig wehtat. Ich hatte genug Verstand, um zu wissen, dass ich die Vergangenheit nicht ändern konnte, also versuchte ich einfach, sie zu akzeptieren. Da ich nicht wusste, was ich Janet sagen sollte, nickte ich einfach und nahm einen weiteren Schluck von meinem Kaffee.

„Ich bin froh, dass sie eine Freundin wie dich hat", sagte ich schließlich.

Janet griff über den Tisch und drückte meine Hand, bevor sie aufstand und ihre Schürze zurecht rückte. „Ich wollte nicht neugierig sein. Ich wollte dich nur wissen lassen, dass sie nichts von dir erwartet. Vielleicht hilft es dir zu wissen, dass sie versteht, wie du dich fühlst."

Mit einem warmen Lächeln wechselte sie das Thema. „Triffst du dich hier mit Amelia?"

„Ja, ich bin sicher, sie wird jeden Moment hier sein."

Wie von Geisterhand herbeigezaubert, klingelte die Glocke an der Tür des Cafés, und ich blickte hinüber, um Amelia hereinkommen zu sehen. Sie winkte mir zu und ging auf den Tresen zu. Janet drückte mir auf die Schulter und eilte hinüber. Ich wandte mich meinem Teller zu und knabberte an meinem Gebäck.

Wenige Augenblicke später kam Amelia herüber, zuckte mit den Schultern und ließ sich auf den Stuhl mir gegenüber fallen. Ich nahm einen stärkenden Schluck Kaffee und dachte, dass ich am besten gleich zur Sache kommen sollte.

„Ich war gestern Abend ein bisschen beschwipst, als ich das gesagt habe, aber es stimmt", sagte ich schlicht und einfach.

Amelias Augen verengten sich, und ich sah einen Hauch von Heiterkeit darin. „Das überrascht mich nicht."

Meine Wangen wurden heiß. Es war mir peinlich,

aber das würde vorbeigehen. Amelia würde mich vielleicht aufziehen, aber ich wusste, dass es dabei bleiben würde. Ich verdrehte die Augen. „Warum überrascht dich das nicht?"

„Weil er schon immer auf dich stand, und es ist offensichtlich, dass du ihn auch magst."

Mir blieb der Mund offen stehen. „Was?! Wie kann das offensichtlich sein?"

Amelia grinste. „Ihr zwei seid wie Kinder. Er ärgert dich, und du wirst ganz zickig. Es ist ja nicht so, dass nicht schon andere Typen versucht hätten, dich zu überreden, mit ihnen auszugehen, aber nur Levi geht dir unter die Haut. Seien wir ehrlich, er sieht verdammt gut aus. Er ist vielleicht nichts für mich, aber du kannst es nicht leugnen", sagte sie lachend.

Ich lächelte, obwohl ich es nicht wollte. „Gut. Er sieht also gut aus. Ich bin kein ernsthaftes Beziehungsmaterial", sagte ich schlicht und ignorierte das komische kleine Pochen meines Herzens.

„Warum reden wir jetzt schon davon, dass es ernst wird?", fragte sie. „Du musst nicht gleich so weit gehen. Ein bisschen Spaß würde dir nicht schaden. Um ehrlich zu sein, bin ich kein Freund von One-Night-Stands, aber du bist schon viel zu lange allein. Ich meine, wann hattest du das letzte Mal Se...?"

Meine Wangen waren so heiß, dass ich einen Ventilator brauchte. „O Gott. Halt die Klappe, verdammt. Du weißt doch, dass Beziehungen nichts für mich sind. Mein Vibrator ist so gut wie jeder Kerl."

In dem Moment, als ich das sagte, log ich zum ersten Mal. Levi war bei weitem besser als mein Vibrator, aber das wollte ich mir jetzt noch nicht eingestehen.

„Blödsinn", sagte sie unverblümt. „Du brauchst ja

nicht gleich eine Beziehung, aber guter Sex ist allemal besser als ein Vibrator."

Sie nahm einen Schluck von ihrem Kaffee und brach das Ende meines Scones ab, als ich den Teller in ihre Richtung schob. „Hör zu, du bist großartig und Levi ist ein guter Kerl. Ich kann nicht mal sagen, dass er ein Aufreißer ist. Er verabredet sich hier und da, aber das ist so ziemlich alles. Warum entspannst du dich nicht und hast einmal in deinem Leben etwas Spaß?"

„Ich habe Spaß!"

Amelia schüttelte den Kopf. „Ich weiß, dass du das tust. Aber nicht mit Jungs."

Ich seufzte und gab die Diskussion auf. Das war es nicht wert, nicht im Moment jedenfalls. „Ich muss eine andere Bleibe finden."

„Na, dann solltest du dich besser beeilen", sagte sie mit einem schiefen Grinsen. „Wenn du nicht bei Cades Eltern wohnen willst, weiß ich nicht, wie viel Glück du im Moment hast. Ich würde dir ja unsere Wohnung anbieten, aber der Fußboden im Erdgeschoss muss repariert werden, und wir haben kein warmes Wasser."

„Ich will nicht bei Cades Eltern wohnen. Das wäre komisch, weil es den Anschein erweckt, dass ich zu kindisch bin, um bei Levi zu bleiben."

„Bist du es denn nicht?", konterte Amelia.

Ich widerstand dem Drang, den letzten Bissen meines Gebäcks nach ihr zu werfen, und begnügte mich mit einem fiesen Blick.

„Du könntest auch deine Mutter anrufen", fügte sie hinzu, wobei ihr Tonfall weicher wurde.

Was war nur los mit den Leuten, dass sie heute alle meine Mutter erwähnen mussten? Ich seufzte und schüttelte leise den Kopf. „Nein, das wäre ja noch selt-

samer. Janet hat mir heute schon ein paar aufmun-
ternde Worte über sie gesagt.“

Amelia hielt meinem Blick stand. Sie war eine der
wenigen Personen, denen ich die Begebenheiten aus
meinem Leben vor Willow Brook anvertraut hatte.
„Nun, dann würde ich sagen, dass du weiterhin bei
Levi wohnst und vielleicht einfach noch ein bisschen
mehr Sex mit ihm hast.“

Ich brach in Gelächter aus und meine Wangen
wurden noch heißer. „O Gott! Hör auf damit, okay? Es
ist schon schlimm genug, dass Cade es gehört hat.“

„Ich habe mich gestern Abend schrecklich gefühlt.
Ganz im Ernst. Sobald es dir rausgerutscht war, wusste
ich, dass du im Erdboden versinken würdest, als du
gemerkt hast, dass du über den Lautsprecher zu hören
warst. Wenn du es mir früher gesagt hättest, hätte ich
dich aufhalten können“, sagte sie unverblümt.

„Es war nur die Nacht davor“, murmelte ich. „Ich
habe dir wirklich nichts vorenthalten.“

„Wie ich schon sagte, Levi ist ein guter Kerl. Er
steht seiner Schwester nahe, und seine Eltern sind toll.
Ehrlich gesagt, wenn du nach etwas mehr als Sex
suchst, ist er ein ziemlich guter Kandidat“, sagte sie.

Mein Herz pochte in meiner Brust, und ich hatte
das Gefühl, innerlich zu fallen - dieses Gefühl, das
man hat, wenn ein Aufzug zu schnell nach unten fährt
und sich einem der ganze Magen umdreht. Oder wenn
man in einer Achterbahn sitzt und sie den Scheitelpunkt einer Steigung erreicht, bevor sie in die Tiefe
stürzt.

*Das alles hätte nicht passieren dürfen. Ich sollte Levi
nicht so sehr wollen, dass es schmerzt. Ich sollte ihm nicht
nachgeben und dann das Gefühl haben, in einem Netz aus
Intimität gefangen zu sein, das sich so gut anfühlt, dass es mir
Angst macht.*

Ich nahm fälschlicherweise an, dass mein erster Gedanke unausgesprochen geblieben war, aber Amelias Augen weiteten sich.

„O Gott. Was habe ich da gerade laut gesagt?"

„Dass es nicht hätte passieren sollen", sagte sie ruhig, bevor sie einen Schluck Kaffee trank. Sie setzte ihre Tasse ab und sah mich an. „Versuch, dich zu entspannen und es ein bisschen zu genießen. Du weißt, dass ich für dich da bin. Ohne dich zu verurteilen. Versprochen."

Meine Kehle schnürte sich zu, denn ich wusste, dass sie es ernst meinte. Sie war loyal bis auf die Knochen und für mich da, egal was passierte.

„Ich weiß", sagte ich schließlich und wechselte schnell das Thema. „Wir sollten uns wohl an die Arbeit machen, was?"

Amelia zuckte mit den Schultern. „Hast du nicht bald einen Termin beim Arzt?", fragte sie, wobei ihr Blick auf die Bandage an meinem Unterarm fiel.

„Nächste Woche. Sie sagte, bis dahin sollte ich wieder fit sein."

„Gut. Es gibt viel zu tun, egal was passiert. Wir müssen mit dem Fliesenschneiden für die Bäder beginnen. Du kannst das machen, und ich übernehme die schwere Arbeit", bot sie grinsend an.

„Du genießt das, nicht wahr? Du darfst darauf bestehen, dass ich den ganzen langweiligen Scheiß mache."

Sie brach in Gelächter aus. „Ich genieße es nicht, aber es ist gut für dich, dich zu schonen und vielleicht hier und da ein wenig Hilfe anzunehmen."

Ich rollte mit den Augen, als ich aufstand. „Ich brauche keine Hilfe", murmelte ich und schnappte mir meine leere Kaffeetasse und meinen Teller.

Kapitel Neunzehn

LEVI

Ich zog mir die Feuerhandschuhe von den Händen, als ich mich von einer Feuerschneise entfernte, an der wir gearbeitet hatten, und drehte mich um, um den Horizont abzusuchen. Der Rauch trübte den Himmel in diesem Teil des Waldes, obwohl der Wind endlich nachgelassen hatte, sodass er sich langsam lichtete. Ich strich mir mit dem Ärmel über das Gesicht und stützte eine Hand in die Hüfte, während ich nach Luft schnappte. Dasselbe Feuer, mit dem wir letzte Woche in einem Waldstück außerhalb von Willow Brook zu tun gehabt hatten, war gestern wieder aufgeflammt. Es war ursprünglich Anfang des Sommers ausgebrochen, nachdem einige Camper das Lagerfeuerverbots ignoriert hatten. Wir hatten es zwar weitgehend eingedämmt, aber zu viele Tage mit trockenem Wetter und Wind fachten die Flammen wieder an.

Wir hatten den größten Teil des Tages damit verbracht, mehrere neue Feuerschneisen am Rande des Gebietes anzulegen, um eine Ausbreitung des Feuers zu verhindern, falls der Wind seine Richtung ändern sollte. Obwohl überall Schilder über das Verbot von Lagerfeuern angebracht waren, war die Wildnis in Alaska - selbst in Gebieten mit nahe gelegenen Städten - nicht mit den gepflegten Wäldern in den Lower 48 zu vergleichen. Wanderer und Camper verloren oft den Überblick, wo sie sich befanden, oder sie nahmen bestimmte Einschränkungen nicht ernst. Aufgrund des trockenen Sommers mussten wir die ganze Saison über auf Waldbrände achten.

Ich schaute zu Jesse Franklin hinüber, als er sich näherte. Er legte die Kettensäge, die er gerade benutzt hatte, in der Nähe ab und zog meinen Blick auf sich.

„Meinst du, wir sind für heute fertig?", fragte er.

Ich nickte und beugte mich vor, um eine Wasserflasche vom Boden aufzuheben. Ich nahm einen langen Zug daraus und wischte mir mit dem Ärmel den Mund ab. „Gut für uns, dass der Wind heute Nachmittag nachgelassen hat und wir die Gelegenheit hatten, das zu tun."

„Hier gibt es zu viele tote Fichten", fügte er hinzu.

Der Wald hatte begonnen, sich von den Fichtenborkenkäfern zu erholen, die vor einiger Zeit ganze Landstriche in diesem Gebiet dezimiert hatten. Trotz des neuen Wachstums würde es noch einige Jahrzehnte dauern, bis sich der Wald erholt haben würde.

„Ja, wir werden im Laufe der Woche weitere Schilder aufstellen, vor allem in den belebteren Gegenden. Das sollte hoffentlich einen weiteren völlig unnötigen Brand verhindern."

Jesse nickte und drehte sich, um den Horizont abzusuchen, und antwortete auf die Worte eines anderen Crewmitglieds, das sich uns näherte.

Cades Mannschaft war auch hier draußen bei uns. Ein paar Jahre lang war ich Vorarbeiter in seiner Crew gewesen, aber letztes Jahr hatte ich die Leitung meiner eignen Mannschaft übernommen. Ich hatte heute kaum mit Cade gesprochen, und sei es nur, weil wir so hart arbeiteten. Selbst in den Pausen, wenn wir nicht aktiv ein Feuer bekämpften, war die Brandbekämpfung verdammt harte Arbeit. Heute hatten wir stundenlang Bäume gerodet, abgestorbene Bäume gefällt und Feuerschneisen entlang von Bächen angelegt, wobei wir die Landschaft zu unserem Vorteil nutzten.

Ich drehte mich um und blickte in die Ferne, als sich der Rauch lichtete. Der Denali war durch den Dunst hindurch zu sehen und ragte hoch in den Himmel. Er war der höchste Berggipfel Nordamerikas. Alle zentralen Städte Alaskas befanden sich in Sichtweite des Denali. Ich atmete tief ein und wieder aus, während mein Blick vom Denali weg über Felder aus Weidenröschen wanderte, einem leuchtend fuchsiafarbenen Unkraut, das die Landschaft Alaskas in den offenen Bereichen übersäte.

Ein Flussbett schlängelte sich durch ein Tal und führte zum Willow Brook. Der besagte Fluss war der Namensgeber unserer Stadt und wurde lachend als Bach bezeichnet. Er war breit und seicht und floss von den Bergen herab, um in den Swan Lake zu münden.

Meine Gedanken drehten sich um Lucy. Sie war in letzter Zeit immer der Prüfstein für meine Gedanken geworden. Heute Morgen hatte sie darauf bestanden, dass sie nicht versuchen wollte, ihre beschwipste Aussage Amelia und Cade gegenüber zu vertuschen. Da ich wusste, wie verschlossen sie war, wusste ich auch, dass ihr die Situation, in die sie sich gebracht hatte, nicht gefiel. Dennoch war es so typisch für sie, darauf zu bestehen, sich der Sache zu stellen. Ich fand es toll, dass sie nie vor etwas zurückschreckte. Dieser Moment der Verletzlichkeit hatte in ihren Augen geflackert. Wenn ich jetzt nur daran dachte, zog sich mein Herz wieder zusammen.

Ich hatte in ihre wunderschönen blauen Augen geschaut und gedacht, dass ich sie am liebsten zurück ins Bett zerren und dort den ganzen Tag bleiben würde.

„Lass mich das machen, aber tu mir einen Gefallen und nimm das nicht als Erlaubnis, es der ganzen Welt zu verkünden", hatte sie gesagt.

„Hey, ich hätte gar nichts gesagt", hatte ich mit einem Augenzwinkern gekontert.

„Ich war ein bisschen beschwipst", antwortete sie, und ein langsames Lächeln umspielte ihre Lippen.

Ich grinste und war erleichtert, dass sie sich nicht über die ganze Sache aufregte. Wir sprachen nicht darüber, was in der Nacht passiert war. In dem Moment, in dem ihr Hintern an meinem Schwanz gewackelt hatte, war ich aus meinem Halbschlaf erwacht und bereits steinhart und bereit gewesen. Es schien, als würden wir nicht darüber sprechen, dass wir die Hände nicht voneinander lassen konnten.

Ich nahm an, dass wir nicht darüber reden mussten. Ich wusste, dass ich geduldig sein und meine Zeit abwarten musste. Denn wenn ich eines über Lucy wusste, dann, dass sie sich *nicht* gerne zu etwas drängen ließ.

Später an diesem Nachmittag lehnte ich meinen Kopf an die Wand hinter mir auf einer Bank in unserem Umkleideraum. Als ich Schritte hörte, blickte ich auf und sah Cade auf mich zukommen. Er nahm mir gegenüber Platz.

„Irgendein Kommentar zu dem Gespräch von gestern Abend?", fragte er, wobei sich ein Grinsen in seinen Mundwinkeln abzeichnete.

Ich zuckte mit den Schultern. „Dem ist nichts hinzuzufügen", bot ich an.

Er hielt meinem Blick einen Moment lang stand und nickte dann. „Ich wollte dich nicht ausfragen. Wenn du jemanden zum Reden brauchst, bin ich da."

Ich stützte meine Ellbogen auf die Knie. „Warum denkst du, dass ich reden muss?"

Er war einen Moment lang still. „Mir scheint, du hast eine Schwäche für Lucy. Schon eine ganze Weile."

Es war leicht zu vergessen, wie scharfsinnig Cade war. Ich kannte ihn schon seit Jahren. Er neigte dazu, unauffällig und ruhig zu sein. Verdammt, wenn er nicht genau mitbekommen hatte, was mit mir los war. Was ich für Lucy empfand, war allerdings viel mehr als nur eine *Schwäche*. Das Problem war, dass ich geduldig sein musste. Ich wusste genau, dass sie nichts davon hielt, was auch nur im Entferntesten wie Klatsch und Tratsch über uns aussah. Aber Cade war nicht der Typ für Tratsch.

Also hielt ich seinem Blick stand und nickte langsam. „Das kann man so sagen. Ich weiß, dass du nichts verraten wirst, aber ich muss dich trotzdem bitten, nichts zu sagen. Lucy wird mir die Hölle heißmachen, wenn sie glaubt, dass noch jemand außer euch beiden von uns erfährt."

Er gluckste. „Oh, ich weiß. Amelia dachte sich, dass Lucy gestern Abend ziemlich aufgeregt war, weil sie eigentlich nichts sagen wollte. Du weißt, dass du dir keine Sorgen um uns machen musst."

„Ich weiß." Ich hielt inne und kaute auf meiner Wangeninnenseite herum. „Lucy wird sich aus dem Staub machen, wenn sie Wind davon bekommt, dass ich mir mehr als nur ein bisschen Spaß zwischen den Laken erhoffe."

Cade schwieg, bevor sich sein Grinsen langsam

über sein Gesicht ausbreitete. „Das wird sie. Ihr solltet besser wissen, was ihr voneinander wollt."

„Ich schon", sagte ich und mein Herz klopfte heftig, als ich sprach.

„Hey Leute, womit haben wir es jetzt zu tun?" fragte Beck, als er um die Ecke in den Umkleideraum kam.

Becks Mannschaft machte da weiter, wo wir heute Nachmittag an der Brandstelle aufgehört hatten. Er ließ sich auf die Bank gegenüber von mir fallen und schaute zwischen Cade und mir hin und her.

Cade antwortete zuerst. „Wir haben das Gebiet auf der anderen Seite der schwierigen Schlucht und am Fluss abgesteckt. Wenn ihr euch um die gegenüberliegende Seite kümmert, sollte alles abgedeckt sein."

„Gibt es sonst noch etwas, das meine Leute wissen sollten?", fragte Beck.

„Ich glaube nicht. Der Wind hat sich gelegt, also breitet sich das Feuer nicht mehr aus. Fred macht einen Überflug, um die Grenzen zu überprüfen", bot ich an und bezog mich dabei auf einen unserer örtlichen Piloten, der unsere Crews oft zu Bränden ausflog.

Beck stand auf. „Alles klar."

Mein Handy klingelte, ich holte es aus der Tasche und sah den Namen meines Vaters auf dem Display aufblitzen. „Da muss ich rangehen", sagte ich, als ich aufstand und wegging.

„Hey Dad, was gibt's?", fragte ich.

„Hey, mein Sohn, ich könnte heute Nachmittag ein wenig Hilfe gebrauchen, wenn du ein paar Minuten Zeit hast", antwortete er schnell.

„Ich bin gerade fertig auf der Feuerwache. Was brauchst du?"

„Es sieht so aus, als würde es heute Nacht regnen,

und ich brauche etwas Hilfe, um vorher das gelieferte Brennholz einzulagern."

„Klar, ich komme gleich vorbei. Gib mir eine halbe Stunde oder so, okay?"

Ich verließ die Wache und überlegte, ob ich Lucy Bescheid geben sollte, dass ich später als sonst nach Hause kommen würde. Ich lachte in mich hinein. Bis vor ein paar Tagen hätte ich das nicht getan. Sie bestand so sehr darauf, dass ich so lebte, wie ich es normalerweise tun würde, obwohl sie bei mir wohnte. Aber wenn ein anderer Freund bei mir übernachtet hätte, hätte ich ihm wahrscheinlich Bescheid gesagt. Das war reine Höflichkeit.

Doch jetzt, da ich ihr so nah gewesen war, so nah, wie wir uns körperlich nur sein konnten, fühlte sich jede einfache Handlung belastend an. Ich wusste, dass meine Eltern wollen würden, dass ich zum Abendessen blieb. Die natürliche Folge davon wäre, dass Lucy Dosensuppe essen würde. Denn sie kochte *nicht*. Mir war aufgefallen, dass sie, wenn ich nicht kochte, alles aß, was ihr in die Finger kam. Ich dachte kurz darüber nach, sie zu meinen Eltern einzuladen, aber ich wusste nicht, wie sehr sie sich darauf einlassen konnte.

Ich dachte am Ende nicht allzu viel darüber nach. Bevor ich den Parkplatz verließ, schrieb ich ihr noch schnell eine Nachricht.

Kapitel Zwanzig

LUCY

Mein Telefon vibrierte auf der Kommode. Ich war gerade mit dem Duschen fertig und zog mir ein Sweatshirt über den Kopf. An diesem späten Nachmittag war es draußen kühl. Nach einem klaren, ruhigen Tag waren Wolken aufgezogen und brachten kühle Luft mit sich.

Ich schlenderte zur Kommode, um einen Blick auf mein Handy zu werfen. Als ich es antippte, sah ich eine SMS von Levi.

Ich helfe meinem Vater, Holz zu stapeln, und meine Mutter kocht. Ich dachte, du willst vielleicht vorbeikommen. Meine Mom ist eine bessere Köchin als ich. ;)

Ich steckte meine Hände in die Vordertasche meines Sweatshirts und starrte auf mein Telefon. Ich kaute auf der Innenseite meiner Wange herum und wandte mich ab, um aus dem Fenster zu schauen. Obwohl es draußen grau war, war der Blick aus dem Gästezimmer ein Farbklecks. Der Blick aus dem Fenster ging auf ein Feld mit Weidenröschen. Ihre Farben leuchteten an diesem späten Nachmittag inmitten der tristen Landschaft noch mehr.

Mein Herz klopfte heftig und schnell, und ich wusste nicht, warum. Es sollte mich nicht nervös machen, mit Levi und seinen Eltern zu Abend zu essen. Das war etwas, was jeder meiner engen Freunde hier tun würde. Ich hatte schon mit Amelia und ihren Eltern zu Abend gegessen, ebenso wie mit Cades Familie und Susannahs. Dennoch hatte ich noch nie so für Levi empfunden wie jetzt. Er war nicht mehr nur ein Teil meines Freundeskreises, der mir ständig auf die Nerven ging, sondern viel mehr. Daher fühlte sich seine lockere Einladung irgendwie belastend an.

Ich fühlte mich allerdings dumm und verlegen. Wenn ich hier bliebe, würde es wahrscheinlich Dosensuppe zum Abendessen geben. Ich war fest davon überzeugt, dass Levis Mutter eine fantastische Köchin war, und sei es nur, weil er super kochen konnte und darauf bestand, dass es an ihr lag. Es wäre schön gewesen, mit meinen Gedanken nicht allein zu sein. Ich konnte mich nicht entscheiden, ob es eine klarere Botschaft wäre, wenn ich hinginge, oder eher, wenn ich es nicht täte.

Lieber Himmel! Du musst dich mal beruhigen. Du machst daraus viel mehr, als es ist. Wie Amelia gesagt hat, du kannst ein bisschen Spaß haben. Es muss ja nicht gleich was Ernstes sein.

Ich schüttelte meine kritischen Gedanken ab. Ich drehte mich von den Fenstern weg, schnappte mir mein Telefon von der Kommode und tippte meine Antwort ein, bevor ich zu viel nachdachte.

Danke. Klingt gut. Du kennst mich, ich hätte mir wahrscheinlich sonst eine Dosensuppe aufgewärmt.

Als ich das Telefon weglegte, fiel mir ein, dass ich keine Ahnung hatte, wo seine Eltern wohnten. Verlegen griff ich wieder nach meinem Handy.

Wo und wann?

Seine Antwort kam prompt.

Cottonwood Hollow. Ein großes, gelbes Haus, am Ende des Straße, das wie ein Bauernhaus aussieht. Du kannst jederzeit kommen. Ich bin schon auf dem Weg dorthin. Oder besser, komm nicht zu früh, denn ich weiß, dass du am Ende versuchen wirst zu helfen. Wie geht's deinem Arm?

Wärme wirbelte in meinem Bauch auf und kringelte sich um mein Herz. Ich sollte es nicht so sehr auskosten, dass er sich Sorgen machte, aber ich tat es. Ich blickte auf die Schiene an meinem Handgelenk hinunter. Ich hatte schon seit Tagen keine Schmerzen mehr und vergaß ständig, dass sie da war. Das Einzige, was mich davon abhielt, sie nicht mehr anzulegen, war, dass ich wusste, dass Amelia mir die Hölle heißmachen würde. Und Levi auch. Bei diesem Gedanken wurde ich ganz rot. Denn das würde er ganz bestimmt, und was das über ihn aussagte und wie sehr ein Teil von mir die Tatsache genoss, dass er sich genug sorgte, um deswegen mit mir zu schimpfen, war fast zu viel für mich, um darüber nachzudenken.

Geht schon. Ich bin bald da. Außerdem hab ich ja zwei Hände. Ich kann mithelfen.

Seine Antwort kam fast augenblicklich.

Ganz schön störrisch. Ich lasse auf keinen Fall zu, dass du mit einer Hand Holz stapelst. Keine Widerrede. Du kannst mit meiner Mutter in der Küche abhängen. Das wird ihr gefallen.

Mein Herz machte einen weiteren Purzelbaum in meiner Brust, und meine Kehle schnürte sich vor Rührung zu.

Kapitel Einundzwanzig

LUCY

Das kühle Metall meines silbernen Armbands glitt durch meine Finger, als ich am Küchentisch im Haus von Levis Eltern saß. Levis Mutter, Gloria, hackte Zwiebeln und plauderte dabei vor sich hin. Ich hatte ihr angeboten, ihr zu helfen, aber sie lehnte dankend ab, weil sie wohl sehr eigen war, was ihre Küche anging.

Ich fummelte unruhig an meinem Armband herum, weil ich nervös war. Ich war mit einer Vielzahl neuer Gefühle konfrontiert. Ich hatte noch nie eine tiefergehende Beziehung zu einem Mann gehabt, um seine Familie kennenzulernen. Ich wusste nicht, wie ich das, was Levi und ich taten, nennen sollte, aber irgendwie passte es mir nicht, es als eine Freundschaft mit gewissen Extras abzutun. Das war alles so verwirrend für mich. Dann war da noch das seltsame Gefühl, dass ich wollte, dass seine Mutter mich mochte. Ich hatte mir nie viel aus solchen Sachen gemacht. Im Moment versuchte ich, meine innere Unruhe in Schach zu halten und starrte untätig aus dem Fenster. Glorias Stimme rief mich zurück ins Bewusstsein.

„Lucy?", fragte sie.

„Oh, sorry. Ich habe Ihre Aussicht genossen", erklärte ich.

Ihr Haus lag in einer schönen Gegend am Ende einer Straße gleich hinter dem Stadtzentrum von Willow Brook. Ein schmaler Bach floss am Rande eines Feldes neben ihrem Haus entlang, mit Bäumen in der Ferne und dem Gipfel des Denali oberhalb der Baumgrenze. Das Feld war von der Farbe der Weidenröschen und Lupinen überflutet und leuchtete inmitten des nebligen Regens, der draußen fiel.

Gloria warf mir ein Lächeln zu, als sie beim Schnippeln eine Pause einlegte, um einen der Brenner ihres Herds einzuschalten. Levi hatte seine strahlend blauen Augen von seiner Mutter geerbt, ebenso wie sein dunkelgoldenes Haar. Ihr Haar hatte sie mit einem Ess-Stäbchen hochgesteckt, während sie in der Küche herumlief.

Flink goss sie Olivenöl in die Pfanne, fügte die gehackten Zwiebeln hinzu und rührte sie kurz um. Die Küche war groß und luftig mit einem Panoramafenster, das den Blick auf die Landschaft freigab. Vor dem Fenster befand sich ein runder Tisch. Eine Kücheninsel diente als Trennwand zwischen dem Ess- und dem Arbeitsbereich. Es war klar, dass die Küche das Zentrum dieses Haushalts war.

Gloria hatte mich bei meiner Ankunft durch das Haus geführt und Levi nach draußen gescheucht, damit er seinem Vater beim Holzhacken und -stapeln helfen konnte. Sein Vater, Brad Phillips, war mir kurz vorgestellt worden. Er hatte ein offenes Lächeln, blaue Augen und dunkelbraunes Haar.

Ihr Haus hatte ein großes Wohnzimmer, das sich direkt gegenüber der Küche befand. Eine Treppe in der Mitte führte hinauf zu einem Flur mit Türen zu vier Schlafzimmern. Nach der kurzen Führung hatte Gloria mich in die Küche begleitet, wo sie mich mit Wein abzufüllen versuchte. Ich war froh darüber, ich würde alles tun, um meine angespannten Nerven zu beruhigen.

„Es ist eine schöne Aussicht, nicht wahr?", kommentierte sie.

„O ja. Aber es ist schwer, hier keine schöne Aussicht zu finden", antwortete ich mit einem kleinen Lachen.

Gloria gluckste. „Wie wahr. Wo wohnst du?"

Eine völlig unschuldige Frage. Normalerweise würde ich mir keine Gedanken darüber machen, dass ich bei Levi wohne. Dennoch fühlte es sich komisch an, denn die letzten drei Nächte hatten zweifelsfrei gezeigt, dass ich nicht einfach als freundlicher Hausgast bei Levi wohnte. Vielmehr war ich mit ihm so intim gewesen, wie es körperlich möglich war. Die Aufregung begann in meinen Zehen und schickte ein Kribbeln durch meinen Körper. Ich nahm einen Schluck Wein und versuchte, ein ernstes Gesicht zu machen.

„Oh, ich bin gerade auf der Suche nach einer neuen Wohnung. Levi war so nett, mich vorerst bei sich wohnen zu lassen. Ich glaube, er hatte Mitleid mit mir und hat mich heute Abend zum Essen eingeladen, weil ich eine schreckliche Köchin bin", bot ich an.

Gloria rührte die Zwiebeln noch einmal um und legte den Kochlöffel auf den Tresen, bevor sie sich zu mir umdrehte. „Er hat sicher genug Platz. Ich bin sicher, du kannst so lange bleiben, wie du möchtest. Es ist eine schwierige Zeit, um eine Wohnung zu finden.

„Das kann man wohl laut sagen. Es ist meine

eigene Schuld. Ich habe mich über meinen letzten Vermieter geärgert, weil er versucht hat, die Miete zu erhöhen. Ich hätte bei diesem Streit etwas strategischer vorgehen sollen", sagte ich mit einem Augenrollen.

Gloria grinste und zuckte mit den Schultern. „Ich glaube, einige der Vermieter hier machen das, um an das Geld der Touristen zu kommen, wenn sie können. Levi erwähnte, dass du zusammen mit Amelia Masters in der Baufirma arbeitest. Stimmt das?"

„Das ist richtig", sagte ich, und ein Gefühl des Stolzes machte sich in mir breit. Ich liebte meinen Job, und ich liebte die Arbeit mit Amelia.

„Ihr habt da eine der besten Baufirmen der Stadt. Ich habe Brad gesagt, dass er euch für die neue Garage, die er bauen will, engagieren soll. Darf ich ihn bitten, das mit dir zu besprechen?"

„Jederzeit. Sagen Sie uns einfach, wann. Für den Rest des Jahres sind wir ausgebucht, und es wird langsam spät, um neue Projekte zu starten. Wir könnten es für das nächste Frühjahr planen."

„Ich werde ihn bitten, es anzusprechen, wenn er reinkommt. Er kümmert sich gerne um alles selbst, aber ein so großes Projekt ist mir zu viel. Aber zurück zu dir: Jetzt nach Mietwohnungen zu suchen, ist ein schlechter Zeitpunkt, aber da der Sommer zu Ende geht, ändert sich das hoffentlich bald. Oder du kaufst dir ein Haus. Jeder, der im Sommer nicht verkaufen konnte, wird eher bereit sein, zu verhandeln."

„Ich habe darüber nachgedacht. Ich muss wohl den besten Zeitpunkt abwarten."

Gloria nickte und warf dann einen Blick über ihre Schulter, als die Küchentür aufging. Ich hatte nicht bemerkt, dass das stetige Geräusch des Holzstapelns und -hackens von draußen verstummt war. Levi und sein Vater traten durch die Tür. In dem Moment, in dem mein Blick auf Levi fiel, krampfte sich mein Unterleib zusammen. Mit seinen zerzausten Haaren und den von der kühlen Spätsommerabendluft geröteten Wangen löste sein Anblick in mir das Bedürfnis aus, ihm hinterherpfeifen zu wollen.

Der frische Duft von Fichtenholz wehte in die Küche, als sein Vater die Tür hinter ihnen schloss. Levi trug einen holzigen, moschusartigen Geruch mit sich. Sein Duft war reines Oktan für die Lust, die in mir brannte, wenn er in der Nähe war.

Sei nicht dumm, Lucy. Du kannst nicht hier sitzen und ihn vor seinen Eltern anschmachten.

Mein Körper reagierte schnell. *Sicher kann ich das. Du kannst es mir nicht ausreden.*

In diesen Tagen tobte der Kampf zwischen meinem Geist und meinem Körper. Ich nahm einen weiteren Schluck Wein und zwang mich, das Verlangen, das durch meine Adern floss, zu ignorieren.

Gloria rührte erneut in den Zwiebeln, bevor sie zu Levi und seinem Vater zurückblickte. „Na Jungs, ist das ganze Holz aufgestapelt?"

Levis Vater warf seine Arbeitshandschuhe in einen Korb neben der Tür, hängte seine Jacke auf und zog zur gleichen Zeit wie Levi seine Stiefel aus. Er trat an Glorias Seite und drückte ihr einen Kuss in den Nacken, erst dann antwortete er. „Natürlich ist es das."

„Wir haben alles im Holzschuppen untergebracht, und ich habe auch das Regal auf der Veranda gefüllt. Der Winter kann kommen", fügte Levi hinzu.

Gloria grinste, als Levi an ihr vorbeiging, um den Kühlschrank zu öffnen und ein Bier herauszuholen. „Willst du eins, Dad?", rief er über seine Schulter hinweg.

„Aber sicher", antwortete Brad und ließ sich auf einen Hocker neben der Kücheninsel fallen.

Levi drehte sich zurück zum Kühlschrank, reichte seinem Vater ein Bier und ging dann zum Tisch, um sich schräg gegenüber von mir auf einen Stuhl zu setzen. Seine Augen trafen meine, als er eine Braue hochzog. Ich hoffte, dass er nicht merkte, dass ich mit meinem fast ständigen Verlangen nach ihm kämpfte.

Ich ignorierte die Hitze auf meinen Wangen und lächelte. „Wie war's?"

Wie war was? Er hat Holz gestapelt, Mann. Wie kann das schon gewesen sein? Ach, halt die Klappe.

Ich schimpfte mit meinem inneren Kritiker, er solle aufhören, alles, was ich sage, zu kritisieren.

„Mit Sicherheit werde ich heute Nacht gut schlafen", sagte er grinsend, bevor er zu seinem Vater blickte. „Hey Dad, du solltest mit Lucy über die Garage sprechen."

Seine Augen blickten wieder zu mir. „Dad will eine Garage, also habe ich ihm gesagt, dass du und Amelia euch darum kümmern könntet. Vielleicht im nächsten Frühjahr."

Bevor ich antworten konnte, setzte sich sein Vater zu uns an den Tisch. „Gloria will nicht, dass ich sie selbst baue. Sie sagt, das Projekt sei eine Nummer zu groß für mich", erklärte Brad mit einem schiefen Grinsen. „Ehrlich gesagt, hat sie wahrscheinlich recht. Ich bin nicht mehr so jung, wie ich einmal war. Ich würde mich gern mit dir und Amelia darüber unterhalten, wie ihr das Projekt im nächsten Jahr in euren Zeitplan einbauen könnt."

„Natürlich. Amelia kümmert sich normalerweise im Vorfeld um die Planung. Ich werde sie bitten, Sie anzurufen. Wir können Sie für das nächste Frühjahr vormerken. Klingt das gut?"

„Sicherlich", bot er an.

Levis Augen trafen meine, und die Hitze, die sich dort aufgestaut hatte, war heiß genug, um mich von der anderen Seite des Tisches zu versengen. Unruhig und errötet stand ich abrupt auf und entschuldigte mich, um kurz auf die Toilette zu gehen. Ich spritzte mir kaltes Wasser ins Gesicht und hielt meine Handgelenke unter den Hahn, um mich abzukühlen.

Ich starrte auf mein Spiegelbild. Meine Wangen waren gerötet, und mein Haar hatte sich aus dem Pferdeschwanz gelöst, sodass die Strähnen um mein Gesicht baumelten. Nachdem ich mir die Hände abgetrocknet hatte, strich ich mein Haar zurück und holte tief Luft, um das Abendessen mit Levis Eltern zu überstehen, ohne wie ein dummes, liebeskrankes Ding auszusehen. Es war nicht gerade hilfreich zu wissen, dass ich tief im Inneren meines Herzens genau das sein könnte.

Als ich in die Küche zurückkehrte, servierte Gloria Karibufleisch mit gebratenen Zwiebeln und Pilzen in Bratensoße auf Reis. Es war absolut köstlich. Zwischen den Bissen schaute ich zu ihr hinüber.

„Das ist köstlich", bot ich an.

Levi fing meinen Blick auf und zwinkerte mir zu, bevor er zu seiner Mutter blickte. „Lucy ist keine gute Köchin."

„Ich habe es bereits gebeichtet", fügte ich grinsend hinzu. „Ich dachte, du hättest mich heute Abend aus Mitleid eingeladen."

„Nein, natürlich nicht. Ich wusste, dass dir ansonsten nur eine Dosensuppe als Alternative geblieben wäre."

Gloria schnappte nach Luft. „Dosensuppe?", fragte sie in ungläubigem Ton.

Ich zuckte verlegen mit den Schultern. „Meine

Mutter war keine gute Köchin, und ich bin es auch nicht."

„Wie geht es deiner Mutter?", fragte Gloria im Plauderton.

„Ich habe sie seit ein paar Wochen nicht mehr gesehen. Ich ..."

Meine Worte gerieten ins Stocken, denn ich war leicht verwirrt, dass Gloria nach meiner Mutter fragte.

„Sie und ich sind zusammen in einer Strickgruppe", fügte Gloria hinzu, als hätte sie meinen Gedankengang erraten.

Das war neu für mich. Obwohl meine Mutter nie großartig gekocht hatte, war Stricken das Einzige, was sie richtig gut konnte. Es hörte sich so an, als hätte sie ihren sozialen Kreis mehr erweitert, als mir bewusst war. Ich versuchte, kontrolliert und höflich dreinzublicken. Ich wollte nicht, dass die Unbeholfenheit meiner nicht ganz so engen Beziehung zu meiner Mutter offensichtlich wurde. Ich fragte mich, ob Gloria wusste, dass ich weitestgehend durch Abwesenheit glänzte, während mich Schuldgefühle durchzuckten.

„Ich wusste nicht, dass Sie sie gut kennen", bot ich an, unsicher, was ich noch sagen sollte.

Gloria nickte und lächelte, während sie einen Schluck Wein trank. „Nun, ich habe sie erst im letzten Jahr kennengelernt. Janet hat diese Strickgruppe gegründet und mich dazu gedrängt, mitzumachen. Eigentlich weiß ich gar nicht, warum wir sagen, dass wir stricken. Es ist hauptsächlich eine Ausrede, um sich zu treffen, aber so habe ich deine Mutter kennen gelernt. Sie ist so stolz auf dich."

Plötzlich wurde ich von Neugierde übermannt. Ich traute mich nicht, Gloria mit meinen Fragen zu überhäufen, also nickte ich höflich und lächelte, erleichtert, als Levis Vater anfing, mich nach meiner Meinung zu fragen, was er mit der Garage machen soll.

Das Gespräch ging nahtlos weiter, und der Moment, der wahrscheinlich nur für mich unangenehm gewesen war, verging. Das Abendessen mit Levis Eltern war angenehm und entspannt. Ich war entspannter, als ich es mir je hätte vorstellen können, während ich mit der Familie eines Mannes zu Abend aß.

Es gefiel mir seltsamerweise, und ich scheute mich, daran zu denken. Nachdem wir fertig waren und Gloria den Rest von uns davon abhielt, ihr beim Aufräumen zu helfen, sagte sie zu Levi: „Ich habe Lucy gesagt, dass ich sicher bin, dass du sie diesen Winter so lange bei dir wohnen lässt, wie sie braucht. Ich finde ohnehin, sie sollte sich ein Grundstück suchen und bauen. Alles andere wäre hier in der Gegend Geldverschwendung.“

Ein heißer Schauer durchfuhr mich. Ich konnte nicht glauben, dass sie Levi vorgeschlagen hatte, mich den ganzen Winter über bei ihm wohnen zu lassen. Ich spuckte fast den Schluck Wein aus, den ich gerade im Mund hatte. Levis Augen funkelten mich an, ein subtiles Glitzern lag in seinem Blick.

„Natürlich kann sie das. Ich habe ihr gesagt, dass sie so lange bleiben kann, wie sie möchte. Ich denke, sie weiß das auch“, fügte er hinzu.

Wie peinlich. Es gab für mich keine höfliche Art zu antworten, vor allem nicht angesichts der Hitze, die in Levis Blick brannte und Funken in mir sprühen ließ.

„Ich werde einfach abwarten und sehen, was passiert“, sagte ich mit einem höflichen Lächeln und versuchte, die Röte aus meinen Wangen zu vertreiben, obwohl ich wusste, dass es vergeblich war.

Was ich nicht zu sagen wagte, war, dass es da

diesen verrückten kleinen Teil in mir gab – ein kleiner
Teil, der plötzlich sehr laut geworden war -, der praktisch vor Freude auf und ab sprang. Ein ganzer Winter
bei Levi wäre der Himmel, der reine Himmel. Ich
hatte es so gut wie aufgegeben, mir die Idee auszure-
den, dass ich ihn aus meinem Kopf bekommen
könnte.

Kapitel Zweiundzwanzig

LEVI

Später am Tag parkte ich meinen Wagen und schaute in den Rückspiegel, als sich Lucys Scheinwerfer hinter mir in der Einfahrt spiegelten. Es war noch nicht ganz dunkel. Das Abendessen bei meinen Eltern dauerte am Ende nicht allzu lange. Ich stellte den Motor ab, stieg aus und ging zu Lucy, sobald ihr Wagen neben meinem zum Stehen kam.

Ihre Wangen waren gerötet, und ihr Haar war vom Wind zerzaust. Bevor wir losfuhren, hatte mein Vater darauf bestanden, mit ihr einen Spaziergang durch den Garten meiner Mutter zu machen. Er zeigte ihn gerne, weil er wusste, wie sehr meine Mutter ihren Garten liebte. Sie pflanzte alles an, was in diesem Teil Alaskas angebaut werden konnte, von verschiedenen Gemüsesorten über Apfel- und Kirschbäume bis hin zu Blumen aller Art, die überall auf dem Grundstück verstreut waren.

Lucy sah zu mir auf, als sie die Tür des Trucks hinter sich schloss. „Das war schön. Danke, dass du mich eingeladen hast", sagte sie einfach.

Mein Körper war wie ein Motor, der auf Hochtouren lief, wenn sie in der Nähe war. Ich konnte sie nicht um mich haben und sie dabei nicht begehren. Tatsächlich musste ich meinen Schwanz vor meinen Eltern zur Unterwerfung zwingen.

Ich rechnete fest damit, dass meine Mutter mich morgen anrufen würde. So scharfsinnig wie sie war, zweifelte ich keine Minute daran, dass sie die Schwingungen zwischen Lucy und mir wahrgenommen hatte.

Mein Vater hatte mich geradeheraus über Lucy ausgefragt und mit den Worten „Du magst sie also sehr?" begonnen.

Mein Vater war niemand, der ein Blatt vor den Mund nahm oder einem Thema auswich. Ich hatte zunächst überlegt, nichts zu sagen, aber das erschien mir albern, wo er mich doch so gut kannte. Also hatte ich ihm die Wahrheit gesagt - sie war die erste Frau, die ich je getroffen hatte und die mich an das denken ließ, was er vor all den Jahren zu mir gesagt hatte -, dass ich spüren würde, wenn es sich um die Richtige handelt.

Er lächelte langsam, sein Blick war warm. „Es ist nicht schwer zu verstehen, warum. Sie ist ein nettes Mädchen. Aber auch nicht ganz einfach ... offenbar."

Als ich ihn fragte, was er damit meinte, sagte er nur: „Du musst sie dir verdienen".

Ich wiederholte seine Worte, als ich Lucy ansah und mir bewusst wurde, dass ich schon halb in sie verliebt war. Sie hatte sich in mein Herz geschlichen, und ich hatte nicht einmal versucht, es zu verteidigen. Es ging so schnell und so einfach, und ich wusste es im tiefsten Innersten meines Herzens. Ich durfte es nur nicht vermasseln.

———

Wir starrten einander im fahlen Licht der Dämmerung an. Der Himmel war fast dunkel, die letzten rosafarbenen Streifen des Sonnenscheins verschwanden und die Sterne und der Mond wurden sichtbar. Ich trat zu ihr, nahm ihre Hand in die meine und zog sie zu mir heran.

Ich wollte etwas sagen, aber ich tat es nicht. In dem Moment, als sie mir nahe war, verkrampfte sie sich kurz. Sie war die meiste Zeit so unendlich verkrampft, und ich wollte, dass sie wusste, dass sie sich bei mir entspannen konnte. Ich strich ihr das Haar aus dem Gesicht und ließ meine Hand über ihre Wirbelsäule gleiten, wobei ich darauf achtete, ihr Handgelenk nicht zu stoßen.

Sie bemerkte es und ihre Augen fingen meine ein, als sich ihr himmelblauer Blick verdunkelte. „Es tut nicht mehr weh. Du musst nicht vorsichtig sein.“

Der Hauch eines Lächelns umspielte ihre Lippen und ließ mich wissen, dass sie nicht verärgert war. Ein verdammtes Wunder.

Langsam zuckte ich mit einer Schulter und senkte den Kopf, wobei meine Lippen über ihre Wange strichen. Ich konnte dem Drang, sie zu berühren, einfach nicht widerstehen.

„Vielleicht nicht, aber es ist nichts falsch daran, vorsichtig zu sein.“ Meine nächsten Worte rutschten mir unaufgefordert heraus. „Lass mich einfach auf dich aufpassen.“

Ein Hauch von Spannung durchzog ihren Körper, bevor sie leise seufzte. Ich senkte meinen Kopf und verstreute Küsse auf ihrem Hals. Ihre Anspannung löste sich, als sie sich an mich schmiegte und ihren gesunden Arm um meine Taille legte.

Ich wollte es langsam angehen. Aber dann vereinte sich ihre Zunge sinnlich mit meiner und ihre Hand glitt unter mein Shirt, um meine Brust zu erkunden. Ihre Berührung war wie ein Blitz, der überall, wo sie mich berührte, elektrische Schlieren auf der Oberfläche meiner Haut schimmern ließ. Unser Kuss wurde wilder. Meine Hand krallte sich in ihrem Haar, während ich mit der anderen ihren Rücken hinunterglitt, um ihren üppigen Po zu ergreifen und sie fest zu mir heran zu ziehen.

Lucy machte mich wahnsinnig. Meine Selbstkontrolle hing an einem dünnen Faden. Nachdem ich stundenlang versucht hatte, mein Verlangen zu zügeln, holte es mich auf gewaltige Weise ein.

Ich hob sie an. Ihre Beine legten sich leicht um meine Hüften und sie schlang ihre Arme um meinen Hals. Ihr Keuchen und gehauchtes Stöhnen spornte mich an. Ich weiß nicht wie, aber ich schaffte es, zu gehen, während sie mich küsste. Ich brauchte sie mehr als die Luft zum Atmen. Unser Kuss war ein heißes, feuchtes Gewirr.

Zum Glück war sie ein Leichtgewicht. Ich schaffte es, die Treppe hinauf und durch die Tür zu kommen, ohne dass wir beide zu Boden stürzten. Ich schlug die Tür hinter mir zu und drehte mich um. Einen Moment lang fürchtete ich, zu grob gewesen zu sein, als ich die Tür klappern hörte, als ihr Rücken dagegen schlug. Ich hielt inne und begann mich zu entfernen.

„O Gott, sei bloß nicht so sanft zu mir", murmelte sie mit heiserer Stimme.

Ein weiterer inniger, elektrisierender Kuss folgte und dann befreite sie sich aus meinem Griff und riss mir die Jeans auf. Bevor ich mich aufraffen konnte, die Kontrolle zu übernehmen, schob sie meinen Slip nach unten, drehte sich herum und drückte mich gegen die Tür.

Ihre Hand schloss sich um meinen Ständer,

nachdem er befreit war. Ich stöhnte auf, mein Schwanz war steinhart vor Verlangen, ein Lusttropfen lief bereits an meiner Eichel herunter. Ich sah auf sie hinab, ihr Haar war ein wildes Durcheinander um ihr Gesicht, ihre Wangen errötet und ihre Lippen geschwollen.

Ihre Zunge fuhr heraus und wirbelte um die Spitze meines Schwanzes herum, wobei sie den Lusttropfen ableckte und ein verschmitztes Lächeln ihre Lippen umspielte. Meine Knie wollten nachgeben. Ich strich ihr das Haar aus dem Gesicht und hatte mich kaum unter Kontrolle, als sie mich vollständig in ihren Mund nahm.

Mit ihren warmen, feuchten Lippen, die sich an meinem Schwanz auf und ab arbeiteten, ihrer Hand, die sich um den Ansatz meines Schwanzes legte, und ihrem feuchten Griff, der im Rhythmus ihres Mundes vor und zurück glitt, brachte sie mich nahe an meine Belastungsgrenze. Ich donnerte meiner Erlösung schneller entgegen, als ich wollte.

„Lucy, ich brauche ...“

Was immer ich sagen wollte, ging in der Welle der Lust unter, die mich überrollte, als ich in ihrem Mund kam. Sie trank meine Erlösung und zog sich zurück, als ich gegen die Tür sackte.

Ihre Zunge strich über ihre Lippen und löste in mir einen weiteren Lustschrei aus. Ich glaubte nicht, dass ich jemals genug von ihr bekommen würde. Ich zog sie hoch und drückte sie an mich. Ich wollte mit ihr nach oben gehen, um mit ihr zu schlafen. Aber sie wollte nichts davon wissen.

Sie zerrte an meinem Shirt und stieß mich fast aus dem Gleichgewicht. Mit einem Lachen ließ ich sie auf den Boden neben der Couch sinken und zog an ihrer Kleidung, riss ihre Bluse auf und schob ihre Jeans nach unten. Ich war immer noch jedes Mal überrascht, wenn ich ihre Unterwäsche sah - heute Abend war sie aus leuchtend rosa Baumwolle.

Ich griff zwischen ihre Schenkel und fand den von ihrer Erregung durchtränkten Stoff. Ich ließ meine Finger darüber gleiten und genoss das Zischen ihres Atems. Sie biss sich grinsend auf die Lippe und blickte zu mir. Ich starrte sie an, wie sie so vor mir stand, die Bluse offen, die Brustwarzen steif gegen die Seide ihres BHs gedrückt. Ich beugte mich vor und strich mit meiner Zunge darüber. Sie schrie auf und krümmte sich mir entgegen, und ich konnte nicht länger warten. Ich brauchte sie nackt. Ich zog ihr den BH aus, schob ihr Höschen nach unten und drehte sie um. Ich löste den rosafarbenen Baumwollstoff von ihrem Knöchel, und ihre Hände krallten sich in die Rückenlehne des Sofas.

Die süße Wölbung ihrer Wirbelsäule und der Anblick ihres üppigen Hinterns brachten mich fast um den Verstand.

Kapitel Dreiundzwanzig

LUCY

Meine Hände umklammerten die Rückenlehne der Couch, meine Finger gruben sich in den gepolsterten Stoff. Levi löste seine Finger aus meinen Haaren, seine Handfläche glitt mit brennender Hitze meine Wirbelsäule hinunter. Ich wölbte mich unter seiner Berührung und verlangte verzweifelt nach mehr.

Die heiße, samtige Haut seines Schafts streifte meinen Po, bevor er seine Hand zwischen meine Schenkel schob und mit seinem Knie meine Beine auseinander drückte, während seine Finger ihren Weg zwischen meine Schamlippen fanden. Ich war durchtränkt von dem Verlangen nach ihm.

Ich erkannte mich selbst kaum wieder, als ich aufschrie und seinen Namen stöhnte. Plötzlich murmelte Levi noch etwas, bevor er schnell zurücktrat. Ich richtete mich auf und warf einen Blick über meine Schulter. „Wo …"

„Kondom", stieß er schroff hervor. „Ich muss nur kurz nach oben."

Ich schüttelte heftig den Kopf. „Nicht nötig. Ich nehme die Pille."

Er starrte mich an, seine Augen bohrten sich in meine. Ich fühlte mich plötzlich verletzlich.

„Ich weiß nicht, was ich mir dabei gedacht habe. Ich meine ..." begann ich zu sagen.

Er schüttelte heftig den Kopf, seine Hände legten sich wieder um meine Hüften.

Ich nahm schon jahrelang die Pille. Es war mehr eine Sache der Bequemlichkeit als alles andere. Trotzdem hatte ich noch nie Sex ohne Kondom gehabt. Nicht einmal bei dem schicksalhaften Verlust meiner Jungfräulichkeit. Obwohl der Typ sich hinterher wie ein Idiot benommen hatte, hatte er ein Kondom benutzt.

Ich starrte Levi über meine Schulter an. Seine Hand auf meiner Hüfte war ein heißes Brandzeichen, das uns zusammen versengte. Ich wollte nicht, dass er nach oben rannte, um ein Kondom zu holen. Ich wollte nichts, was mich zum Nachdenken anregen würde. Ich schüttelte wieder den Kopf und drückte meine Hüften gegen ihn.

„Ich brauche dich", sagte ich grob.

Ich riss mich von seinem Blick los. Er war zu intensiv, der Moment zu intim.

„Okay", sagte er leise. „Bist du..."

Ich unterbrach ihn in der Erwartung, dass er fragen würde, ob ich sicher sei. „Ich hätte nichts gesagt, wenn ich es nicht wäre."

Ich wollte nicht nachdenken, ich wollte mich in den Gefühlen verlieren. Er trat näher, die Spitze seines Schwanzes glitt durch meinen Spalt. Er war hart und dick, obwohl er erst vor wenigen Augenblicken in meinem Mund gekommen war. Ich spürte einen Anflug von Erleichterung, weil ich wusste, dass er mich vielleicht ebenso sehr brauchte wie ich ihn. Er reizte mich und benetzte seinen Schwanz mit meinen Säften, während er ihn hin und her zog.

Nach einem weiteren leisen Stöhnen, in dem ich ihn anflehte, mir zu geben, was ich brauchte, tat er es schließlich. Er versank in mir, langsam und sicher, dehnte mich und füllte mich aus. Er schob sich bis zum Anschlag in mich hinein und hielt einen Moment inne, seine Hände umfassten meine Hüften. Ich wölbte mich zurück und drückte mich ihm entgegen. Seine Handfläche glitt meine Wirbelsäule hinauf, seine Berührung hinterließ eine Flammenspur auf meiner Haut, die Funken in das Feuer schickte, das bereits in mir brannte.

Ich stand innerlich und äußerlich in Flammen, geriet außer Kontrolle, und es war mir egal. Mein Verlangen nach ihm war wie ein innerer Sturm, der mich in einen Rausch trieb. Seine Hand griff in mein Haar, als er anfing, ungezügelt wieder und wieder in mich hineinzustoßen. Ich tanzte am Rande des Abgrunds. Er murmelte heiße, schmutzige Dinge in mein Ohr.

„Lucy, du machst mich verrückt. Du bist so verdammt heiß."

Als ich aufstöhnte, als er zügellos in mich eindrang, murmelte er: „Deine Muschi fühlt sich so verdammt gut an, so eng."

Die ganze Zeit über keuchte ich, stöhnte und schrie seinen Namen bei jedem Stoß. Dies war kein sanftes Einfordern, es war rau und heftig - genau das, was ich brauchte. Nur so konnte ich mein endloses Verlangen nach ihm stillen.

Nach einem weiteren tiefen Stoß spürte ich, wie er sich zu verkrampfen begann. Er lockerte seinen Griff um meine Hüfte, streckte seine Hand aus und fuhr mit seinen Fingern über meinen Kitzler.

Mein Höhepunkt überrollte mich, die Lustwelle traf mich wie Funken auf Metall und verteilte sich überall in mir. Ich war halb erschlafft und hörte kaum seinen gutturalen Schrei, als die Hitze seiner Entladung mich erfüllte.

Ich stand da, hielt mich mit den Händen an der Rückenlehne der Couch fest und senkte den Kopf, während ich nach Luft schnappte. Levi richtete sich langsam auf, seine Hände hielten mich an den Hüften fest. Mein Herz klopfte wie wild, und das lag nicht nur an der Anstrengung. Plötzlich wollte ich weinen, nicht aus Traurigkeit, sondern wegen der Tiefe der Gefühle, die mich durchströmten.

Ich wusste nicht, was ich mit all dem anfangen sollte. Also versuchte ich einfach, zu Atem zu kommen, ohne zu merken, wie viel Zeit verging. Ich merkte nicht, dass mir kalt wurde, bis er sprach.

„Dir ist kalt", sagte Levi, seine Hände glitten über meine Haut, seine Berührung war warm und beruhigend. Ich hob den Kopf, schaute über meine Schulter und hoffte, dass das schummrige Licht die Tränen verdeckte, die mir in die Augen traten.

„Scheint so."

Er wich zurück, doch bevor ich das Gefühl, dass er mich ausfüllte, vermissen konnte, hob er mich in seine Arme und trug mich die Treppe hinauf. Er stolperte fast auf der Treppe.

Ich kicherte und fühlte mich ergriffen und schwindlig. „Das hat man davon, wenn man versucht, die Treppe mit halb angezogenen Jeans hochzugehen."

Ich spürte sein Lächeln in meinem Haar. „Wie wahr", sagte er, als er die oberste Stufe verließ und schnell ins Bad ging.

Innerhalb weniger Sekunden füllte Wasserdampf das Badezimmer, und er zerrte mich unter die Dusche, nachdem er mir geholfen hatte, meine Schiene abzunehmen. Heißes Wasser prasselte auf uns herab. Es dauerte ein paar Augenblicke, bis ich die Tatsache verinnerlicht hatte, dass ich nun schon zum zweiten Mal mit ihm duschte. Ich hatte noch nie zuvor mit jemandem geduscht.

Ich, mit meinen One-Night-Stands einmal im Jahr. Wenn überhaupt. Ich hätte mich früher nie auf die Intimität einer Dusche einlassen. Ich sah zu ihm hinüber, als er seinen Kopf unter den Wasserstrahl hielt, um das Shampoo auszuspülen, und Wasser und Seifenblasen über seinen Körper liefen.

Es sollte verboten werden, dass jemand so aussah, wie er es tat. Mir lief das Wasser im Mund zusammen, wenn ich ihn nur ansah, und es war erst wenige Augenblicke her, dass mein Kanal um seinen Schwanz gebebt hatte. Ich sollte gesättigt sein, aber ich begann zu bezweifeln, dass ich das jemals sein würde, wenn es um Levi ging.

Seine Haut war gebräunt, sein Körper gestählt, aber nicht von irgendwelchen Fitnessstudio-Besuchen. Vielmehr war seine Fitness reine, rohe Männlichkeit. Er hatte einen gefährlichen Job, einen Job, der raue Stärke und Härte erforderte. Mit geschlossenen Augen, während sich das Wasser über ihn ergoss, sah ich mich satt, meine gierigen Augen glitten über seine muskulöse Brust, an seinen Hüften hinunter zu seinen starken Beinen. Selbst im Ruhezustand gab es keinen Zentimeter an ihm, der nicht hart war. Ein Grinsen kräuselte sich um meine Mundwinkel, als ich mich korrigierte. In diesem speziellen Moment war sein Schwanz nicht hart ... obwohl er es normalerweise in meiner Nähe war.

Ich hatte nie viel über die Macht nachgedacht, die ich über einen Mann haben könnte. Doch bei

Levi fühlte ich mich mächtig und verletzlich zugleich.

Seine Augen öffneten sich, als er den Kopf hob und meinen Blick durch das Wasser und den Dampf hindurch auffing. Blitzschnell legte sich seine Hand um die meine, und er zog mich an sich, senkte den Kopf und küsste mich. Mein Herz pochte heftig in meiner Brust. Ich konnte nichts davon kontrollieren, und ich hätte ohnehin nicht gewusst, wie.

Ich rang innerlich um Fassung und hörte dann auf, mich darum zu bemühen. Ich ließ mich in das Gefühl seines harten, muskulösen Körpers an meinem fallen, das heiße Wasser und der Dampf hüllten uns in unsere eigene kleine Welt ein. Ich könnte ihn tagelang küssen, tagelang, ohne Luft zu holen.

Als er sich zurückzog und mein nasses, verfilztes Haar aus der Stirn strich, fing ich seinen Blick auf. „Das kannst du wirklich gut.“

Er grinste, eines dieser köstlichen Grinsen, bei denen sich einem der Bauch umdreht. „Was genau?“

„Küssen.“

„Ich glaube nicht, dass es an mir liegt. Ich glaube, es liegt an uns.“

Der Moment fühlte sich plötzlich schwer an. Ich wollte weglaufen, aber ich konnte nicht. Denn ganz gleich, wie sehr mich das ängstigte, das Bedürfnis, ihm nahe zu sein, überlagerte jeden anderen Instinkt. Er sah mir in die Augen, ohne ein Wort zu sagen, und es war, als spürte er die Angst, die in mir aufkeimte.

Mit einem leichten Lächeln erhellte er den Moment. „Nun, jetzt ist dir warm.“

Ich war niemand, der viel kicherte, aber Levi brachte mich zum Kichern. Viel mehr, als ich zugeben wollte. Kichernd blickte ich durch den Dampf zu ihm auf. „Das stimmt.“

Er stellte das Wasser ab, stieg aus der Dusche und reichte mir das Handtuch.

Wie durch ein Wunder hatte er daran gedacht, mich daran zu erinnern, meine Schiene abzunehmen, bevor wir duschten. Ich wollte nicht mit ihr an meinem Handgelenk schlafen und sagte das auch. Er öffnete den Mund, als wollte er widersprechen, und schloss ihn dann gleich wieder.

„Also gut, ich werde sie tragen. Ich kann es echt kaum erwarten, nächste Woche zum Arzt zu gehen."

Das Nächste, was ich wusste, war, dass er uns ins Bett brachte. Sein Bett war weich, die Baumwollbettwäsche kühl auf meiner Haut. Ich machte mir nicht einmal die Mühe, mich nicht an ihn zu kuscheln. Mit ihm einzuschlafen war, als hätte ich meine eigene persönliche Heizung. Ich versuchte, mich einzurichten, ohne mit meiner lästigen Schiene gegen ihn zu stoßen, als seine Stimme über meinem Kopf erklang.

„Ich merke es nicht einmal. Sobald ich im Bett bin, schlafe ich nur noch, wenn ich bei dir bin. Na ja, außer beim Sex", bot er an.

Ich konnte sein Lächeln in meinem Haar spüren. Ich kicherte und ließ meine Hand auf seine Brust fallen. Ich schlief leicht ein und fühlte mich in seiner Umarmung warm und geborgen.

Kapitel Vierundzwanzig

LEVI

Ein paar Tage später klopfte ich an die Küchentür meines Elternhauses, bevor ich eintrat. „Hey Mom", rief ich. „Hab deine SMS bekommen."

Das Geräusch von Schritten erreichte mich, als sie die Treppe herunterkam und durch den Flur in die Küche ging. Ihr blondes Haar war mit einem Bleistift zu einem Dutt hochgesteckt.

„Hallo, Schatz", sagte sie, als sie an meine Seite trat und mir einen Kuss auf die Wange gab. „Kaffee?"

„Natürlich", antwortete ich, während ich meine Jacke auszog und sie auf den Kleiderständer neben der Tür warf. „Was stimmt denn mit deinem Geschirrspüler nicht?"

„Nun, wenn ich wüsste, was damit nicht stimmt, hätte ich dich nicht gerufen."

Ich gluckste. „Wie wahr. Du reparierst die Dinge gerne selbst, wenn du kannst, genau wie Lucy."

Ich hatte nicht beabsichtigt, dass mir das herausrutscht. Nun gut.

Meine Mutter wandte sich von der Kaffeekanne ab und reichte mir einen Becher. Einfacher schwarzer

Kaffee, genau wie ich ihn mochte. Ich nahm einen Schluck und machte mich darauf gefasst, dass sie das, was ich gerade gesagt hatte, kommentieren würde.

Sie enttäuschte mich nicht. „Lucy scheint eine unabhängige Frau zu sein. Ich mag sie", sagte sie mit Nachdruck.

Ihr aufmerksamer Blick musterte mich, aber ich hatte nichts zu verbergen.

„Ich bin froh, dass du sie magst", sagte ich schließlich. „Ich mag sie auch."

Sie lächelte langsam. „Das habe ich gemerkt."

Ich stellte meinen Kaffee ab und ging zum Geschirrspüler. Nachdem ich einen Moment daran herumgefummelt hatte, blickte ich zu ihr. „Hast du den Abfluss überprüft?"

„Ich habe es versucht, aber ich kriege ihn nicht aufgeschraubt."

Ich öffnete die Tür, kniete mich hin und lehnte mich in den Geschirrspüler. Ich hörte, wie sie sich gegen die Arbeitsplatte in der Nähe lehnte, während ich arbeitete. Der Abfluss war der wahrscheinliche Übeltäter, und er ließ sich nicht so leicht lösen.

„Ganz im Ernst: Lucy ist wunderbar. Ich habe ihre Mutter nach ihr gefragt", sagte sie plötzlich.

Ich stöhnte auf und wünschte, meine Mutter wäre nicht so verdammt neugierig. Da mein Kopf zu diesem Zeitpunkt in der Spülmaschine steckte, konnte sie nicht sehen, wie ich mit den Augen rollte, und das war wahrscheinlich auch gut so.

„Mom, ich weiß, dass du dich um mich sorgst, und ich weiß, dass du neugierig sein wirst, aber bring Lucy nicht in Verlegenheit. Bitte", sagte ich, wobei meine Stimme durch die Spülmaschine gedämpft wurde.

„Jody wird nichts sagen. Ich kenne sie mittlerweile ziemlich gut. Nachdem du Lucy zum Essen mitgebracht hattest, wollte ich einfach ein bisschen mehr über sie erfahren. Sie ist reizend und intelligent, aber sie ist sehr zurückhaltend. Sie wirkte ein wenig, nun ja, ich weiß nicht, vorsichtig? Ich würde nicht unbedingt sagen, dass sie schüchtern ist, aber ..."

Ich lehnte mich aus dem Geschirrspüler mit einer Handvoll Dreck, der sich im Abfluss festgesetzt hatte. Meine Mutter setzte ihren Kaffee ab und holte schnell den Mülleimer für mich. Ich stand auf und wusch mir die Hände im Waschbecken.

„Vorsichtig ist wahrscheinlich das richtige Wort. Was hattest du gehofft, dass ihre Mutter dir sagen würde?", fragte ich.

Ich konnte nicht anders, aber ich war verdammt neugierig. Lucy sprach vielleicht nicht viel darüber, aber es war klar, dass sie ihrer Mutter nicht besonders nahestand.

Während meine Mutter aufräumte, kontrollierte ich den Geschirrspüler erneut. Nachdem ich das Bedienfeld neu eingestellt hatte, sprang er sofort an. Ich nahm meinen Kaffee und lehnte mich gegen die Arbeitsplatte, um auf meine Mutter zu warten.

Sie warf ein Papiertuch in den Mülleimer, setzte sich wieder an ihren Platz am Tresen und nahm einen kräftigen Schluck Kaffee. „Nun, ich wusste nicht, was ihre Mutter mir erzählen würde, aber ich habe einiges erfahren. Sie sind hierher gezogen, nachdem Lucy ein Jahr lang in einer Pflegefamilie war."

Mir blieb der Mund offen stehen, als ich sie anstarrte. „Was?", gelang es mir schließlich zu sagen.

„Du siehst genauso schockiert aus, wie ich es war. Ihr Vater hat sie misshandelt, und ihre Mutter hat ihn jahrelang nicht verlassen können. Laut ihrer Mutter war er nur einmal gewalttätig Lucy gegenüber, aber deshalb kam sie in ein Pflegeheim."

Wut durchfuhr mich, heiß und brennend. Meine Finger umklammerten die Kante der Arbeitsplatte, und ich hatte das Bedürfnis, auf etwas einzuschlagen. Doch der Mann, den ich schlagen wollte, war nicht in der Nähe, und es wäre definitiv *nicht* in Ordnung, wenn ich auf die Wand in der Küche meiner Mutter einschlagen würde.

Ich war innerlich aufgewühlt und versuchte, zu viel auf einmal zu begreifen. Der Blick meiner Mutter fiel auf mich. Ich musste ausdruckslos dreingeschaut haben, denn ich war wie betäubt, also fuhr sie fort. „Ihre Mutter hatte nicht die Kraft, ihren Vater zu verlassen, und so kam Lucy für ein Jahr zu Pflegeeltern. Sie zogen nach Willow Brook, als Jody endlich den Mut hatte, sich zu trennen. Sie sagte, sie wusste, dass sie in einen anderen Bundesstaat ziehen müsse, um von ihm wegzukommen, und das taten sie dann auch.“

Ich schluckte den Rest meines Kaffees, ich brauchte die Bitterkeit, rang um Fassung. Unruhig stieß ich mich von der Arbeitsplatte ab und nahm mir eine weitere Tasse Kaffee.

„Ihre Mutter weiß, dass du Lucy zum Essen eingeladen hast, weil ich es erwähnt habe. Sie hat sich sehr gefreut zu hören, dass Lucy sich mit dir trifft.“

Hier hielt meine Mutter inne, lange genug, um mich darauf hinzuweisen, dass sie wahrscheinlich mehr wusste und es mir nicht sagte. „Was zum Teufel verschweigst du mir?“

Sie musterte mich aufmerksam und setzte ihren Kaffee ab. „Du musst es von Lucy hören, nicht von mir.“

Ich starrte meine Mutter an. „Blödsinn.“

Ihr Blick wurde weicher. „Schatz, ihre Mutter hat

es mir im Vertrauen gesagt, vor allem, weil ich glaube, dass sie sich Sorgen um Lucy macht."

Ihr Blick war ruhig, beständig und unerbittlich. Ich nahm einen schnellen Schluck Kaffee, versuchte wie der Teufel, all das zu verarbeiten und fühlte mich hilflos.

„Ich nehme an, es wäre verrückt, wenn ich nach Kalifornien fliege, um ihrem Vater in den Arsch zu treten?"

Meine Mutter sah mich mit traurigen Augen an. „Es wäre nicht verrückt, aber ich glaube nicht, dass es helfen würde. Solange Lucy es nicht ausdrücklich wünscht, dass du dich einmischst, würde es nichts ändern", sagte sie leise.

„Ich könnte ihn verdreschen, so wie er sie verdroschen hat", sagte ich mit leiser Stimme, und die Wut vibrierte in mir.

Meine Mutter trat zu mir und nahm mein Gesicht in ihre Hände, während sie zu mir aufblickte. „Ich liebe dich. Du warst immer ein guter Junge, als du klein warst, und du bist ein guter Mann. Ich verstehe vollkommen, warum du das vielleicht tun willst, aber du darfst das nicht an dich ran lassen. Wenn Lucy nicht will, dass du dich einmischst, dann halte dich einfach raus", sagte sie und ihre Hände glitten hinunter, um meine Schultern zu drücken, bevor sie zurücktrat.

Emotionen und Wut bündelten sich in einem heftigen Sturm in mir. Doch ich wusste, dass meine Mutter recht hatte. Dies war Lucys Geschichte, und ich konnte nicht einfach so wutentbrannt in sie hineinstürmen. Sie war hierher gezogen, als sie in der Oberstufe der Highschool war, es war also schon über zehn Jahre her.

„Wie soll ich bloß mit Lucy darüber reden?", fragte ich und schaute zu meiner Mutter.

Sie nippte an ihrem Kaffee, ihr Blick war nachdenklich. „Es gibt für alles eine Zeit und einen Ort, und du wirst es erkennen, wenn die Zeit reif ist."

Ich nahm einen weiteren Schluck Kaffee, genau das, was ich in diesem Moment brauchte. Ich wusste, dass sie recht hatte. Ich würde warten müssen, und hoffentlich würde Lucy es mir selbst sagen.

Kapitel Fünfundzwanzig

LEVI

Als ich in der folgenden Woche die Verandatreppe hinaufging, stellte ich erfreut fest, dass Lucy vor mir zu Hause angekommen war. Ich hatte heute erfahren, dass meine Mannschaft für einen Einsatz bei einem Feuer im Landesinneren von Alaska eingeteilt war, das einfach nicht aufhören wollte. Die Winde hatten wieder gedreht und das Feuer in die Richtung mehrerer historischer Dörfer getrieben.

Ich wollte mehr Zeit mit Lucy verbringen, bevor ich für mehr als eine Woche unterwegs sein würde. Als ich die Tür hinter mir schloss, sah ich sie an der Küchentheke stehen, auf der die Einkäufe verstreut waren. Sie sah verwirrt aus. Mein Blick wanderte nach unten und ich bemerkte, dass die markante blaue Schiene an ihrem Handgelenk verschwunden war. Ich zog meine Stiefel aus und hängte meine Jacke an den Haken neben der Tür, ging direkt auf sie zu, beugte mich zu ihr und drückte ihr einen Kuss auf den Hals.

Ich konnte nicht sagen, warum, aber in den letzten Tagen schien sie sich in meiner Nähe wohler zu fühlen, so als würde sie endlich ihre Schutzmauer abbauen.

„Deine Schiene ist ab", murmelte ich, während ich meine Arme um sie schlang und meine Hände auf der weichen Wölbung ihres Bauches ruhten.

Ihre Augen schauten von der Seite zu mir hoch. „Endlich", sagte sie und ein leichtes Lächeln umspielte ihre Lippen.

„Gibt es etwas, was du beachten sollst?", fragte ich.

Eine ihrer Schultern zuckte gegen meine Brust. „Nur, dass ich es ruhig angehen lassen und es nicht übertreiben soll."

„Ah, ich bin sicher, dass du das hinkriegst", antwortete ich kichernd.

Sie klopfte mir mit dem Handrücken auf die Brust. „Definitiv!"

Ich überprüfte die Lebensmittel-Sammlung auf dem Tresen. Seit meiner letzten Bemerkung über ihre interessante Auswahl an Lebensmitteln war sie nicht mehr einkaufen gegangen.

„Wofür ist das alles?", fragte ich.

„Ich mach heute das Abendessen", verkündete sie entschlossen.

„Oh", sagte ich und versuchte, meine Besorgnis aus meinem Tonfall herauszuhalten.

Ich blickte von den Lebensmitteln zu ihr, ein Lächeln umspielte meine Mundwinkel. Ihr Blick wanderte zu mir, und sie biss sich mit den Zähnen auf die Unterlippe, wobei ihre Augen verschmitzt funkelten.

Ich sah mir an, was auf der Theke verstreut lag, verschiedenes Gemüse und Reis. „Was gibt es denn?", fragte ich schließlich.

„Hähnchen-Fajitas." Es folgte eine lange Pause, bevor sie wieder sprach. „Aber ich habe das Hähnchen vergessen“, erklärte sie und ein verlegenes Grinsen umspielte ihre Lippen.

„Ohne Hähnchen kann man keine Hähnchen-Fajitas machen“, bemerkte ich.

Sie schüttelte seufzend den Kopf. „Das glaube ich auch.“

Sie drehte sich in meinen Armen. „Ich wollte dich überraschen. Deine Mutter hat mir erzählt, dass du Chicken Fajitas liebst.“

Als ihre Augen die meinen trafen und ihre Wangen erröteten, zog sich mein Herz in meiner Brust zusammen.

Ich war erledigt. Ich hatte mich so sehr in Lucy verliebt, dass ich mich beherrschen musste, um nicht damit herauszuplatzen. Aber ich musste vorsichtig mit ihr sein. Sie war von Natur aus schreckhaft. Es bedeutete mir so unendlich viel, dass sie irgendwie herausgefunden hatte, dass dies eines meiner Lieblingsgerichte aus meiner Kindheit war und dass sie es nun für mich machen wollte.

Ich versuchte, mir das Gespräch mit meiner Mutter vorzustellen. Die Tatsache, dass Lucy dieses kleine Detail irgendwie herausgefunden hatte, ließ die Emotionen in meinem Herzen kreisen und in meiner Kehle einen Knoten bilden. Ich schluckte ihn hinunter.

„Ich habe etwas Geflügel im Gefrierschrank“, bot ich an und bemühte mich um einen lockeren Ton. „Hast du schon mal Hähnchen-Fajitas gemacht?“

Sie schüttelte schnell den Kopf und griff dann in die Vordertasche ihrer Jeans, zog einen Zettel heraus und reichte ihn mir.

In ihrer Schrift war das Rezept meiner Mutter dahingekritzelt. Ich kannte es auswendig, weil meine Mutter es so oft gemacht hatte.

„Woher hast du dieses Rezept?"

Als ich wieder zu Lucy hinübersah, waren ihre Wangen immer noch gerötet. „Ich habe deine Mutter gefragt. Ich wollte dich überraschen, aber du bist früher nach Hause gekommen, als ich dachte. Außerdem kann ich nicht besonders gut kochen, aber das weißt du ja."

„Ich kann dir helfen", bot ich an.

Das Lächeln, das ihre Lippen umspielte, war so breit, dass ich nicht anders konnte, als sie an mich zu ziehen. Sie kicherte, als ich sie an mich drückte und ihr Lächeln mit meinem Kuss stahl.

———

Später in dieser Nacht, die als eine der besten Nächte überhaupt in die Geschichte eingehen sollte, lag ich mit Lucy an meiner Brust im Bett. Ihre Haut war feucht an meiner, und unser Atem ging stoßweise. Mein Schwanz steckte noch immer tief in ihrem glitschigen Kanal. Ich hatte mich gerade in ihr verausgabt, während sie in meinen Armen ihrem Höhepunkt entgegengeritten war. Ihre Beine waren an meinen Seiten angewinkelt, und ihre üppigen Kurven drückten sich an mich, wo sie zusammengebrochen war, nachdem sie meinen Namen geschrien hatte.

Als sich mein Herzschlag verlangsamte und ich wieder zu Atem kam, hörte ich Ham ins Schlafzimmer huschen, seine kleinen Füße scharrten auf dem Parkettboden. Ich spürte Lucy an meiner Brust lächeln.

„Ich finde es toll, dass du einen Hamster hast", sagte sie mit einem kleinen Lachen, wobei ihr Atem über meine Haut wehte.

Ich strich ihr mit der Hand durch das Haar und

fuhr langsam ihre Wirbelsäule hinunter, und ein Lächeln umspielte meine Mundwinkel.

„Jasmine hat ihn mir geschenkt. Ich dachte, es sei albern, aber sie sagte, ich bräuchte Gesellschaft. Meine Schwester ist manchmal ein bisschen herrisch. Aber ich bin froh darüber. Er ist ein lustiger kleiner Kerl.“

Ich hielt inne und merkte, dass ich ihr sagen musste, dass ich in ein paar Tagen ins Hinterland fahren würde. Ich wollte nicht gehen. Sie musste gespürt haben, dass ich angespannt war, denn sie hob ihren Kopf und legte ihr Kinn auf meine Brust.

Das Mondlicht fiel durch mein Fenster, sodass ich ihre blauen Augen in dem silbrigen Licht deutlich sehen konnte.

„Was ist?“, fragte sie.

„Ich wollte gerade sagen, dass die einzige Herausforderung darin besteht, dass jemand vorbeikommen und sich um Ham kümmern muss, wenn ich mal längere Zeit nicht hier bin. Normalerweise machen das meine Eltern, und in dem Atemzug fällt mir ein, dass wir übermorgen zu einem Feuer im Norden müssen.“

„Morgen?“, fragte sie und ihre Augen weiteten sich leicht.

Ich spürte, wie sich ihr Herzschlag an meiner Brust beschleunigte.

„Nicht morgen. Übermorgen.“ Ich hielt inne und dachte über meine Worte nach. Ich schob meine Vorsicht beiseite. „Ich hatte gehofft, ich könnte dich bitten, dich um Ham zu kümmern, während ich weg bin.“

Sie hielt still, aber ich spürte die Spannung in ihrem Körper und konnte praktisch sehen, wie sich die Räder in ihrem Kopf drehten. Sie dachte immer so intensiv über alles nach.

Nach einem kurzen Moment, als ich schon Angst hatte, dass sie mir sagen würde, dass sie nicht könne, nickte sie.

„Ja, natürlich. Ich bin ja sowieso hier", sagte sie leise, mit leicht vorsichtigem Blick.

„Danke. Ham mag dich."

Lucy kicherte, und der vorsichtige Blick in ihren Augen löste sich auf. „Meinst du?"

„Sicher tut er das. Er hat vorhin auf deinem Schoß geschlafen."

Nach dem Abendessen hatten wir es uns auf dem Sofa gemütlich gemacht, und Ham hatte sich tatsächlich auf ihren Schoß gekuschelt.

Meine Hand glitt immer noch in langsamen Zügen an ihrem Rücken auf und ab. Sie beobachtete mich, ihre Augen fuhren über mein Gesicht.

„Ich bin sicher, dass ich bald eine eigene Wohnung finden werde", sagte sie plötzlich.

Für einen kurzen Moment stotterte mein Herz und ein scharfer Schmerz durchdrang mich. Meine Hand erstarrte und dann zwang ich sie, weiter über ihre seidige Haut zu streichen. Ich wollte sagen: *„Geh nicht weg. Bleib bei mir."*

Doch das tat ich nicht. „Du kannst gerne den Winter über hier bleiben, wenn du magst", hörte ich mich sagen.

Ihr Blick suchte mein Gesicht ab, während mir meine Worte und Gefühle im Hals stecken blieben. Einen Moment lang dachte ich, sie würde nicht antworten, aber dann nickte sie.

„Danke", sagte sie leise. „Ich bin immer noch auf der Suche nach einer Wohnung. Ehrlich gesagt, hätte ich vielleicht mehr Glück bei der Suche nach einer Saisonwohnung für den Winter."

Ich schluckte gegen das Gefühl an, das jeden Muskel in meinem Körper anspannte, und zwang mich, meine Berührung leicht und einfach zu halten. Ich wollte sie festhalten und ihr sagen, dass sie nicht alles allein machen musste.

Sie sah mich an und kaute auf der Innenseite ihrer Wange herum, eine Angewohnheit, die mir aufgefallen war, wenn sie sich über etwas Sorgen machte.

Ihre Finger fuhren sanft über meine Brust. „Du fährst also übermorgen?" Als ich nickte, fuhr sie fort. „Für wie lange?"

„Das wissen wir nicht immer. Normalerweise sind es ein oder zwei Wochen, aber es kann auch mal länger dauern, je nachdem, was mit dem Feuer passiert und wie die Wetterbedingungen sind."

In der Stille erschreckte sie mich, als sie eine Fingerspitze hob und meine Augenbrauen nachzeichnete. „Ich hoffe, du bist nicht zu lange weg."

Ihre Worte trafen mich hart, und ich wollte mehr sagen, aber die Unsicherheit in ihren Augen hielt mich zurück. Ich nickte einfach.

Ihre Berührung glitt an meinem Wangenknochen entlang und endete in der Kurve meines Halses. Sie lehnte ihren Kopf wieder an meine Brust, ihr Atem strich über meine Haut. Wir schliefen einfach so ein.

Kapitel Sechsundzwanzig

LUCY

Am nächsten Tag hätte ich eigentlich gute Laune haben müssen. Endlich durfte ich mehr als nur leichte Arbeiten verrichten. Mein Arzt hatte mich lediglich ermahnt, es langsam anzugehen und mich nicht zu sehr anzustrengen.

Eine kühle Sommerbrise wehte mir ins Gesicht, während ich arbeitete. Ich liebte die Arbeit auf dem Bau, denn sie bedeutete, draußen zu sein. Die körperliche Anstrengung war befriedigend und brachte mich davon weg, mir den ganzen Tag über Sorgen zu machen. Die körperliche Arbeit und ihre Vorhersehbarkeit kamen mir sehr entgegen. Es gab nichts Ungewisses, wenn man ein Kantholz für einen Schnitt abmessen musste. Alles war in ordentlichen, organisierten Plänen angelegt.

Wenn das Leben nur so sein könnte, dann könnte ich mich vielleicht endlich entspannen. Ich war einmal bei einer Therapeutin gewesen, als ich in einer Pflegefamilie lebte. Sie war sehr nett, aber damals war ich so verbittert und des Lebens überdrüssig gewesen. Kein Kind sollte in der Highschool so müde vom Leben sein, dass es sich nur noch ein langweiliges Leben erhofft. Auch wenn ich endlich von meinem Vater losgekommen war, musste ich mir ständig Sorgen um meine Mutter machen. Ich war immer nervös und wartete stets darauf, dass die nächste schlechte Nachricht ins Haus kam.

Meine Therapeutin hatte mit mir über Traumata gesprochen und darüber, wie sie einen übermäßig wachsam machen können. Sie beschrieb das als ständige Wachsamkeit gegenüber allem, was einen umgab, und sie war der Meinung, dass das bei mir der Fall war. Obwohl ich es absolut hasste, zuzugeben, dass ich irgendwelche Schwächen hatte, hatte sie genau herausgefunden, wie ich mich die ganze Zeit über fühlte. Ich konnte mich nicht an eine einzige Zeit in meinem Leben erinnern, in der ich mich je entspannen konnte und mir keine Sorgen darüber machte, was als Nächstes kommen könnte.

Angst blühte in meiner Brust auf. Mit Levi fühlte sich alles so gut an. Obwohl ich mich dagegen gewehrt hatte, hatte ich mich fallen gelassen und es ein wenig zu sehr genossen.

Seine bevorstehende Abreise, mit der ich in Anbetracht seines Jobs durchaus gerechnet hatte, machte mich nervös und beunruhigte mich.

Das ist der Grund, warum du keine schönen Dinge haben kannst.

Meine abfällige, allwissende, zweifelnde Stimme verhöhnte mich.

Ich wurde aus meinen inneren Kämpfen gerettet, als Amelia an meiner Seite innehielt. „Ich glaube, wir haben jetzt genug", sagte sie mit einem Lachen in der Stimme.

Ich sah auf und entdeckte ihre bernsteinfarbenen Augen, die mich von der Seite ansahen. Als ich nach unten blickte, stellte ich fest, dass ich mehr Bretter zugeschnitten hatte, als wir für diesen Raum brauchten. Ich drehte mich wieder zu ihr um und rollte lachend mit den Augen.

„Ich habe den Überblick verloren. Es fühlt sich einfach so gut an, zwei Hände zu haben."

Sie sagte nichts, ihr Blick musterte mein Gesicht. Ich stöhnte innerlich auf. Amelia kannte mich besser als jeder andere.

„Ist alles okay?"

In dem Moment, in dem sie fragte, überkam mich ein unbekanntes Gefühl in der Brust. Ich war entsetzt. Ich hatte tatsächlich zugelassen, dass ich mich in Levi verliebte, und hatte es nicht einmal bemerkt. Ich hätte es besser wissen müssen, aber ich war noch nie verliebt gewesen, hatte nie daran gedacht, dass mir das passieren könnte.

Einen Moment lang überlegte ich, ob ich ihre Frage abtun sollte. Aber sie würde es wissen.

Ich beendete den Schnitt an dem Holz, das ich in der Hand hielt, und lehnte es zusammen mit den anderen ordentlich gestapelten Brettern an die Wand. Ich drehte mich um, stützte meine Hüften auf den Ständer der Tischsäge und sah zu ihr auf, wobei ich meine Arme verschränkte.

„Ich bin überfordert", sagte ich seufzend.

Allein, dass ich es laut aussprach, ließ mein Herz gegen meine Rippen klopfen.

Amelia lehnte sich an einen Sägebock mir gegenüber, zog schnell das Gummiband aus ihrem Pferdeschwanz und strich sich ihr Haar aus dem Gesicht, wo es sich gelöst hatte. Als sie es wieder zusammenband, musterte sie mich.

„Reden wir über Levi?", fragte sie schließlich.

Ich nickte, während mir heiße Tränen in die Augen stiegen.

„Ist das etwas Schlimmes?"

Ich nickte, vielleicht ein bisschen verzweifelt. Ihr Blick wurde weicher, als sie mich anstarrte. „Warum ist das so schlimm? Levi ist ein guter Kerl. Cade ist davon überzeugt, dass er auch in dich verliebt ist."

Mein Herz klopfte so stark und schnell, dass es schmerzte. Die Hoffnung flatterte wie Vögel aus einem Käfig in mir - dem Käfig, in dem ich die Hoffnung vor vielen Jahren weggesperrt hatte.

„Wie kommt Cade auf so was?", fragte ich, meine Stimme war voller Emotionen.

Als ich sprach, bemerkte ich nicht, dass mir die Tränen über die Wangen liefen, bis Amelia zu mir trat und mich in eine Umarmung zog.

Als sie sich zurückzog, holte sie tief Luft und seufzte. „Nun, dann habe ich wohl auch recht."

„Womit?", fragte ich und strich mir mit dem Ärmel über die Wangen.

„Oh, ich dachte, wenn du Levi eine Chance gibst, verliebst du dich in ihn. Bevor du dir darüber Gedanken machst, ich habe Cade nichts gesagt. Es ist mehr als nur Sex, hab ich recht? Obwohl ich wette, dass der Sex wahnsinnig gut ist", sagte sie grinsend, während sie einen Schritt zurücktrat und ihre Hüften wieder gegen den Sägebock stützte.

Ich schluckte gegen die Emotionen an, die sich in meiner Brust und Kehle bündelten. „Ich glaube, du hast recht. Aber ich kann das nicht tun."

„Warum nicht? Ich habe mich mit Cade überwunden. Das kannst du auch", sagte sie sanft.

Ich schüttelte den Kopf und versuchte, wieder zu Atem zu kommen. Mein Herz fühlte sich an, als wäre es roh gekratzt worden, der Schmerz brannte lichterloh.

„Es ist besser, wenn ich allein bleibe", sagte ich schließlich.

Amelia lehnte ihren Kopf zurück und starrte in den Himmel, als ein Adler rief und über uns hinwegflog, wobei seine Schwingen einen breiten Schatten auf den Boden warfen. Ich atmete mehrmals tief durch, aber der Schmerz in meinem Herzen ließ nicht nach.

Als sie mir wieder in die Augen schaute, sprach ich weiter. „Er sagte, dass die Mannschaft nach dem heutigen Tag abberufen wurde, wahrscheinlich für zwei Wochen."

„Ich weiß. Cades Leute gehen mit ihnen. Jetzt weißt du, wie ich mich immer fühle. Es ist total scheiße", sagte sie unverblümt. „Ich versuche mir ständig einzureden, dass sie besser als jeder andere wissen, wie man auf sich selbst aufpasst und wie man sich aus der Patsche hilft. Aber das macht es auch nicht leichter."

Ich straffte meine Arme und nickte. „Levi hat gesagt, ich kann den Winter über bleiben."

„Was ist daran ein Problem? Du brauchst eine Bleibe. Ich meine, du bist bei uns immer willkommen, sobald wir den Heizkessel installiert haben, aber er hat definitiv mehr Platz als wir."

„Ich kann nicht", antwortete ich und schüttelte heftig den Kopf.

„Es ist okay, jemanden zu brauchen", sagte Amelia schließlich.

Das Wort gefiel mir nicht. Instinktiv wollte ich es sofort zurückweisen. Ich hasste es, jemanden zu brauchen. Es stand für alles, was bei meiner Mutter schieflief. Sie konnte nicht den Mut aufbringen, meinen Vater zu verlassen, weil sie dachte, dass sie ihn brauchte, dass sie nicht das Zeug dazu hatte, eine alleinerziehende Mutter zu sein. Ich konnte nicht über die Tatsache hinwegsehen, dass mein Vater ihr Selbstwertgefühl auf null heruntermanipuliert hatte. Ich konnte nicht glauben, dass es eine gesunde Form dieses Wortes geben könnte.

„Das ist zu viel für mich, um darüber zu reden", sagte ich abrupt.

Ich drehte mich weg und richtete unnötigerweise die an der Wand lehnenden Reihen von Kanthölzern aus.

„Können wir bitte das Thema wechseln?", fragte ich, ohne Amelia anzuschauen.

„Natürlich", sagte sie schließlich. „Du weißt, dass ich da bin, wenn du reden willst."

Das war die Art von Freundin, die sie war.

In dieser Nacht lag ich neben Levi im Bett. Schon wieder. Ich hatte es aufgegeben, so zu tun, als würde ich im Gästezimmer schlafen. Heute Abend hatte er mich auf dem Küchentisch genommen, nachdem wir die Reste der Hähnchen-Fajitas gegessen hatten, die er gestern Abend zum größten Teil allein gekocht hatte. Alles, was ich getan hatte, war Gemüse schnippeln.

Ich war entspannt und gesättigt. Seine Finger fuhren durch mein Haar, wo mein Kopf an seine Schulter geschmiegt war.

Seine Stimme riss mich aus meinem schläfrigen Zustand. „Lucy?"

Ich hob den Kopf und blickte auf. „Hm?", fragte ich.

„Ich werde dich vermissen", sagte er schroff, und

seine Augen fingen meine im Mondlicht ein, das durch das Fenster fiel.

Einen Moment lang war ich verwirrt. Mein Körper hallte noch immer von den Echos meines Höhepunkts wider, und ich hatte praktischerweise vergessen, dass er am nächsten Tag abreisen würde. Für mindestens zwei Wochen. Die Zeit dehnte sich vor meinem geistigen Auge aus, ein Abgrund der Distanz zwischen uns.

Die Luft fühlte sich schwer an. Ich wusste, dass ich ihn vermissen würde - ganz akut.

Aber ich war nicht bereit für all das, und schon gar nicht bereit, mit ihm darüber zu sprechen. Der Blick in seinen Augen war entschlossen und suchend. Ich hatte das Gefühl, dass er direkt in mein Herz sehen konnte - in das einer fehlerhaften, verwirrten Frau, die nicht glaubte, dass sie etwas Liebe in ihrem Leben verdiente.

Ein Schuldgefühl durchzuckte mich. Er hatte den Mut, seine Gefühle auszusprechen. Er war ein geradliniger, direkter Mensch. Die Begegnung mit seiner Familie hatte alles noch schlimmer für mich gemacht. Ihn mit seinen Eltern zu sehen, hatte mich nur in dem bestärkt, was ich bereits wusste. Ich konnte über seine Neigung zu Neckereien hinwegschauen und den Kern von ihm sehen - ein starker Mann mit einem guten Herzen. Er hatte es verdient, mit jemandem zusammen zu sein, der mehr Mut hatte als ich.

Nach einem Moment flackerte das Bewusstsein in seinem Blick auf. Ohne dass ein Wort zwischen uns fiel, war es, als wüsste er, dass ich Angst hatte. Er wollte mich nicht drängen.

„Ich dachte nur, du solltest es wissen", sagte er schließlich.

Ich schluckte gegen die Enge in meiner Brust und

den pochenden Schmerz in meinem Herzen an. Dann überraschte ich mich selbst.

„Ich werde dich auch vermissen."

Seine Augen weiteten sich leicht, und dann strich er mir die Haare aus dem Gesicht und hob den Kopf leicht an, gerade so weit, dass er meine Lippen mit seinen traf.

Der Berührungspunkt war sanft und doch elektrisierend. Mein Herz klopfte so heftig, dass es sich anfühlte, als wäre ich gerade einen Marathon gelaufen.

Er zog sich zurück, sein Kopf fiel zurück in die Kissen, während seine Finger durch mein Haar und über meinen Rücken glitten. In kürzester Zeit hatte ich mich daran gewöhnt, dass er mir beim Einschlafen über den Rücken strich. Seine Berührung lullte mich direkt in den Schlaf.

Schlafen war mir noch nie leicht gefallen, aber mit Levi schien es überhaupt kein Problem zu sein. Mein Verstand lief nicht endlos in einem Hamsterrad aus Angst und Sorgen. Vielleicht lag es an der körperlichen Nähe, an der sinnlichen Befriedigung. Es überraschte mich, und sei es nur, weil ich wusste, dass ich mir Sorgen machen sollte - Sorgen darüber, wie wohl ich mich fühlte, wie sehr ich das Gefühl genoss, mit ihm vereint zu sein.

Ich schüttelte meine Gedanken ab und entspannte mich in seiner warmen Berührung. Mein Herzschlag verlangsamte sich, und ich fiel in den Schlaf.

Kapitel Siebenundzwanzig

LUCY

Seit Levi vor ein paar Tagen abgereist war, hatte er bereits angerufen, bevor sie aus Fairbanks abflogen und dann noch mal als sie in ihrem Basislager angekommen waren. Wie eine liebeskranke Irre ging ich ans Telefon. Jedes Mal. Bei den ersten beiden Anrufen hatte ich es geschafft, mich normal zu verhalten. Ich erzählte ihm, wie mein Tag war und dass ich Ham mit Möhren gefüttert hatte. Aber dann kam der letzte Anruf.

Wenn ich nur daran dachte, wurde mein Gesicht heiß. Ich hatte es ein paar hundert Mal wiederholt und konnte es immer noch nicht verwinden. Ich hatte etwas kolossal Dummes gesagt.

Alles begann, als er mir sagte, dass er mich vermisst. Eine Sekunde saugte ich seine Worte in mich auf. Dann war es wie ein Bumerang in mir. Ich konnte nichts davon auskosten. Ich vermisste ihn so sehr, dass mir buchstäblich das Herz wehtat, und ich war wütend darüber. Ich war unvorsichtig geworden, und jetzt hatte ich mir selbst eine Falle gestellt. Denn das konnte auf keinen Fall funktionieren. Ich war einfach nicht dazu bestimmt, eine Beziehung zu führen. Allein die Vorstellung machte mir Angst.

Als ich nichts sagte, drängte er ein wenig zu sehr.

„Lucy, du weißt, dass es gar nicht so schlimm ist, darüber zu reden, dass da etwas zwischen uns ist."

Meine schwelende Wut flammte heiß auf. Ich hasste es, über meine Gefühle zu sprechen. Jetzt wollte er auch noch, dass wir über uns sprachen? Nein. Echt nicht.

Ich nahm an, dass dies für jemanden, der das tat, was wir taten, ganz normal war. Aber ich konnte einfach nicht damit umgehen. Überhaupt nicht.

„Du verstehst das nicht", platzte ich heraus. „Es ist schlimm. Es gibt kein ‚glücklich bis ans Lebensende'. Nicht in meiner Welt."

Ich hörte seinen Atem zischen. „Warum sagst du das?", fragte er entkräftet.

In die Enge getrieben und verletzlich, schlug ich um mich, denn das war alles, was ich konnte.

„Levi, du hast keine verdammte Ahnung. Du hast eine perfekte Familie. Deine Eltern sind nett, und sie sind immer noch zusammen. Sie lieben dich, und sie würden alles für dich tun. Ich freue mich für dich. Das tue ich wirklich. Aber meine Familie ist nicht so. Mein Vater war furchtbar. Er hat meine Mutter während meiner ganzen Kindheit verbal und emotional miss-handelt. Manchmal hat er sie verprügelt, und dann hat er mich verprügelt ..."

Ich hielt inne, um zu Atem zu kommen, denn alle möglichen Emotionen, die ich tief in mir unter Verschluss gehalten hatte, stürmten so schnell auf mich ein, dass ich kaum atmen konnte. Ich wusste nicht, ob Levi tatsächlich nach dem Grund fragte, aber in meinem Kopf tat er es. Also fuhr ich fort, und meine Worte strömten heraus wie ein führerloser Zug.

„In der Highschool war ich schüchtern. Es war eine große Highschool, und ich hatte nicht viele Freunde, weil wir ständig umgezogen sind. Wie ein Idiot habe ich mich in einen Typen verknallt. Er nahm mich mit zu einem Schulball. Ich schwebte auf Wolke sieben und verlor meine Jungfräulichkeit. Das war nicht schlimm, aber dann erzählte er es der ganzen Schule, und ich wurde als Flittchen beschimpft. Allein das ist für einen Teenager schon furchtbar genug. Ich weiß immer noch nicht, wie, aber irgendwie fand mein verdammter Vater es heraus. Er hatte meine Mutter mein Leben lang vorgehalten, dass sie in der Highschool von ihm schwanger wurde, und er gab ihr die Schuld für sein ganzes beschissenes Leben. Er war wütend auf mich und sagte, ich würde genau dasselbe versuchen. An jenem Abend ging ich mit zwei blauen Augen ins Bett. Dann kam ich in eine Pflegefamilie und das war das Beste, was mir je passiert ist. Meine Familie war das reinste Chaos. Das nächstbeste Ereignis war, als meine Mutter endlich den Mut fand, meinen Vater zu verlassen, und wir nach Willow Brook zogen.“

Sobald ich aufhörte zu sprechen, spürte ich ein Rauschen in meinen Ohren. Ich wollte schreien und weinen. Ich konnte nicht glauben, dass ich ihm all das gerade gesagt hatte. Ich hatte es noch nie jemandem so detailliert erzählt. Selbst Amelia wusste nur Bruchstücke davon.

Levi versuchte, auf die nette Art darauf zu reagieren, einfach weil er ein guter Mensch war.

„Lucy, es tut mir leid. Das ist furchtbar“, sagte er mit vorsichtiger Stimme, als wäre er sich nicht sicher, was er sagen sollte.

Tränen liefen mir heiß über die Wangen. Ich wollte nicht mehr länger telefonieren. „Ich muss auflegen.“

„Nein! Lucy, leg nicht einfach auf. Lass mich ...“

Ich unterbrach ihn. „Was Levi? Mir sagen, dass alles gut wird? Dass du Mitleid mit mir hast? Nein! Es ist Vergangenheit. Es ist vorbei. Aber du musst verstehen, dass nicht jeder das Glück hat, eine Familie wie du zu haben. Es ist nicht immer alles nur eitel Sonnenschein.“

„Du gibst mir ja nicht mal eine Chance. Ich werde nicht sagen, dass das, was dir passiert ist, okay war. Das war es nicht. Ich kann auch ohne Mitleid mit dir fühlen. Lass mich für dich da sein. Lass ...“, er hielt inne, als er tief einatmete. „Lucy, lass mich dich einfach lieben ...“

Ich konnte nicht länger zuhören. Es tat zu sehr weh. Ich legte auf und schaltete klugerweise sofort mein Telefon aus.

Das war ein komplettes Desaster gewesen. Ich war gedemütigt. Das Schlimmste aus meiner tief vergrabenen Vergangenheit herauszulassen, machte mich noch verletzlicher, wobei ich ohnehin schon das Gefühl hatte, innerlich ins Schleudern zu geraten, wenn es um ihn ging. Der einzige Vorteil war, dass es mich darin bestärkte, was ich tun musste. Sobald Levi zurückkam, musste ich ausziehen.

Kapitel Achtundzwanzig

LEVI

Das Geräusch der durch die Luft surrenden Hubschrauberrotoren ließ mich sinnlos zum Himmel blicken. Obwohl ich wusste, dass ein Hubschrauber über uns flog, konnte ich nichts sehen. Dort, wo wir uns befanden, stand dichter Rauch in der Luft, angetrieben vom Wind, der den Rauch des nur wenige Kilometer entfernten Feuers in unsere Richtung blies.

Meine Mannschaft war zusammen mit der von Cade hier. Das Feuer war außer Kontrolle geraten und der Wind ließ es wild in alle Richtungen peitschen. Das Landesinnere von Alaska bestand größtenteils aus Wäldern. Nichts als Bäume, besser bekannt als Brennstoff im Feuerwehrjargon.

Wir waren bereits seit einer Woche hier, und ich war erschöpft, ebenso wie meine gesamte Mannschaft. Ich hörte meinen Namen und drehte mich um, um Jesse auf mich zukommen zu sehen. Es war schwer zu sagen, welche Tageszeit es war. Auch wenn es Spätsommer war, bedeutete das im Norden Alaskas immer noch lange Tage. Durch den Rauch über uns war die Sonne nichts weiter als ein dunstiger Lichtschleier.

Ich zog meine Handschuhe aus und schaute auf die Uhr, um festzustellen, dass es bereits sieben Uhr abends war. Jesse kam an meine Seite und zog sich seinen Schutzhelm vom Kopf. Da der Rauch größtenteils über unseren Köpfen wehte, war es sicher, unsere Atemschutzmasken abzunehmen.

Er deutete mit seinem Kinn zum Helikoptergeräusch. „Das müsste Fred sein, der da drüben runterkommt", kommentierte er.

Fred Banks war ein bekannter Buschpilot. Er flog Flugzeuge und Hubschrauber und verbrachte die meiste Zeit des Sommers damit, für Feuerwehrleute in ganz Alaska zu arbeiten. Das Fliegen war zwar körperlich nicht so anstrengend wie das, was wir taten, aber im Hinterland war es genauso gefährlich. Die Bedingungen konnten sich schnell ändern, und hier draußen war es sehr abgelegen.

Wir hatten die letzten drei Tage damit verbracht, entlang zweier sich kreuzender Flüsse in diesem Gebiet Brandschneisen zu errichten. Fred sollte uns abholen und zu einem Basislager bringen, in dem es ein Ausrüstungszelt, medizinische Versorgung und einen Platz gab, an dem wir einige Nächte außerhalb des Rauchs schlafen konnten. Wenn das Wetter sich hielt, würden wir in den nächsten Tagen unseren Einsatz hier draußen beenden können.

Ich klopfte ihm auf die Schulter. „Gut. Lass uns da lang gehen. Hast du den Rest der Jungs zusammengetrommelt?", fragte ich.

Jesse nickte und ging los, wobei er sich die schwere Tasche mit der Ausrüstung über die Schulter warf. Er war einer meiner Vorarbeiter, und ich verließ mich bei der Arbeit auf ihn. Ich schnappte mir die Kettensäge, die ich benutzt hatte, warf mir meine Ausrüstung über die Schulter und ging neben ihm her.

Lucy drängte sich in meine Gedanken, so wie sie es in fast jedem freien Moment tat. Ich war dankbar, dass ich mich auf die Arbeit konzentrieren musste und mich so ablenken konnte. Denn sonst vermisste ich sie so sehr, dass es fast wehtat.

Es war fast wie ein körperlicher Schmerz, etwas, das ich noch nie erlebt hatte. Ich dachte an unsere letzte gemeinsame Nacht zurück. Sie hatte mich erschreckt, als sie sagte, sie würde mich vermissen. Am nächsten Morgen war sie sehr distanziert gewesen.

Sie war angespannt, und ich wollte sie in meine Arme schließen, sie festhalten und ihr sagen, dass es keinen Grund zur Sorge gab. Doch ich wusste, dass sie sich Sorgen machte - um uns, um mich - und dass ich sie nicht zu sehr unter Druck setzen durfte. Ich liebte ihre Unabhängigkeit, ihre Stärke, ihre Intelligenz und ihre Willenskraft. Es tat mir weh, zu erkennen, wie sehr sie sich davor fürchtete, jemanden zu brauchen.

Die Gedanken an sie drehten sich in meinem Kopf wie ein Sorgenstein - ich überlegte, wie ich ihr die letzten Vorbehalte nehmen konnte, wie ich ihr begreiflich machen konnte, dass ich ihr nichts wegnehmen wollte. Ich wollte einfach nur für sie da sein, sie lieben.

Ich hatte noch keine Antwort darauf, wie ich das alles erreichen konnte. Selbst jetzt schüttelte ich mich innerlich. Es gab nichts, was ich von hier aus in der Wildnis tun konnte.

Ich liebte sie. Ich spürte, dass sie mich auch liebte.

Doch ich wusste, dass sie das nicht fühlen wollte. Mein letztes Telefonat mit ihr war eine Katastrophe gewesen, als wir im Basislager gewesen waren. Mitten in der Wildnis hatten wir kaum Empfang, aber das Basislager lag in Reichweite der Mobilfunkmasten in Fairbanks.

Ich dachte daran, wie wütend sie wurde, als ich

sagte, dass ich sie vermisse, und wie sie mit der ganzen hässlichen Geschichte über ihre Familie herausplatzte und über all das, was passiert war, bevor sie in eine Pflegefamilie kam. Wir hatten nicht mehr miteinander gesprochen, seitdem sie einfach aufgelegt hatte.

Ich wollte unbedingt noch einmal mit ihr sprechen, aber sie hatte an diesem Tag weder auf meine Anrufe noch auf meine SMS reagiert. Jetzt verstand ich, warum meine Mutter die Lücken nicht für mich gefüllt hatte. Lucy - stolz, verdammt stark, verdammt unabhängig - hätte nicht gewollt, dass jemand erfuhr, wie verletzlich sie gewesen war. Sie wäre wütend gewesen, wenn sie erfahren hätte, dass ich die Geschichte von jemand anderem gehört hatte. Ich hatte keinen Zweifel, dass sie wütend auf sich selbst war, weil sie es mir erzählt hatte. Und dann waren wir auch noch mitten ins Nirgendwo geflogen.

Ich wusste, dass es nicht hilfreich war, aber ich war frustriert. Auch wenn es mir im Herzen wehtat, wie sie sich fühlte und wie sehr ihre Vergangenheit sie verletzt hatte, tat es ebenso weh, dass sie mich auf diese Weise ausschloss. Sie gab mir nicht die geringste Chance.

Ich hörte den Hubschrauber, der nicht weit vor mir landete. Der Rauch lichtete sich, da der Wind der Rotoren ihn wegblies. Der größte Teil der Besatzung wartete bereits auf der kleinen, ebenen Lichtung. Ich zählte kurz durch und rechnete damit, dass einige von uns zurückbleiben mussten, bis Fred oder ein anderer Pilot später zurückkehren konnte.

Es war unmöglich, dass wir alle zwanzig in diesen Hubschrauber passten. Ich fragte mich, ob ein zweiter Hubschrauber auf dem Weg war. Wenn wir so weit draußen waren, wussten wir nie, welche Hubschrauber nur zum Abwerfen von Brandbekämpfungsmitteln und welche auch zum Transport eingesetzt werden konnten. Ich konzentrierte mich nur darauf, was wir tun mussten, um das Feuer einzudämmen. Wir hatten es ziemlich gut unter Kontrolle. Der Fluss sollte es zusammen mit den breiten Feuerschneisen, die wir angelegt hatten, zurückhalten können.

Cades Team arbeitete an einer anderen Stelle des Großbrandes. Er hatte uns über Funk informiert und sollte uns in Kürze hier treffen.

Nachdem er den Hubschrauber gelandet hatte, kletterte Fred heraus und winkte mich heran. Seine blauen Augen waren von Lachfalten umgeben, und sein graues Haar war vom Wind zerzaust. Nach einer kurzen Begrüßung kam er gleich zur Sache. „Wen soll ich zuerst rauskarren?", fragte er.

Ich blickte zu Jesse, der mit einer Geste auf eine Gruppe von Mitarbeitern deutete, die auf dem Boden saßen. Sie waren als Erste hier eingetroffen und hatten einen ganzen zusätzlichen Arbeitstag hinter sich. Das Wetter hatte den Rest von uns aufgehalten.

„Nimm erst einmal so viele wie möglich mit. Ich warte dann mit Jesse und dem Rest", antwortete ich.

Fred nickte, wandte sich ab und rief der Mannschaft zu. In kürzester Zeit erhob sich mehr als die Hälfte unserer Mannschaft mit einem Winken von Fred in die Luft. Jesse hatte vor, zu einem Ort etwa eine Meile weiter zurückzukehren und einige Ausrüstungsgegenstände zu holen, die zurückgelassen worden waren, nachdem ein Feuerwehrmann eines anderen Teams verletzt worden war. Die Mannschaft war nicht in der Lage gewesen, alles herauszutragen, als sie ihn transportieren musste. Es war nichts Schlimmes, aber er hatte sich den Knöchel gebrochen, sodass er seine schwere Ausrüstung nicht hatte schultern können.

Ich ließ mich nieder, um zu warten, trank einen

Schluck Wasser und hoffte, dass sich das Wetter in den nächsten Stunden halten würde.

Nach ein paar Minuten hörte ich meinen Namen. Ich blickte hinüber und sah Cade auf mich zukommen. Beck war an seiner Seite. Beide sahen ziemlich genau so aus, wie wir alle - ihre Gesichter waren rußverschmiert, ihre Schultern hingen vom Gewicht ihrer Ausrüstung herab, und ihre Augen waren müde.

Sie warfen ihre Ausrüstung neben mir auf den Boden und setzten sich. Ich reichte Cade eine Wasserflasche, während Beck sprach.

„Wie sieht der Zeitplan für den nächsten Hubschrauber aus?", fragte er.

Ich schaute zum Himmel hinauf, wo die Wolken vor dem blauen Hintergrund schwebten, als sich der Rauch lichtete. „Fred meinte, er käme heute Abend für eine weitere Ladung zurück. Er sagte, er würde sich per Funk melden, nachdem er den Flugplan überprüft hat, um zu sehen, ob es einen anderen Piloten gibt, der Platz hat, um einige von uns mitzunehmen."

Ich warf einen Blick hinüber zu den Bäumen, um zu sehen, ob sich noch jemand näherte. „Wo ist der Rest eurer Mannschaft?", fragte ich.

Cade leerte seine Wasserflasche, bevor er antwortete. „Sie sind schon weg. Wir sind letzte Nacht zurückgeblieben. Wir haben Matt von der anderen Crew geholfen, rausgetragen zu werden, aber dabei unsere Ausrüstung zurückgelassen. Also sind wir heute Nachmittag zurückgefahren, um sie zu holen."

„Nun, es ist noch eine kleine Gruppe übrig. Wir werden alle in einen Hubschrauber passen. Es sei denn, es tauchen noch mehr von euch auf."

Cade gluckste und schüttelte den Kopf. „Nö. Nur wir."

Wir verstummten und lehnten uns an unsere

Ausrüstung. Ich begann mich schon zu fragen, wo Jesse war, als mein Funkgerät knisterte. Ich riss es aus der Tasche. „Ja?“

„Levi, wir haben ein Problem“, sagte Jesse schnell.

„Was ist los?“

„Ich wurde gerade von einem Elchbullen angegriffen. Du wirst es nicht glauben, aber ich bin ausgerutscht und habe mir den verdammten Knöchel verstaucht.“

Jesse klang mehr verärgert als alles andere. Cade sah mir in die Augen und fluchte leise vor sich hin.

„Wie schlimm ist es? Ich komme, muss ich jemanden mitbringen?“, fragte ich.

„Ich glaube nicht. Ich kann den Fuß nicht stark belasten. Solange ich mich nicht mit meiner Ausrüstung und der Kettensäge herumschlagen muss, kann ich humpeln.“

„Und wo ist der Elch?“, fragte ich.

Jesse gluckste. „Er ist abgehauen, nachdem ich die Kettensäge angeworfen habe, um ihn zu verscheuchen.“

„Okay, ich bin gleich da.“

Ich stand auf und blickte zwischen Beck und Cade hin und her. „Wenn Fred kommt, funk mich an und gib mir ein Zeitfenster. Sieht so aus, als könnten wir es vor Einbruch der Dunkelheit zurückschaffen. Ich funke euch an, sobald wir auf dem Rückweg sind.“

Mit einem Winken wandte ich mich zum Gehen. Einen Moment lang überlegte ich, ob ich meine Ausrüstung zurücklassen sollte. Aber das wäre nicht klug gewesen. Meiner Einschätzung nach war Jesse etwa eine Meile entfernt. Obwohl wir einen guten Abstand zwischen dem Feuer und uns hatten und der Wind sich gedreht hatte, wollte ich keine Dummheit begehen.

Die kurze Pause hatte gereicht, um zu Kräften zu kommen, sodass ich schnell vorankam. Als Feuerwehrmann war ich an harte Arbeit gewöhnt und musste manchmal aus allen Reserven schöpfen. Es dauerte nicht lange, bis ich Jesse erreichte. Er war genau dort, wo er mir gesagt hatte, mit der Kettensäge an seiner Seite auf dem Boden sitzend, und lehnte an seiner Tasche mit der Ausrüstung. Er blickte grinsend auf, als ich ihn erreichte.

„Ich tu offenbar alles, um dich zum Wandern zu bewegen", bot er mit einem Augenzwinkern an.

„Wie stark sind die Schmerzen?", fragte ich grinsend.

Er zuckte mit den Schultern. „Nichts, womit ich nicht zurechtkomme."

Ich ergriff seine Hand und half ihm, aufzustehen. Er hatte bereits einen Verband um seinen Knöchel angelegt. Ich packte unsere Ausrüstungstaschen übereinander auf meine Schultern und trug die Kettensäge, als wir uns auf den Weg machten.

Jesses Tempo war langsam, aber gleichmäßig. Wir waren vielleicht zehn Minuten unterwegs, als ich spürte, wie der Wind sich wieder drehte und sich hinter uns Hufe näherten. Ich warf einen Blick zu Jesse.

„Bitte sag mir, dass das nicht noch ein Elch ist", kommentierte ich, obwohl ich genau wusste, dass es einer war. Niemand wuchs in der Wildnis Alaskas auf, ohne den ausgeprägten, hochgewachsenen Gang eines Elchs zu erkennen.

Er sah mich an und zuckte mit den Schultern. „Wahrscheinlich schon. Am besten, du lässt die Kettensäge mal kurz laufen."

Bevor ich die Gelegenheit hatte, genau das zu tun, liefen drei Elche in unsere Sichtlinie, darunter ein ziemlich wütend aussehender Elchbulle mit einem gewaltigen Geweih.

Der Elchbulle hielt in seiner Verfolgungsjagd auf die beiden Elchweibchen inne, scharrte mit den Füßen und schnaubte, als er sich durch die Bäume zu uns umdrehte.

Ich warf die Kettensäge an, aber diesmal tat sie gar nichts. Der Elch schnaubte wieder und machte ein paar weitere Schritte in unsere Richtung. In den meisten Fällen waren Elche nicht aggressiv. Die einzigen Ausnahmen waren Mütter, die ihre Kälber beschützten, Elchbullen während der Paarungszeit, was ungünstigerweise gerade der Fall war, und wenn man sie erschreckte. Da sie kurzsichtig sind, sehen sie oft nicht, wenn man sich ihnen nähert, und können sich leicht erschrecken.

Ich drehte mich im Kreis und suchte die Gegend ab. Der Elch stand zwischen uns und unserem Ziel. Da Jesses Knöchel in schlechtem Zustand war, konnten wir keinen Umweg nehmen. Der Landeplatz für die Hubschrauber lag etwa eine halbe Meile entfernt direkt vor uns.

Ich funkte Cade an. „Hey Mann, wir haben es mit einem verärgerten Elch zu tun. Wir werden wahrscheinlich zu spät kommen. Wenn Fred bald ankommt, braucht ihr nicht auf uns zu warten."

„Ich wollte ohnehin gerade mit euch Kontakt aufnehmen", antwortete Cade. „Er hat uns angefunkt, kurz nachdem du weg warst. Ein weiterer Hubschrauber ist gerade gelandet. Sollen wir wirklich nicht warten?"

Ich warf einen Blick auf den Elch. Er schnaubte zwar nicht mehr und scharrte auch nicht mehr auf dem Boden, aber er hatte sich auch noch nicht bewegt.

„Wie lange kann der Pilot warten?"

Cades Stimme war gedämpft, dann kam er zurück. „Er meint, etwa eine halbe Stunde."

„Verstanden. Ich werde sehen, ob ich das Viech verjagen kann."

Als ich mich abmeldete, blickte ich zu Jesse. Wir trugen immer Seitengewehre, wenn wir im Hinterland unterwegs waren. Nicht, weil wir jemals vorhatten, ein Tier zu erschießen, aber die Wildnis Alaskas barg so manche Gefahren in sich. In dieser Gegend waren Grizzlys die Hauptsorge, Elche die zweite. Weiter nördlich gab es Eisbären, und weiter südlich Braunbären, die größeren Cousins der Grizzlys. Im Moment ging es nur darum, diesen Elchbullen dazu zu bringen, sich wieder auf die Weibchen in seinem Leben zu konzentrieren.

Jesse stupste mich an der Schulter an. „Dreh dich um, damit ich meine Schrotflinte nehmen kann."

Ich drehte mich um und warf einen Blick über die Schulter, als er seine Schrotflinte aus der Tasche holte, die ich trug. „Warte", sagte ich.

Er nickte. „Ja, natürlich. Ich werde nur einen Warnschuss abfeuern."

Nach einigen Warnschüssen und einigen weiteren Kettensägenschlägen war klar, dass dieser Elchbulle nirgendwo hingehen würde, zumindest nicht vorläufig. Er hatte sich niedergelassen und knabberte an einigen Erlen am Waldrand.

Kapitel Neunundzwanzig

LUCY

Ich hielt mir den Mund zu und starrte über den Tisch hinweg zu meiner Mutter. Ich hatte mich schlecht gefühlt, weil ich sie seit ein paar Wochen nicht mehr besucht hatte, und hatte sie eingeladen, mit mir im Firehouse Café einen Kaffee zu trinken. Sie hatte mich mit der Bemerkung, dass sie Levi für einen netten Kerl hielt, regelrecht schockiert. Abgesehen von Amelia hatte ich mit niemandem über die Tatsache gesprochen, dass zwischen mir und Levi etwas lief.

Während ich über die Möglichkeiten nachdachte, fiel mir ein, dass Levis Mutter mit ihr befreundet war. Ich seufzte innerlich.

„Mama, Levi ist nur …"

Ich wollte sagen, dass Levi nur ein Freund ist, aber ich konnte mich nicht dazu durchringen, zu lügen. Ich ignorierte das Thema einfach. „Ich will nicht über Männer reden."

Okay, ich wollte nicht so lächerlich und verklemmt klingen, aber was soll's. Mein Standpunkt war klar.

Die blauen Augen meiner Mutter trafen meine,

ruhig und gelassen. „Ich weiß. Ich denke, das ist wahrscheinlich meine Schuld."

Verwirrt neigte ich den Kopf zur Seite. „Was meinst du?"

„Nun, du hattest ein einziges Vorbild für eine Beziehung, als du aufgewachsen bist, und das war schrecklich. Ich versuche nicht, neugierig zu sein. Ich verstehe, warum du dich von mir ferngehalten hast, und ich habe damit kein Problem. Der einzige Grund, warum ich überhaupt etwas über Levi gesagt habe, war, dass Gloria erwähnte, dass sie dich kennengelernt hat. Sie findet dich reizend." Die Lippen meiner Mutter kräuselten sich an den Ecken zu einem leichten Lächeln. „Sie glaubt sogar, dass Levi in dich verliebt ist."

Mein Herz schlug schnell, wie Flügel, die in meiner Brust flatterten, das Geräusch dröhnte in meinen Ohren. Ich wollte, dass Levi mich liebte - so, so sehr.

Weil ich törichterweise in ihn verliebt war. Die Tiefe meiner Gefühle erschreckte mich zu Tode, und ich hatte mich darauf vorbereitet, ihm zu sagen, dass ich ausziehen musste. Ich wollte es ihm sagen, wenn er zurückkam. Ich war noch nicht weg, weil ich versprochen hatte, mich um Ham zu kümmern. Ja richtig, ich kümmerte mich um einen Hamster, und das war mein Grund zu bleiben, obwohl ich wusste, dass jeder Tag, den ich blieb, mein Herz mehr gefährdete. Wenn ich ehrlich zu mir selbst war, was ich wirklich versuchte, nicht zu sein, war mein Herz bereits über den Punkt hinaus, an dem es kein Zurück mehr gab. Ich vermisste Levi so sehr, dass es mir körperlich wehtat.

Heute Morgen hatte ich seinen Duft in seinen Laken eingeatmet und mich gefragt, wann seine Mannschaft endlich zurückkehren würde. Ich vermutete, sogar Maisie ahnte etwas, denn ich hatte neulich zufällig auf der Feuerwache angerufen und es unbeholfen geschafft zu fragen, wann die Crews zurückkommen würden.

Als ich meiner Mutter nicht antwortete, weil ich in Gedanken versunken war, sprach sie erneut.

„Ich habe so viel Respekt vor dir. Du bist all das, was ich gerne gewesen wäre, als ich jünger war und dich bekommen habe. Es ist keine Entschuldigung, aber ich war erst siebzehn, als ich schwanger wurde. Ich hatte keine Ahnung, was ich tun sollte. Ich wusste nur, dass ich dich liebe. Dein Vater war, wie er war, er war gewalttätig und besitzergreifend und ..." Ihre Worte verstummten, und sie atmete tief durch. „Er war ein Arschloch, und ich wünschte, ich wäre so stark gewesen wie du jetzt und hätte ihn verlassen, bevor du geboren wurdest."

Ihre Worte trafen mich so hart, dass mir fast der Atem stockte. Ich starrte sie einfach nur an und war sprachlos.

Wenn sie merkte, wie verblüfft ich war, ließ sie es sich nicht anmerken. Sie fuhr fort: „Du musst nicht auf das hören, was ich sage. Ich liebe dich, und ich will das Beste für dich. Jede Lektion, die du in deiner Kindheit gelernt hast, war aufgrund der Geschehnisse sinnvoll. Aber die meisten Männer sind nicht wie dein Vater. Es gibt gute Männer, und ich hoffe, dass du dir selbst eine Chance gibst, all das zu bekommen, was ich nicht hatte. Levi ist ein guter Mann. Wenn er dich so liebt, wie seine Mutter glaubt, dass er dich liebt, dann hoffe ich, dass du ihm eine Chance gibst. Nicht nur für ihn, sondern auch für dich."

Ich schluckte trotz des Kloßes in meinem Hals, die Emotionen kochten in mir hoch, ein wilder Sturm aus

Gefühlen und Verwirrung. Meine Mutter und ich sprachen sonst nie so miteinander. All die Jahre, seit sie mit mir hierher gezogen war, hatten wir eine höfliche, aber distanzierte Beziehung. Davor war das Unausgesprochene die Realität des Lebens mit meinem Vater. Obwohl ihre Handlungen Bände sprachen, hätte ich nie erwartet, dass sie so offen über meine Kindheit und die Entscheidungen sprechen würde, die sie getroffen hatte, bevor sie sich endlich befreite.

Wenn ihr bewusst war, wie verblüfft ich war, dann war das nicht zu sehen. Ihre Augen waren warm, als sie zu mir herübersah.

„Wenn ich alles noch einmal machen könnte, würde ich es tun", sagte sie leise.

Ich brachte es nicht über mich, zu sprechen und starrte sie einfach an. Nach einem Moment gelang es mir, die Emotionen, die in mir hochkochten, unter Kontrolle zu bringen.

„Ich hätte nie gedacht, dass du das laut sagen würdest", sagte ich schließlich.

Sie nahm einen Schluck von ihrem Kaffee und nickte langsam. „Ich verstehe, warum. Ich habe mich lange Zeit geschämt. Ich kann die Vergangenheit nicht ändern, aber ich kann die Zukunft beeinflussen. Ich erwarte nicht, dass du mir plötzlich nahestehst, aber ich werde versuchen, ehrlicher zu dir zu sein. Als Gloria mir von dir und Levi erzählte, war ich so glücklich. Und dann machte ich mir Sorgen, dass du so stark sein würdest, wie du bist, und niemanden an dich ran lassen würdest. Ich erwarte nicht von dir, dass du mich an dich ran lässt, aber bitte schließe nicht jeden aus."

Ihre Worte trafen mich so sehr, dass es wehtat.

Irgendwie überstand ich den Rest unseres Treffens, ohne mitten im Firehouse Café einen Nervenzusammenbruch zu bekommen. Ich schaffte es sogar, sie zu umarmen, bevor ich ging.

In dieser Nacht lag ich in Levis Bett, denn wie das dumme, liebeskranke Mädchen, das ich war, konnte ich es nicht ertragen, nicht in seinem Bett zu schlafen. Ich versuchte, mich zu zwingen, die Entschlossenheit zu finden, die ich brauchte, um meine Gefühle zu überwinden, aber meine Willenskraft hatte sich in nichts aufgelöst. Alles, woran ich denken konnte, war, wie sehr ich ihn vermisste.

———

Am nächsten Tag kam ich an der Baustelle an und war überrascht, dass Amelia nicht da war. Normalerweise kam sie genauso früh zur Arbeit wie ich. Wenn nicht, rief sie in der Regel an. Als ich versuchte sie anzurufen, ging sie nicht ran. Ein Gefühl der Vorahnung stieg in mir auf. Normalerweise würde ich einfach an die Arbeit gehen, aber mein Gefühl sagte mir, dass irgendetwas im Gange war. Ich wendete meinen Wagen und fuhr zu unserem Büro.

Als ich das Büro betrat, fand ich Amelia an ihrem Schreibtisch sitzend vor, Architekturzeichnungen auf dem Tisch verstreut und mit tränenfeuchten Augen.

„Was ist los?", fragte ich schnell.

„Es geht um Cade. Ihr Hubschrauber hat es letzte Nacht nicht nach Fairbanks geschafft, wie er sollte", sagte sie leise, ihre Stimme war tief und hölzern.

Mein Herz schlug mir bis zum Hals. Eine Frage kam aus mir herausgeschossen. „Wissen wir, wo Levi ist?"

Sie schüttelte langsam den Kopf. „Nein. Ich habe gerade rumtelefoniert, sonst hätte ich dich vorher angerufen."

Ich sank in den Stuhl ihr gegenüber und suchte nach etwas, woran ich mich innerlich festhalten konnte. Mein Herz fühlte sich an, als würde es tatsächlich zerspringen. Mein Atem kam in flachen Stößen.

„Was wissen wir?", fragte ich vorsichtig.

„Alles, was ich dir gerade gesagt habe", antwortete Amelia mit leeren Augen.

„Lass uns Maisie anrufen", sagte ich.

Wenn jemand mehr Informationen auftreiben könnte, dann Maisie. Sie saß bei Willow Brook Fire & Rescue an der Zentrale.

Ich beugte mich über den Schreibtisch, tippte auf den Freisprechknopf und wählte Maisie an.

Maisie antwortete sofort. „Ich nehme an, du rufst wegen Cade und Levi an. Ich wollte euch beide gerade anrufen."

Mit Herzklopfen und Magengrummeln starrte ich auf den Lautsprecher, als ob die Freisprecheinrichtung selbst das ganze Problem lösen könnte.

„Was weißt du?", fragte ich und sah zu Amelia hinüber.

Maisie begann schnell zu sprechen. „Ich habe gerade mit Beck telefoniert. Ihm und Cade geht es gut. Ich wusste, dass ihr in Panik geraten würdet, und ich wollte euch gerade anrufen. Gestern Abend hat der Wind aufgefrischt, und es wurde dunkel, weil sie zu lange auf Jesse und Levi gewartet haben. Also sind sie gelandet und haben ihr Lager aufgeschlagen, anstatt den ganzen Weg nach Fairbanks zu fliegen. Der Pilot hat uns über Funk informiert, aber irgendwie hat sich hier niemand gemeldet. Sie sind bereits auf dem Weg hierher. Ein weiterer Hubschrauber ist auf dem Weg, um Levi und Jesse abzuholen, aber heute Morgen hat noch niemand etwas von ihnen gehört."

Nach Amelias Seufzer der Erleichterung brach ich prompt in Tränen aus.

„Lucy? Ist alles in Ordnung?", fragte Maisie und klang zu Recht verwirrt.

Alles brach über mich herein. Ich hatte nicht den Mut gehabt, Levi zu sagen, dass ich ihn liebe, obwohl ich es seit Tagen wusste. Noch schlimmer war, dass ich bei unserem letzten Telefonat einen Nervenzusammenbruch erlitten und einfach aufgelegt hatte. Jetzt wusste ich nicht einmal, wo er war, oder ob er in Sicherheit war.

Amelia sammelte sich und erklärte schnell alles, da ich nur noch weinen konnte. „Äh, Lucy und Levi haben etwas miteinander."

„Ach nee", sagte Maisie.

„Ja, und es scheint sie schwer mitzunehmen." Amelia sah mich an und zuckte mit den Schultern. „Ich weiß, dass ich meinen Mund halten soll, aber das ist gerade irgendwie wichtig."

„Schon okay", sagte ich zwischen zwei Schluchzern.

„Maisie, wie schnell kannst du herausfinden, wo sie sind?", fragte Amelia, ruhig und praktisch, da sie nun wusste, dass Cade in Sicherheit war.

Maisie sprach ruhig, mit der Stimme, die ich schon oft gehört hatte, wenn ich sie auf der Wache besuchte. Als Einsatzkoordinatorin war sie es gewohnt, ruhig mit den Leuten zu reden, egal wie aufgeregt sie waren. Ich hätte nie damit gerechnet, dass ich mich je in dieser Situation mit ihr befinden würde. Sie war meine Freundin, und ihre ruhige Stimme beruhigte meine zerrissenen Nerven.

„Wir wissen genau, wo sie waren, als wir zuletzt von ihnen gehört haben. Nur der Empfang ist dort schrecklich. Wir vermuten, dass die Batterie ihres

Funkgeräts leer ist. Ich bin sicher, dass es ihnen gut geht", versicherte sie mir.

Ich hörte nicht viel mehr, während sie und Amelia sich weiter unterhielten. Bevor ich wusste, wie mir geschah, nahm Amelia mich in den Arm und fuhr mit mir zu Cades Elternhaus. Ich war gleichzeitig von Gefühlen überwältigt und wie betäubt, als ob meine inneren Schaltkreise überlastet wären. Ich merkte nicht einmal, wohin wir fuhren, bis sie vor dem Haus der Eltern anhielt.

„Was machen wir hier?", fragte ich und schaute zu ihr hinüber.

„Wir warten bei Cades Eltern. Das ist ein guter Ort zum Warten, denn sein Vater ist der Polizeichef, sodass er sofort auf dem Laufenden gehalten wird. Er hat einen guten Freund bei der Fairbanks Fire & Rescue", erklärte sie mir.

Ich begann zu protestieren, aber Amelia ignorierte mich völlig. Ich folgte ihr ins Haus, fühlte mich nicht wohl und schämte mich, weil ich so emotional war.

Gloria und Brad waren ebenfalls dort. Das hätte mich eigentlich überraschen müssen, aber das tat es nicht. Willow Brook war klein, und jeder kannte jeden. Cades Mutter schob mir sofort eine Tasse Kaffee vor die Nase und begann, für alle Frühstück zu machen.

Gloria griff nach meiner Hand und drückte sie, ihr Griff war warm und fest. In der Küche wuselten alle um mich herum. Cades Mutter Georgia servierte Frühstück und Kaffee, während die anderen am Tisch und am Küchentresen plauderten. Georgia bestand darauf, mir Rührei und Toast zu servieren, obwohl ich nur in meinem Essen herumstocherte. Cades Vater, der zufällig auch der Polizeichef von Willow Brook war, hatte vom Revier aus angerufen, um zu berichten, dass der Peilsender für Levi und Jesse noch aktiv war und sich genau dort befand, wo sie erwartet wurden.

Offenbar rechnete man damit, dass der Hubschrauber wegen der schlechten Sichtverhältnisse erst am späten Nachmittag zu ihnen vordringen könnte. Über Nacht hatte es in der Gegend geregnet, was für das Feuer eine gute Nachricht war, aber eine schlechte, um bald ein Update zu bekommen. Alle gingen davon aus, dass die Batterien ihrer Funkgeräte leer waren. Abgesehen davon, dass ich mich fühlte, als hätte mich ein Wirbelsturm hochgehoben und mein Herz mit der Breitseite gegen eine Wand geschlagen, ärgerte es mich, dass niemand sonst so aufgewühlt schien.

Ich bemerkte, dass ich keine Ahnung hatte, wie es für Amelia sein musste, Cade wochenlang im Hinterland zu wissen. Mein Magen drehte sich, mein Herz fühlte sich schwer an, und ich hatte Angst.

Schlichtweg verängstigt. Ich wollte unbedingt mit Levi reden. Genauer gesagt, wollte ich unser letztes Gespräch vergessen machen. Warum, o warum, hatte ich nur diesen grässlichen Nervenzusammenbruch gehabt? Es kam mir jetzt alles so kindisch vor.

Alles, was ich jetzt wollte, war eine Chance, ihm zu sagen, was ich fühlte. Es war mir sogar egal, ob er meine Gefühle erwiderte.

Ich hob meinen Blick zu Gloria und schluckte gegen das enge, schmerzende Gefühl in meiner Kehle und meiner Brust an. Das Gefühl der Emotionen hatte sich von einer plötzlichen Enge zu einem dumpfen Schmerz entwickelt, denn es war nun schon seit über einer Stunde da.

Gloria drückte noch einmal meine Hand, bevor sie sie losließ. „Er wird alles gut."

Die Zuversicht und Festigkeit in ihrem Ton erschien mir lächerlich.

„Woher wissen Sie das?", fragte ich.

Ihre Augen hielten meine fest, viel zu scharfsinnig und viel zu wissend. „Es ist nur ein Gefühl. Ich bin nicht so dumm, zu glauben, dass ich mich nicht irren kann. Aber ich kenne meinen Jungen, und ich habe nicht das Gefühl, dass es ihm nicht gut geht. Er ist so einfallsreich, wie ein Mann nur sein kann, und er ist mit Jesse zusammen, der genauso einfallsreich ist. Es wird alles gut gehen. Du hast das Update gehört. Sie befinden sich außerhalb des Gebietes, in dem das Feuer eingedämmt wurde, und der Regen der letzten Nacht hat dabei geholfen. Sie wären auf keinen Fall in das Feuer zurückgelaufen. Sie haben beide Waffen, sodass sie in der Lage sind, sich zu wehren, wenn ihnen etwas zustößt. Ich denke, dass alles gut gehen wird, denn alle Informationen, die ich habe, sagen mir, dass sie es schaffen werden."

Der Hauch eines Lächelns zerrte an meinen Mundwinkeln. Ich wollte ihr glauben. Eine Träne kullerte über meine Wange, und sie reichte mir ein Taschentuch.

„Sie klingen so überzeugend", murmelte ich, während ich mir die Tränen abwischte.

„Es ist ein Vertrauen, das auf der Praxis beruht", bot sie an. „Wir sollten nicht das Schlimmste denken. Schon gar nicht, wenn es nicht nötig ist."

Sie machte eine Pause, um einen Schluck Kaffee zu trinken, und ich stocherte müßig in meinem Rührei herum. Glorias Stimme durchbrach meine verschwommenen Gedanken.

„Ich glaube, Levi ist in dich verliebt."

Mein Herz begann wieder in meiner Brust zu

wummern, als ob die Hoffnung selbst eine Trommel schlagen würde.

„Wie kommen Sie darauf?“, fragte ich.

Gloria hatte meiner Mutter so viel erzählt, aber ich war neugierig zu erfahren, warum sie glaubte, dass Levi mich liebte. Ganz zu schweigen davon, dass ich es unbedingt wissen wollte.

Sie lächelte sanft und neigte den Kopf zur Seite. „So wie er dich ansieht und wie er über dich redet. Ich kenne meinen Sohn gut. Er ist ein guter Mensch, und ich sage das nicht, weil ich es gerne wahrhaben möchte. Er ist es wirklich. Du bist die erste Frau, die er je zum Essen mit nach Hause gebracht hat.“

Meine Überraschung musste sich in meinem Gesicht gezeigt haben, denn Gloria lachte.

„Du wusstest also nichts davon? Ja, natürlich. Levi ist in den meisten Fällen ziemlich verschlossen. Er hat sich hier und da mal verabredet, aber nicht ein einziges Mal hat er mir gegenüber eine Frau erwähnt, und er hat ganz sicher nie eine zum Essen mit nach Hause gebracht. Glaub jetzt nicht, dass das der einzige Grund ist, warum ich glaube, dass er dich liebt. Es ist ein Teil der Gleichung, weil es mir sagt, dass du ihm etwas bedeutest. Der andere Teil ist, dass ich sehe, wie er dich ansieht und wie er in deiner Nähe ist. Er liebt dich.“

Ich merkte nicht, dass mir der Mund einen Moment lang offen stand und ich ihn dann wieder zumachte. Ob sie erwartete, dass ich etwas erwiderte oder nicht, wusste ich nicht. Meine Worte, aufdringliche Worte, verkündeten, was ich bis heute Morgen sogar vor mir selbst verheimlicht hatte.

„Ich liebe ihn auch“, platzte ich plötzlich heraus. „Jetzt habe ich Angst, dass ihm etwas passiert ist.“

Sie hielt meinem Blick einen Moment lang stand

und nickte langsam. „Es ist ziemlich beängstigend, nicht wahr? Sich zu verlieben, meine ich. Ich verstehe, warum du besorgt bist. Das bin ich auch, aber ich denke, er wird es schaffen. Alle Informationen, die wir haben, bestätigen das. Warte nur ab, und ich bin ziemlich sicher, dass du ihm das selbst sagen kannst."

Kapitel Dreißig

LEVI

Ein Rabe flog über uns und rief laut einem anderen zu, der seinen Ruf von den Bäumen aus erwiderte. Ich fuhr mir mit dem Ärmel über das Gesicht und blickte zu Jesse hinüber. Gestern Abend hatten wir den neugierigen Elch erfolgreich verjagt. Zu diesem Zeitpunkt war es schon weit nach der Dämmerung gewesen, und wir hatten keine Chance mehr, auszufliegen. Wir hatten unser Nachtlager aufgeschlagen und warteten nun auf der Lichtung, wo bald ein Hubschrauber eintreffen sollte, um uns abzuholen. Wobei die Betonung auf *„sollte"* lag. Unsere beiden Funkgeräte waren tot, ebenso wie unsere Handys. Meine Ersatz-Batterie hatte gestern Abend ihren letzten Saft verloren.

Jesse hatte eindeutig Schmerzen, aber er hielt durch. Ich war erleichtert, dass seine Verletzung anscheinend nur leicht war. Sein Knöchel war zwar geschwollen und geprellt, weil er ausgerutscht war und sich den Knöchel an einigen Felsen zerkratzt hatte, aber es war nicht mehr als eine böse Verstauchung.

Wir hatten reichlich Ibuprofen dabei, um seine Schmerzen zu lindern.

Ich kaute meinen Power-Riegel zu Ende, sah Jesse an und reichte ihm die Thermoskanne mit Kaffee, die wir uns teilten. Wir hatten nur noch Power-Riegel und gefriergetrocknete Lebensmittel, aber wir hatten noch reichlich Kaffee übrig, den wir mit unserem Camping-kocher zubereitet hatten.

„Irgendeine eine Vermutung, wann sie hier anrü-cken?", fragte ich.

Wir hatten unser Lager dort aufgeschlagen, wo wir letzte Nacht gewesen waren, und waren heute Morgen die verbleibende halbe Meile bis zu der Lichtung gelaufen, wo uns der Hubschrauber hoffentlich bald abholen würde. Jesse schaute mich an, während er einen Schluck Kaffee trank, und zuckte mit den Schultern.

„Keine Ahnung. Heute Morgen war es ziemlich bewölkt. Es sieht so aus, als ob es heute Nachmittag genug aufklart, damit sie uns ausfliegen können."

„Wie geht es deinem Knöchel?"

Er zuckte wieder mit den Schultern. „Ach, es tut weh, aber es könnte definitiv schlimmer sein."

Ich nahm mein Funkgerät sinnloserweise wieder vom Boden auf. Die Batterie war irgendwann gestern Abend leer gewesen, als ich es aus Versehen angelassen hatte. In der Zwischenzeit hatte Jesse seins heute Morgen in den Fluss fallen lassen. Er hatte es heraus-geholt, aber nicht schnell genug, bevor es einen Kurz-schluss hatte, weil es durchnässt war.

Ich fragte mich, ob sich irgendjemand außerhalb unserer Mannschaft Sorgen machte. Ich dachte mir, dass unsere Crew wahrscheinlich nicht allzu besorgt war. Sie wussten, dass wir für die Nacht ausgerüstet waren. Lucy tauchte in meinen Gedanken auf. Sie war fest in meinem Kopf verankert. Ich wollte einfach nur nach Hause und sie sehen, und ich hoffte inständig, dass sie mich genauso vermisste.

Während meiner unterbrochenen Stunden des Halbschlafs letzte Nacht hatte ich meine Frustration darüber, dass sie mich ausgeschlossen hatte, losgelassen. Ich wusste, dass das, was sie mir erzählt hatte, schwer für sie gewesen sein musste. Es war nicht so, dass ich nicht verstand, warum sie so launisch war. Ich musste nur geduldig sein, denn sie war das Warten wert.

Ich lehnte mich an meine Ausrüstungstasche und sah zu, wie die Sonne endlich durch die Wolken brach. Es hatte in der Nacht geregnet, was das Feuer weitestgehend hätte ablöschen sollen. Wir konnten noch ein paar Tage Regen gebrauchen, obwohl ich ein paar Stunden mit klarem Himmel in Kauf nehmen würde, um von hier wegzukommen.

Der Rabe rief wieder von den Bäumen in der Nähe. Als ich mich umdrehte, sah ich seine dunkle Gestalt auf einer Fichte hocken. Das Feuer hatte diesen Teil des Waldes noch nicht erreicht, sodass die Bäume noch üppig und grün waren. Der Geruch der verkohlten Bäume in der Ferne wehte in unsere Richtung. Dieses Feuer brannte nun schon seit mehreren Wochen. Solche Feuer waren im Sommer im Westen nicht unüblich. Man hörte jedoch nur in den Nachrichten darüber, wenn sie Gemeinden bedrohten, aber im Hinterland von Alaska konnten sie wochenlang brennen, ohne dass die Öffentlichkeit etwas davon mitbekam. Gelegentlich koordinierten wir in einigen Gebieten sogar geplante Brände.

Der fragliche Rabe hob von den Bäumen ab, flog in

unsere Nähe und landete auf dem Boden, vielleicht nur einen Meter entfernt. Ich beobachtete, wie er im Boden pickte, und stellte fest, dass er sich wahrscheinlich an den Krümeln labte, die die Jungs gestern übrig gelassen hatten. Die Hälfte unserer Besatzung hatte noch eine ganze Weile hier abgehangen, bevor sie ausgeflogen wurde, und alle waren sicher müde und hungrig gewesen und hatten sich an den übrig gebliebenen Snacks satt gegessen.

Der Rabe traute sich näher heran. Ich beobachtete neugierig, wie zwei weitere Raben heruntergeflogen kamen, um sich anzuschließen, da sie offensichtlich beschlossen hatten, dass Jesse und ich keine Bedrohung darstellten. Sie pickten eifrig die Krümel auf, die wir nicht sehen konnten. Ich schaute in die Ferne. Es war wunderschön hier draußen. Das Rauschen des nahen Flusses, der über die Felsen strömte, beruhigte mich. Dieser Teil des Landesinneren bestand aus einer Mischung aus sanften Hügeln und flacher Tundra, und die Schönheit war überwältigend. Ein Adler flog über mir, sein Ruf war scharf und deutlich.

Ich atmete die klare, kühle Luft tief ein und dachte, eine Dusche wäre jetzt gut. Als Feuerwehrmann war ich es gewohnt, viele Tage ohne viel mehr als ein Bad in einem Fluss oder See auszukommen, aber sobald ich wusste, dass wir uns der Zivilisation näherten, wurde ich ungeduldig. Im Moment war ich müde und sehnsüchtig darauf aus, Lucy zu sehen, und hoffte inständig, dass sie sich nicht mehr von mir fernhalten würde.

Ein paar Stunden später sah ich, wie die Landschaft unter mir vorbeizog. Fred war während einer Wolkenlücke eingeflogen. Die Wolken wurden bereits wieder dichter. Fred rechnete damit, dass wir es zurück nach Fairbanks schaffen würden, bevor die Sicht zu schlecht wurde, worüber ich verdammt erleichtert war. Ich wollte Jesses Knöchel untersuchen lassen und sicherstellen, dass es ihm gut ging, und ich vermisste Lucy wie verrückt.

Ich holte mein Handy heraus und schaute auf den leeren Bildschirm. Der Akku hatte schon vor Tagen seinen Geist aufgegeben. Fred hatte mir versichert, dass er bereits gefunkt hatte, dass wir in Sicherheit waren. Ich wollte mit Lucy sprechen, aber dazu kam es nicht. Zumindest noch nicht. Seufzend steckte ich mein Telefon weg, lehnte mich in meinem Sitz zurück und schloss die Augen.

„Warum bist du so sauer auf dein Handy?", fragte Jesse auf dem Sitz neben mir.

Ich öffnete die Augen, drehte meinen Kopf zur Seite und fing seinen neugierigen Blick auf. „Ich hoffe, ich kann meine Eltern und Lucy anrufen."

Er schaute verwirrt, dann klärte sich sein Blick. „Ach ja, sie wohnt ja bei dir. Nun, wir sind bald in Fairbanks. Du kannst von dort aus anrufen."

Ich weiß nicht, welcher Blick über mein Gesicht ging, aber er wölbte eine Augenbraue. „Hab ich irgendwas verpasst? Ist Lucy mehr als nur eine Freundin?"

Einen Moment lang dachte ich daran, nichts zu sagen. Scheiß drauf. Ich hatte nicht vor, weiterhin alles zu verheimlichen.

„Sie könnte mehr als eine Freundin sein", sagte ich schließlich. „Ich hoffe, sie sieht es auch so."

Jesse lächelte langsam und gluckste. „Lucy Caldwell, wow, sie ist eine ganz schön harte Nuss."

„Glaub mir, ich weiß", antwortete ich, während ich an unser letztes Gespräch zurückdachte.

Ich drehte meinen Kopf, um wieder aus dem Fenster zu schauen, und beobachtete, wie die Bäume unter uns verschwanden und die Berge in der Nähe von Fairbanks in Sicht kamen. Unser Hubschrauber landete kurz darauf. Innerhalb weniger Minuten wurden wir in die Wache gedrängt. Ich meldete mich zuerst bei meiner Crew, vergewisserte mich, dass Jesse beim medizinischen Team untergebracht war, und machte mich dann auf die Suche nach Cade, wobei ich mir nicht einmal die Mühe machte, ihn zu begrüßen, als ich an seiner Seite ankam.

„Kann ich mir dein Telefon leihen?", fragte ich.

Auf seinen verwirrten Blick hin erklärte ich: „Meins ist so tot, dass ich eine Weile nicht telefonieren kann."

Er kicherte und reichte mir seins. „Lass mich raten, du willst Lucy anrufen. Sie ist mit Amelia in der Wohnung meiner Eltern. Ich habe schon angerufen und alle wissen lassen, dass es dir gut geht."

Ich nahm kaum auf, was er sagte, als ich Lucys Nummer eintippte. Das Telefon klingelte einmal, und sie ging sofort ran.

„Hallo?", sagte sie mit abgehacktem Tonfall.

„Hey Babe."

„Levi?", fragte sie, mein Name klang gehetzt und fast verzweifelt.

Ich war so verdammt froh, dass sie nicht sauer war, dass ich sie Babe nannte, dass ich lachen musste. „Natürlich, was dachtest du denn, wer hier ist?"

„Nun, das ist nicht deine Nummer. Und warum lachst du? Ich habe mich zu Tode erschreckt."

„Hey, ich dachte, du weißt, dass es mir gut geht. Cade sagte mir, dass er Amelia angerufen hat."

Plötzlich brach Lucy - die harte Lucy, die sich fast nie aus der Ruhe bringen ließ - in Tränen aus.

Sie weinte mit demselben Elan, mit dem sie mir einst gesagt hatte, ich solle mich verpissen. Ihre Tränen brachten mich für einen Moment zum Schweigen.

Schließlich sammelte ich meine Gedanken. „Lucy, geht es dir gut?"

„Nein! Mir geht es nicht gut, und das ist alles deine Schuld", sagte sie zwischen Schluchzern und unregelmäßigen Atemzügen. „Ich liebe dich, und ..." Ihre Worte wurden durch ein weiteres lautes Schluchzen unterbrochen.

„Lucy, Lucy", sagte ich schließlich. Mein Herz fühlte sich an, als würde es zerspringen, und ich konnte nicht so recht glauben, dass sie gesagt hatte, was ich dachte, dass sie gesagt hatte.

„Was?", fragte sie zurück.

Ich hörte ein dumpfes Geräusch und dann schnäuzte sie sich die Nase, ziemlich laut. „Tut mir leid, ich musste mir die Nase putzen", erklärte sie, ihr Atem kam in kurzen, kleinen Stößen.

„Habe ich dich gerade richtig verstanden?", fragte ich nach einem Moment der Stille.

„Welchen Teil meinst du?"

„Den Teil, wo du gesagt hast, du liebst mich. Weil ich dich liebe, also ..."

Sie hatte plötzlich Schluckauf und brach dann wieder in Tränen aus.

„Du hast richtig gehört, ich liebe dich", sagte sie zwischen zwei Atemstößen und noch mehr Schluchzern. „Es tut mir leid, dass ich so komisch war. Ich bin einfach so froh, dass es dir gut geht. Ich wäre wirklich wütend auf die Welt gewesen, wenn dir etwas passiert wäre." Sie holte zittrig Luft, und ich konnte spüren, wie sie am anderen Ende der Leitung nachdachte. „Ich habe beim letzten Mal, als wir miteinander gesprochen haben, ein paar schwere Dinge losgelassen. Wenn du darüber reden willst ...“

„Wir müssen über nichts reden, wenn du nicht willst. Ich kann nicht sagen, dass ich froh bin, dass du aufgelegt hast, aber ich bin froh, dass du mir alles erzählt hast. Konzentrieren wir uns erst einmal auf das Jetzt. Wir werden später noch viel Zeit zum Reden haben.“

Sie war einen Moment lang still, bevor ein leiser Seufzer durch das Telefon drang. „Okay. Ich vermisse dich. Wann kommst du nach Hause? Ich glaube, Ham vermisst dich auch.“

Ich kicherte, und mein Herz fühlte sich so voll an, dass ich dachte, es könnte platzen. Ich war schmutzig, erschöpft und mehrere hundert Meilen von ihr entfernt, aber ich war glücklich.

Ich wünschte mir so sehr, sie wäre hier bei mir.

„Wann kommst du nach Hause?“, wiederholte sie.

„Ich weiß es noch nicht“, sagte ich lachend.

Normalerweise würde ich das schon wissen. Ich hatte mir nicht einmal die Mühe gemacht, mich zu erkundigen, ob meine Mannschaft zum Brandort zurückkehren musste oder ob wir bald nach Hause fahren würden. Ich warf einen Blick zu Cade hinüber, der immer noch in der Nähe stand. „Hey, weißt du schon, wann wir zurückkommen?“, rief ich hinüber.

Cade schüttelte den Kopf. Ich wandte mich wieder an Lucy. „Sobald ich etwas weiß, rufe ich dich an, okay?“

Jemand rief meinen Namen, und ich warf einen Blick über die Schulter, um zu sehen, wie mich der Leiter eines der anderen Trupps herüberwinkte.

„Ich muss los, Lucy. Ist alles okay?"

„Äh, ja. Mir geht's gut. Ich war nur ein bisschen überwältigt", sagte sie mit einem Schniefen.

Es hatte mich fast zerrissen, sie weinen zu hören, und ich hasste es, jetzt nicht bei ihr zu sein.

„Falls du dir Sorgen gemacht hast, ich habe mich sehr gut um Ham gekümmert", sagte sie mit einem verächtlichen Lachen.

Ich brauchte dieses Lachen, und sei es nur, weil es mich wissen ließ, dass es ihr gut ging. Ich gluckste. „Ich habe mir keine Sorgen gemacht. Du verwöhnst ihn noch mehr als ich."

Das brachte sie erneut zum Lachen. „Okay. Ich schätze, du musst los."

Ich hielt den Hörer fest, weil ich diesen Anruf nicht beenden wollte. Cade stupste mich an der Schulter an. „Ich ruf dich an, wenn ich Genaueres weiß." Ich hielt inne und überlegte, ob ich die Worte einfach sagen sollte, die ich unbedingt zu ihr sagen wollte. Sie rutschten mir von selbst heraus. „Ich vermisse dich."

Einen Moment lang dachte ich, sie würde nicht antworten, aber sie tat es. „Ich dich auch. Ruf mich an."

———

Drei lange Tage später kletterte ich an der Feuerwache in mein Auto und wollte unbedingt nach Hause und zu Lucy. Die Welt hatte sich nicht nach meinen Wünschen gerichtet. Ich wollte noch am selben Tag, an dem wir in Fairbanks gelandet waren, nach Hause fliegen, aber das war ein No-Go gewesen. Unsere Besatzung musste warten, falls wir zu einem weiteren

Einsatz geschickt werden sollten. Obwohl ich wusste, dass es angesichts der Reiselogistik Sinn ergab, hatte ich mich die ganze verdammte Zeit unendlich darüber geärgert. Der Regen war jedoch auf meiner Seite gewesen und hatte dem Feuer einen Dämpfer verpasst und die Wartezeit verkürzt. Bis heute Morgen hatte ich nicht einmal gewusst, wann wir abfliegen würden.

Kurze Zeit später begann mein Herz zu trommeln, als ich Lucys Wagen vor dem Haus parken sah. Ich hielt an und joggte innerhalb von Sekunden die Treppe hinauf. Als ich die Tür öffnete, beugte sie sich gerade vor und schaute in den Ofen. Der Anblick ihres üppigen Pos begrüßte mich.

Mein Schwanz stand sofort stramm. So sehr ich sie auch nackt und mit mir verstrickt haben wollte, mehr noch wollte ich sie in meinen Armen halten und einfach nur ihr Gefühl in mich aufnehmen. Sie zuckte zusammen, als die Tür mit einem Klicken geschlossen wurde. Sie drehte sich um, ihre Augen weiteten sich und ein Lächeln umspielte ihre Lippen. Ihr Haar war zu einem unordentlichen Pferdeschwanz zusammen-gebunden, und sie trug eine Schürze mit einem Elch darauf.

Ihr Atem stockte, als ich auf sie zuging und den Abstand zwischen der Tür und ihr innerhalb einer Sekunde verringerte. Ich blieb wenige Zentimeter vor ihr stehen. Ihre himmelblauen Augen waren weit aufgerissen, ihre Wangen gerötet und ihre Lippen, verdammt noch mal, ihre Lippen wollten mich in die Knie zwingen.

Ich wartete nicht mehr, senkte den Kopf und nahm ihre köstlichen Lippen in Beschlag. Ich wollte, dass dies eine zärtliche Begrüßung wird. Unser Kuss begann langsam, ihr Mund öffnete sich mit einem Seufzer für mich. In dem Moment, in dem sich ihre

Zunge mit meiner verhedderte, war es um mich geschehen.

Ich knurrte, ließ meine Handfläche über ihre Wirbelsäule gleiten, schob meine andere Hand in ihr Haar und umfasste ihren süßen Hintern, um sie fest an mich zu ziehen. Ich schob ihre Schürze aus dem Weg und zog ihr die Leggings herunter. Ich griff zwischen ihre Schenkel und streichelte sie durch ihr dünnes Baumwollhöschen. Ich konnte die feuchte Hitze ihres Verlangens spüren. Sie stöhnte und riss ihre Lippen von meinen los.

„Levi ...", keuchte sie.

„Mmm", murmelte ich, während ich mit meiner Zunge an ihrem Hals entlangfuhr.

Ich drehte uns herum, machte einen Schritt, hob sie hoch und ließ ihren Hintern auf die Arbeitsplatte gleiten. Ich lehnte mich zurück und sah ihr in die Augen. „Ich habe dich vermisst."

Sie hielt meinen Blick fest, der Moment war elektrisierend. Sie hob eine Hand und fuhr über meine Lippen. „Ich habe dich auch vermisst." Sie holte tief Luft und grinste dann langsam. „Jetzt lass uns das aus dem Weg schaffen", sagte sie, während sie an den Knöpfen meiner Jeans riss und mein Shirt hochschob.

In Sekundenschnelle waren wir beide fast nackt, und ich schob sie zurück auf den Tresen, wobei sie ihr Höschen ablegte.

Das Gefühl ihrer Handfläche, die sich um meinen Schwanz legte, und mein Herz, das heftig und schnell gegen meine Rippen pochte, machten mich so scharf, dass ich kaum denken konnte.

Ich zwang mich, still zu halten. Mein Verlangen nach Lucy war so stark, dass ich ihm kaum widerstehen konnte. Seine Kraft war wie ein Fluss, der wild durch die Berge fließt. Die schiere, rohe Kraft war es, die mich von Anfang an zu ihr hinzog. Doch es war nicht nur das, was mich mit ihr verband. Es war unsere Anziehung, das schimmernde Netz der Intimität, das uns immer enger zusammenschweißte, wenn ich ihr so nahe war.

Ich dachte an früher, als sie mich immer abwimmelte, ihre himmelblauen Augen blitzten vor Verlangen und Wut zugleich, als sie stets versucht hatte, mich auf Distanz zu halten. Wenn sie losließ, verdunkelte sich dieses Blau wie der Himmel in einem Sturm. Hin und wieder flackerte in den Tiefen Verletzlichkeit auf, wenn sie ihren Schutzwall fallen ließ.

Als sie meinen Blick festhielt, stockte ihr Atem, und ich konnte sehen, wie ihr Puls in ihrem Hals flatterte und ihre Haut vor Verlangen errötete. Sie schlang ihre Beine um mich und ließ ihre Hand an meinem Schwanz auf und ab gleiten. Ich war so hart, dass der Druck fast unerträglich war. Ich strich ihr eine lose Haarsträhne aus dem Gesicht und neigte meinen Kopf, um ihre Lippen erneut zu erobern.

Erst dann griff ich wieder zwischen ihre Schenkel und streichelte durch ihren glitschigen Spalt. Als ich mich zurückzog, keuchte sie meinen Namen und ihre Hüften wippten mir ungeduldig entgegen. Ich nahm meinen Schwanz in die Faust und zog ihn mehrmals durch ihr feuchtes Fleisch, um ihn mit ihrem Saft zu benetzen.

Ihre Augen blitzten. „Hör auf mich zu quälen", befahl sie und stieß ihre Hüften gegen meine.

Gehorsam folgte ich ihrem Befehl und versank tief in ihr. Ihr heißer Körper empfing mich heiß und glitschig. Ich stöhnte auf und kam fast sofort. Ich zwang mich, stillzuhalten, und neigte den Kopf, um in der Biegung ihres Halses zu verweilen und ihren Duft einzuatmen.

„Ich liebe dich", murmelte ich unwirsch und hob den Kopf.

Ihre Augen weiteten sich, und ich spürte, wie sich ihr Puls an der Stelle, an der meine Hand auf ihrem Schlüsselbein ruhte, beschleunigte.

Kapitel Einunddreißig

LUCY

Das satte Blau von Levis Blick hielt mich fest. Ich konnte den Blick nicht abwenden, während mein Puls pochte und durch meinen ganzen Körper hallte. Seine Worte trafen mich tief in meinem Innersten. Für einen kurzen Moment blühte die Angst in mir auf, eine Angst, die ich gut kannte. Ich holte tief Luft, hielt seinem Blick stand und spürte, wie ich mich entspannte. Er hielt still, sein Schwanz dehnte mich aus. So tief miteinander verbunden, wie wir körperlich sein konnten, fühlte es sich an, als wären wir eins.

„Ich liebe dich auch", sagte ich schließlich. Vielleicht hatte ich die Worte schon mehr als einmal gesagt, aber sie waren noch frisch.

Er antwortete mit seinen Lippen, die meine in einem sanften Kuss trafen. Er zog seine Hüften zurück und versank dann tief in mir, die Dehnung war köstlich und überwältigend. Ich war schon so nah an der Grenze, dass ich mich an den Moment klammerte. Ich wollte nicht, dass es zu schnell zu Ende ging.

Die Wahrheit war, dass ich mich daran gewöhnt hatte, bei ihm Entspannung zu finden. Es waren zwei lange Wochen ohne ihn gewesen. Ich hatte ihn extrem vermisst - körperlich und emotional. Der innere Sturm meiner Gefühle verstärkte jedes Gefühl. Mein Körper kochte vor purem, rohem, ursprünglichem Verlangen.

Die Intimität, die sich in der Hitze unseres Verlangens wie Rauch zusammenbraute, nährte mein Bedürfnis. Mit jedem Stoß durchströmte mich das Vergnügen, es wurde enger und enger, bis er zwischen uns griff und mit seinem Daumen über meine Klitoris strich. Meine Erlösung traf mich so heftig, dass ich seinen Namen schrie, während ich in seinen Armen in Millionen kleine Splitter zerbarst.

Aus der Ferne hörte ich, wie er meinen Namen rief, und ich spürte, wie die Hitze seiner Erlösung mich erfüllte, als er sich anspannte. Mit einem leisen Stöhnen lehnte er sich an mich, sein Kopf fiel in die Biegung meines Halses, und sein Atem strömte gegen meine Schulter. Ich atmete seinen Duft ein, den holzigen, frischen, männlichen Duft, den er mit sich trug.

„Deine Laken können dir nicht das Wasser reichen."

Ich hatte nicht vor, meine Gedanken laut auszusprechen, aber die Worte rutschten mir einfach heraus. Er hob den Kopf, seine Augen trafen meine.

„Wie war das?"

Ich errötete am ganzen Körper, aber ich lag entspannt in seinen Armen, und sein warmer, neugieriger Blick hielt meinen fest. „Deine Laken riechen nicht so gut wie du", sagte ich einfach.

Er kicherte und hob mich hoch, wobei er mich an sich drückte und immer noch in mir vergraben war, während er uns die Treppe hinauf in die Dusche führte.

Kapitel Zweiunddreißig

LUCY

Einige Wochen später stand ich in Levis Küche und schaute zu ihm hinüber, wo er am Küchentisch saß und Ham auf seiner Schulter sitzen hatte. Er machte das oft mit Ham und fütterte ihn mit kleinen Salat- und Karottenstückchen. Ein Lächeln zupfte an meinen Mundwinkeln, während ich den Drang zu lachen unterdrückte.

Es war wirklich lächerlich. Levi - ein heißer Feuerwehrmann, verdammt sexy, verdammt zäh und einfach zu gut aussehend - bot einem kleinen braun-weißen Hamster liebevoll Snacks an. Ich schnappte mir mein Handy von der Theke und machte schnell ein Foto.

„Ich schicke das mal kurz an Maisie", bot ich grinsend an.

Er gluckste. „Und?"

„Sie kann es deiner Crew zeigen. Du siehst einfach zum Piepen aus, weißt du."

Er zuckte mit den Schultern, völlig ungeniert. „Ham mag es, seine Snacks auf diese Weise zu bekommen."

„Ich weiß." Mein Herz fühlte sich plötzlich voll an.

Unruhig drehte ich mich weg, die Emotionen über-
rollten mich in mehreren Wellen. Diese kleinen Episo-
den, in denen ich mich in einer Flut von Gefühlen
gefangen fühlte, kamen in letzter Zeit häufig vor. Ich
wusste nicht so recht, was ich mit all dem anfangen
sollte.

Ich hätte vielleicht einfach zugeben können, dass
ich Levi liebte, aber das war ich nicht gewohnt. Mein
ganzes Leben lang war ich auf die eine oder andere
Weise für mich selbst verantwortlich gewesen. Jetzt
war ich immer noch bei Levi und versuchte herauszufinden, was ich als Nächstes tun sollte.

Ich sagte über meine Schulter hinweg. „Ich glaube,
ich habe eine Wohnung gefunden, die ich mieten
kann", sagte ich.

In dem Moment, in dem ich es aussprach, machte
mein Herz diesen komischen kleinen Purzelbaum.
Erleichtert, dass ein paar Teller in der Spüle waren,
stellte ich das Wasser an und begann abzuwaschen.

Nach einem kurzen Moment der Stille sagte er.
„Komm mal her."

Ich stellte das Wasser ab und trocknete meine
Hände am Geschirrtuch ab, bevor ich mich Levi
zuwandte. Er hob Ham von seiner Schulter und setzte
ihn vorsichtig auf dem Boden ab. Er winkte mich mit
seiner Hand zu sich heran und sah mir in die Augen.
Da ich meinen Körper nicht dazu bringen konnte,
nicht zu reagieren, selbst wenn ich es gewollt hätte,
durchquerte ich den Raum, bevor ich überhaupt
darüber nachdachte. Als ich ihn erreichte, nahm er
mir das Handtuch aus der Hand, legte es auf den Tisch
und zerrte mich zwischen seine Knie.

Sein Blick war düster und aufmerksam. Im Nu
flirrte die Luft von der Elektrizität und der Intimität,

die einfach zwischen uns herrschte. Es war eine eigene Kraft, die man nicht leugnen konnte.

Er steckte einen Finger in eine meiner Gürtelschlaufen. Ich trug eine ausgeblichene Jeans und ein T-Shirt. Er hob seine andere Hand und strich mir über die Stirn, seine Fingerspitze fuhr an meiner Wange entlang.

Seine Berührung war wie ein loderndes Feuer auf meiner Haut. Die Emotionen kochten wieder in mir hoch, und er hatte noch kein weiteres Wort gesagt.

„Was?", fragte ich mit belegter Stimme. Die Tränen krochen aus dem Gefühlsknoten in meiner Kehle und ich konnte sie nicht zurückhalten. Ich spürte, wie eine Träne über meine Wange kullerte und sein Daumen sie wegwischte.

„Was ist los?", fragte er in sanftem Ton.

Ich schüttelte heftig den Kopf. „Ich weiß es nicht. Warum siehst du mich so an?"

Er wischte mir mit dem Daumen die nächste Träne aus dem Auge, ohne den Blick zu heben. „Ich verstehe, warum du dir eine eigene Wohnung wünschst, aber ..." Er hielt inne und holte tief Luft. „Du bist es für mich. Ich werde geduldig sein, wenn es sein muss, aber ich wünschte, du würdest hierbleiben."

Ich starrte ihn an, mein Herz klopfte wie wild und der Schmerz in mir ließ nach. Wortlos nickte ich. Ich atmete tief ein, die geballte Spannung in mir begann sich zu lösen. Ich war dickköpfig, wirklich unendlich dickköpfig, und ich wusste es. Ich dachte an eine Bemerkung zurück, die Amelia neulich gemacht hatte. Ich hatte etwas in der Art gesagt wie, dass es ihr leicht gefallen war, sich für Cade zu entscheiden, weil er schon immer der Richtige für sie gewesen war und es keine Kompromisse gab.

Sie hatte mir einen Blick zugeworfen und den

Kopf geschüttelt. „Es gibt immer einen Kompromiss. Ich glaube, du hast vergessen, wie stolz und stur ich sein kann. Ich musste eine Menge Wut loslassen. Es spielte keine Rolle, ob sie rational war oder nicht. Es ist immer einfacher, allein zu sein. Denn dann muss man nicht verletzlich sein, man muss nicht sein eigenes Herz aufs Spiel setzen.“

Ich hatte ihre Worte in meinem Kopf wie einen Sorgenstein umgedreht, wieder und wieder, und sie aus jedem Blickwinkel bewertet. Am Ende hatte sie recht, und ich wusste es.

Also starrte ich Levi an und erkannte, dass er sein Herz für mich riskierte und ich nicht dasselbe tat. Oh, ich liebte ihn, und ich wollte ihn. Und doch klammerte ich mich an Entscheidungen, die nur mich betrafen, während ich uns eigentlich als ein Wir betrachten wollte.

Nach einem weiteren tiefen Atemzug hob ich meine Hand und strich ihm eine Haarsträhne aus der Stirn, dieses goldbraune Haar, das ich so liebte.

„Okay, ich bleibe“, sagte ich leise, während mein Herz wie wild schlug und sich dabei überschlug.

Sein Lächeln war wie die Sonne, die hinter den Wolken hervorkam. Er ließ seine Hand von meiner Wange fallen. Sein Kinn war fast auf gleicher Höhe mit meinem, er neigte den Kopf und gab mir einen Kuss auf den Hals.

„Oh, Gott sei Dank. Ich wollte nicht betteln müssen“, sagte er mit einem leisen Lachen.

EPILOG

Levi

Ein Jahr später

Lucy stand vor mir. Wir standen an einem kühlen, frühen Herbstabend vor dem Firehouse Café. Wir waren gerade auf einer Überraschungsparty angekommen, die von Amelia, Susannah und Maisie geplant worden war. Die ganze Planung hatte hinter Lucys Rücken stattgefunden.

Wir hatten am Tag zuvor geheiratet. Lucys blondes Haar war zu einem unordentlichen Knoten aufgetürmt und der Wind wehte es wild durcheinander. Sie hatte sich absolut geweigert, eine Hochzeit zu planen, also waren wir durchgebrannt.

Nun, ich wusste nicht, ob es technisch gesehen ein Durchbrennen war, als wir allen erzählten, dass wir genau das tun würden. Ich liebte Lucy so sehr, dass ich mich immer noch fragte, wie ich jemals ohne sie leben konnte. Aber es war nicht leicht gewesen, endlich dahin zu kommen und tatsächlich zu heiraten. Bei jedem einzelnen Schritt hatte sie sich quergestellt. Sie wollte keine Zeremonie, und sie weigerte sich, ein Hochzeitskleid zu tragen. Das Einzige, worüber sie nicht gestritten hatte, war das Heiraten selbst. Gott sei Dank.

Mit der Hilfe von Freunden hatte ich es geschafft, sie hierher zu bringen. Cade hatte ein wenig Drecksarbeit geleistet, indem er ihre Autobatterie gegen eine leere austauschte, während sie und Amelia heute arbeiteten. Amelia war praktischerweise früher von der Arbeit nach Hause gegangen, sodass Lucy auf der Baustelle festsaß und mich anrufen musste, um abgeholt zu werden.

Wir hatten bereits „Pläne", uns mit Amelia und Cade zum Abendessen im Wildlands zu treffen. Ich behauptete, ich müsse noch etwas von Janet im Café abholen. Als wir die Tür erreichten, bemerkte Lucy, dass dort „*Geschlossen*" stand.

Sie spähte durch das Fenster, bevor sie sich wieder zu mir umdrehte. „Warum ist es geschlossen und *nur* unsere Freunde sind da? Und deine Eltern? Und meine Mutter?", fragte sie, die Hände in die Hüften gestemmt, während sie mich anstrahlte.

„Amelia wollte eine Party feiern, weil du ihr nicht erlaubt hast, unsere Hochzeit zu planen", bot ich an, griff nach ihrer Hand und zog sie zu mir heran. „Also, hier ist die Party."

Sie starrte mich einen Moment lang an und schüttelte dann den Kopf, wobei ihre Wangen rot wurden. Sie schmiegte sich an mich und vergrub ihr Gesicht in meiner Brust.

„Warum müssen alle so ein *Riesending* daraus machen? Ich hasse es, wenn man mir Aufmerksamkeit schenkt", murmelte sie in meine Brust.

Ich strich mit einer Hand über ihr Haar, steckte eine Strähne hinter ihr Ohr und umfasste ihr Kinn. Ich hob es an und sah auf sie hinab. „Weil die Leute dich lieben. Wir essen einfach mit unseren Freunden und Familie zu Abend. Das ist alles."

Ihre Zähne knabberten an ihrer Unterlippe, als sie mich ansah. Nach einem Seufzer murmelte sie: „Gut. Lass uns reingehen."

———

Ein paar Stunden später, nachdem wir reichlich gegessen und wahrscheinlich ein bisschen zu viel Alkohol getrunken hatten, saß Lucy auf meinem Schoß an einem der Tische. Maisie hatte uns gerade beim Pokern besiegt. Sie war wahnsinnig gut im Pokern und besiegte uns ständig.

Lucy schwang ihre Beine, wobei einer ihrer Absätze gegen meine Wade stieß, und schaute zu mir. Ihre Wangen waren gerötet, und ihre Augen leuchteten. Sie war so verdammt schön, dass mir für einen Moment der Atem stockte.

„Wir verlieren immer. Warum tun wir uns das immer wieder an?", fragte sie, während sie mit ihren Fingern müßig über meinen Unterarm strich.

Ich hatte mich immer noch nicht daran gewöhnt, wie leicht sie mich beeinflussen konnte. Die leichte Berührung ihrer Fingerspitzen auf meinem Arm - meinem Arm, um Himmels willen - und ich war komplett abgelenkt. Ich zwang meine Aufmerksamkeit auf ihre Frage.

„Weil es Spaß macht", antwortete ich kichernd und nahm ihre Hand in meine.

Sie lachte und blickte zu Maisie. „Eines Tages werde ich dich besiegen."

In diesem Moment hielt Lucys Mutter bei uns am Tisch an. Lucy blickte zu ihrer Mutter auf. „Gehst du?"

„Ja. Du kennst mich doch, ich gehe gerne früh ins Bett", antwortete Jody.

Lucy rutschte von meinem Schoß und umarmte ihre Mutter. Im letzten Jahr hatten sie sich mehr und mehr angenähert.

Nachdem Lucy ihre Mutter zum Abschied umarmt hatte, rutschte sie zurück auf meinen Schoß und schaute zu Maisie hinüber, um dort fortzufahren, wo sie aufgehört hatte. „Es ist gut, dass wir nicht um Geld spielen. Dann hättest du jetzt genug für eine Anzahlung auf ein Haus."

Maisie lachte, und Beck grinste und fuhr mit den Fingern durch die Locken auf Maisies Schulter. Es war mehr als schön - das Gefühl, mit Lucy und unseren Freunden zu entspannen.

Cade sagte etwas, aber ich hatte nicht darauf geachtet. Vielmehr hatte ich mich von Lucys Moschusduft ablenken lassen und küsste ihren Nacken. Der Geschmack ihrer Haut war ein direkter Schuss in meine Leistengegend.

„Levi?", fragte Cade, gerade laut genug, um mich daran zu erinnern, dass wir in der Öffentlichkeit waren.

Ich schaute in seine Richtung. „Oh, hast du mit mir geredet?"

Er rollte mit den Augen. „Ja Mann."

„Was willst du denn?", fragte ich.

„Ich habe nur gefragt, ob du die gute Batterie zurückhaben willst."

Lucy schlug mir mit der Faust auf die Schulter. „Ich wusste, dass mit meiner Batterie alles in Ordnung war! Ich habe sie erst vor ein paar Monaten austauschen lassen."

„Hey, das war nicht mein Plan. Es war Amelias Idee."

„Auf jeden Fall. Ich wusste, wenn Levi nicht fahren würde, würdest du hier nie anhalten. Ich schäme mich für nichts", sagte Amelia fest.

Lucy warf Amelia eine zusammengeknüllte Serviette zu, und ihre Augen trafen wieder meine.

„Es war doch gar nicht so schlimm, oder?", fragte ich.

Sie hielt meinen Blick fest, und für einen kurzen Augenblick war alles andere vergessen. Wir hätten genauso gut allein sein können. Die Luft summte um uns herum, als sie langsam den Kopf schüttelte. „Nein, es war gar nicht so schlimm." Sie senkte den Kopf und drückte mir einen Kuss auf den Hals. „Das ist es alles wert, weil ich dich liebe", murmelte sie.

Und dann küsste ich sie, unsere Zungen vereinigten sich. Ich vergaß wirklich, wo wir waren, bis die Stimmen um uns herum meinen Dunst durchbrachen.

Ich wich zurück und dachte, dass ich sie so schnell wie möglich von hier wegbringen musste. Ich brauchte sie nackt und Haut an Haut mit mir.

„Ich kann nicht glauben, dass du mich jemals gehänselt hast, weil ich unter der Fuchtel meiner Frau stehe", sagte Cade.

Ich warf ihm einen Blick zu und zuckte lässig mit den Schultern. Es war mir schon lange nicht mehr egal, dass jemand wusste, dass ich alles für Lucy tun würde.

Lucy sagte etwas zu Amelia und schmiegte sich dann an mich. Ihr Blick neigte sich zu mir, ihre himmelblauen Augen raubten mir den Atem.

„Sollen wir gehen?", fragte sie.

„Gute Idee."

Ich zog sie zu mir heran und küsste sie auf die Lippen. Dann stand ich auf, hob sie mit mir hoch und trug sie in meinen Armen hinaus - in die späte

Sommernacht, in der die Sterne wie Diamanten über den pflaumenfarbenen Himmel verstreut waren.

Die nächste Folge der Into The Fire-Serie: Heilloses Durcheinander

Die Geschichte von Susannah und Ward ist die nächste. Eine zweite Chance für die Liebe zweier Menschen, die nicht auf der Suche nach Liebe waren. „Oh Gott, dieses Buch war so gut, dass es nicht genug Sterne gibt, um es zu bewerten. Fünf werden reichen müssen. Großartige Lektüre." Lassen Sie sich Wards Geschichte nicht entgehen!

Ein Klick zur Vorbestellung: Heilloses Durcheinander